FANTASY-ROMAN

MICHAEL MOORCOCK
DIE GOLDENE BARKE

THE GOLDEN BARGE

Deutsche
Erstveröffentlichung

Wilhelm Goldmann Verlag

Aus dem Englischen
übertragen von Jürgen Saupe

Made in Germany · 1/82 · 1. Auflage · 1110

Umschlagentwurf: Atelier Adolf & Angelika Bachmann, München
Umschlagfoto: John Pound, Daw Books, New York
Gesamtherstellung: Mohndruck Graphische Betriebe GmbH, Gütersloh
Verlagsnummer: 23809
Lektorat: Peter Wilfert · Herstellung: Peter Papenbrok
ISBN 3-442-23809-9

Einführung von M. John Harrison

Der Tod Jephraim Tallows, der in diesem Buch nicht stattfindet, ist schon eine schäbige Angelegenheit, obwohl man sagen könnte, daß dadurch ein Geist zur Ruhe kommt, der außergewöhnlich verdorben ist und an Schlaflosigkeit leidet, einer, der Michael Moorcocks Prosa vom *Stormbringer* bis zu *The Condition of Muzak* eine Reihe von Jahren inspiriert hat. Jephraim Tallow, den Mund voller Krokodilszähne und das Gehirn voller frischer Wunden! »Glücklicherweise« nie um ein Wort verlegen, wenn auch oft in Verlegenheit. Ein Ausgestoßener, ein Zerrbild, nabellos und viereinhalb Fuß groß, Fragment oder Ableger des Menschengeschlechts, beginnt er in der böigen Dämmerung am ewigen Fluß eine Suche nach der Haltung, die eindeutig zwanzigstes Jahrhundert ist, nach jenem philosophischen Aussichtspunkt, von dem aus das Individuum die großen inneren Wahrheiten im Auge behalten kann, wobei es jetzt seinen Schmerz, sein Mitgefühl, sein Urteil nach Belieben zurückstellen kann.

Er vermag sich über all das nur nicht zu äußern. Niemand sonst kann seine Leidenschaft verstehen (man versucht, ihn einzusperren), niemand sonst kann das rätselhafte Schiff sehen, das ihn eines Morgens von der elenden Hütte seiner Mutter fort auf das trübe Wasser hinausführt:

Dann wogte der Dunst im Kreis. Aus ihm ragte zielbewußt und würdevoll eine große goldene Barke auf, eine Barke, von der ein Funkeln ausging. Tallow war bestürzt . . . Er war nicht mehr das zusammenhängende und undurchdringliche Wesen wie früher . . . Er war sich ganz sicher, daß sich das Rätsel seines fehlenden Nabels lösen würde, wenn er die Barke einmal erreicht hatte.

Seine jämmerliche, besitzgierige und vom Gefühl her destruktive alte Mammi ist verwirrt und bleibt schnauzend zurück. Erst sehr viel später trifft er jemanden, der bereit ist, das phantastische Schiff anzuerkennen, das er verfolgt. Mittlerweile wird sein Leben eine rauhe und besessene Erkundungsfahrt, die von Augenblicken ungeliebter Menschlichkeit unterbrochen ist, während der Fluß ihn allmählich in ein Land führt, das, vom Krieg entvölkert und wie ein totes Pferd auf der Straße von Pestbeulen übersät, seiner weltlichen Ordnung beraubt ist und zwischen dem ersten dunklen Zeitalter und dem zweiten, dem unseren, hin und her schwankt, daß einem übel werden möchte. Eigentlich ist es vielleicht weniger ein Ort als eine Epoche, deren Philosophie simpel und tödlich ist, deren Freiheitskämpfer soviel Blut vergießen wie die unsichtbaren Unterdrücker. Und der Ort wird weniger durch Landschaftsbeschreibungen charakterisiert, als durch grobkörnige Fotografien rennender Volkshaufen, durch Gruppenaufnahmen seiner Bewohner und ihrer Waffen, durch einen Arm, der zurückgeschleudert wird, als die Kugel trifft, durch einen aufgerissenen Mund, durch anklagende Augen. Wir haben diese Körper, »die wie schmutzige Wäsche über den Zaun hingen«, schon in Kriegsberichten aus dem Mekongdelta, aus Abessinien und Katalonien gesehen:

Eine Hundeleiche, aufgedunsen wie eine Blase, schlug gegen die Längsseite seines Bootes.

Aufnahmematerial für die Tagesschau, von einem Mann mit tief eingezogenem Kopf aufgenommen, während das Jahrhundert wie eine Panzerabwehrrakete über ihn hinwegzischt; Frühnachrichten über Satellit aus dem Land, das Moorcock unlängst zu seinem eigenen gemacht hat.

Inmitten dieses Blutbades, dieser Verzweiflung verrät Tallow, geschützt vom Panzer seiner Besessenheit, absichtlich oder unabsichtlich fast jeden, den er trifft. Er läßt Kinder und alte Männer im Stich. Er wirft seine Freundin in den Fluß. Jede seiner Entscheidungen hat direkt oder indirekt den Tod im Gefolge. Es ist weder Grausamkeit noch Überheblichkeit, denn Überheblichkeit und Grausamkeit erfordern Aufmerksamkeit, und Tallow schenkt sie nur der Barke – die jetzt mit ihm kokettiert und zeitweilig verschwindet – und sich selbst. »Es ist das Schicksal jedes Menschen, verschlungen zu werden, das zu verlieren, was ihn zu einer Persönlichkeit macht«, klagt er und ist entschlossen, nicht zum Menschen zu werden. Doch trotz seiner Halsstarrigkeit drängen sich ihm Leute auf, und das ist der wesentliche Inhalt des Buches.

Miranda lauert ihm mit ihren grünen Zähnen und den sechs Zoll hohen Absätzen auf, wirklich eine Sexbiene à la Peake. Der Philosoph Mesmers greift seine feste Stellung mit der Artillerie der Selbstaufopferung an. Der Revolutionär Oberst Zhist schließlich ist verblüfft, ist ehrlich, obwohl ihm der Verrat in die Augen springt. Und nach und nach wird Tallow dazu gebracht, seiner Verantwortung als Mensch gewahr zu werden, auch wenn er sie nicht akzeptiert. Gemeinsam ziehen sie ihm den Zahn der Sicherheit, und zurück bleibt eine frische Lücke. Seine kariöse Vernunft bricht auseinander. Die Barke entschwindet. Aus und vorbei. »Wo führt der Fluß hin?« fragt er kläglich (seine Abgestumpftheit erinnert uns ein wenig an den frühen Cornelius, der in irgendeiner Situation mit hoher Entropie Trost sucht), und Miranda antwortet:

»Er führt zum Meer, und die Seelen von uns allen sind nur kleine Tropfen, die aus dem Meer kommen.«

Eine falsche Frage, denn sie bestärkt ihn im Verdacht, daß es ein Meer gibt. Tallow: von der Liebe durcheinandergebracht, von der Ideologie auseinandergenommen. Seine Schutzmauern sind schlimm zugerichtet, und er kann sie eigentlich nicht mehr wiederaufbauen, selbst als es ihm nach einer Reihe von Greueltaten schließlich gelingt, erneuter Gefangenschaft zu entkommen. Er kann seinen festen ursprünglichen Glauben nicht gänzlich wiedergewinnen. Dieser läßt sich nicht durch die Menschlichkeit allein ersetzen. Ihm bleibt nur die nackte Verfolgung, die endgültige Flußmündung, das Wasser am Ufer . . .

Wir stellen uns selbst die Fallen, purzeln mit Freuden hinein. Jephraim Tallows Falle ist ideologischer oder wenigstens idealistischer Art. Im Alter von siebzehn Jahren, wenn sich fast alle von uns eine vereinfachte Karte des Labyrinths wünschen, auf der die Mitte unverrückbar in der Mitte eingezeichnet ist (wenn wir uns als letztes wünschen, daß uns die Sicherheit genommen wird, daß es eine Mitte habe), hat Moorcock anscheinend erkannt, daß Bindungen, die auf Besessenheit beruhen, kein Ersatz für Menschlichkeit sind. Das blieb ein Hauptthema, das selbst ins Zwielicht der phantastischen Romane mit ihren Helden, die dem Untergang geweiht sind, ihren Göttern und ihren endlosen Wintern von Ragnarök einfließt. Wir besitzen jetzt *Die goldene Barke* und entdecken, daß Jephraim Tallow mitten im späteren Werk wie eine Amöbe auftaucht. Sein erstes schüchternes öffentliches Auftreten, bei dem er schwer vermummt ist als Elric von Melnibone mit derselben Angst, aber vermutlich ohne dasselbe Köpfchen; seine kurze Verkörperung als Karl Glogauer, der es ein wenig zu weit trieb, und seine unvermeidliche Spaltung in die Hauptpersonen der Cornelius-Legende, auf welche die Bestandteile seines Problems (und seiner wirklich ziemlich komplexen Persönlichkeit) verteilt werden, damit sie sich vielleicht in einem dichteren Milieu auf den Anfang einer Lösung zubewegen.

Man ist versucht, diesen Gedanken weiterzuverfolgen. Man kann zeigen, daß *Die goldene Barke* nicht nur ein Thema, sondern auch Personen, Ereignisse und Schauplätze vorwegnimmt, die in allen späteren Romanen wiederkehren. Wenn Tallow zum Beispiel ein wenig von Jerry Cornelius hat (ganz zu schweigen, wieviel von Frank), hat er auch einiges von Moonglum und Oladahn und von Jhary-a-Conel, jenem selbsternannten »offiziellen Gefährten von Helden«, und daß Moorcock es selbst weiß, wird auf den ersten Seiten seines Buches *Gloriana* deutlich, denn Tallow taucht nach fünfzehnjähriger Gefangenschaft in den Seelen anderer Personen wieder selbst auf, und zwar wird er als einer geschildert, dessen Schoßtier »eine kleine schwarzweiße Katze« ist. So wird sogar ein unaufmerksamer Leser hier einen Mann namens Slorm finden, obwohl er seinem Namensvetter in *The Stealer of Souls* überhaupt nicht ähnelt, und eine Stadt, die Melibone (sic) heißt. Das ist jedoch ein Spiel für Akademiker und läuft am Ende auf den Satz hinaus: »Schaut mal, Moorcock war Moorcock, als er *Die goldene Barke* schrieb!« Keine großartige Entdeckung, und ich meine, man kann das getrost den vielen nachsichtigen Kritikern der SF Foundation überlassen.

Es ist ebenfalls nicht viel gewonnen, die kritische Arbeit darauf auszudehnen, welche Techniken hier verwendet werden. Sie sind nicht so verfeinert wie das Material, das sie in Szene setzen. Der Fluß wird als strukturelle Metapher eingesetzt, um den Handlungsfaden nicht abreißen zu lassen: Die aufeinanderfolgenden Episoden werden sozusagen auf ihm im Boot schwimmend erreicht. Die Metaphorik ist zum größten Teil die eines jungen Mannes: »Ihre Augen waren grün wie Schlamm.« Die Einflüsse zeigen sich unverhüllt. Als Tallow den verstoßenen Jungen in den Ruinen von Rimsho trifft, hören wir in ihrem schroffen, ungeschliffenen Gespräch Echos derer, die Muzzlehatch und der jugendliche Groan in Peakes *Titus Alone* führen (Peake hört man auch in den Namen von Nebenfiguren heraus).

Aber schließlich handelt es sich um den ersten Roman: Nur die nie einen geschrieben haben, könnten in Abrede stellen, daß man ihn eigentlich als leidenschaftliches und nicht so sehr als ausgefeiltes Werk lesen sollte. Als er geschrieben wurde, entschieden sich seine Zeitgenossen für eine der Mannschaften in dem absurden Krocketspiel, welches das zwanzigste Jahrhundert soviel Kraft gekostet hat, indem sie, als sie aufgerufen wurden, mit »Rechts« oder »Links« antworteten. Wie wir sehen, entschied sich Moorcock, ein Mensch anstatt ein Mervyn Jones, ein Mann anstatt ein Kingsley Amis zu sein, und er machte sich daran, den unterhaltsamen, einfühlsamen Anarchismus zu schmieden, welcher der Cornelius-Sequenz das Gerüst gibt. Die Betroffenheit, die zur Geburt von Mrs. Cornelius führte, teilt sich auch ihrem Tod mit, und sie selbst wurde in der *Goldenen Barke* geboren. Moorcocks leidenschaftlicher Glaube gilt der Menschheit und dem Individuum. Dieses Buch ist eine Bitte, beide mögen sich dem Druck widersetzen, der sie gewöhnlich und abhängig von Institutionen machen will. Man sollte es wegen seiner Schrecken, die an Goya erinnern, wegen seiner Augenblicke voller Erbarmen und seiner endgültigen Absage an den Zynismus lesen.

... (Tallow) verzieht die Lippen zu einem Lächeln, und sein

schlauer Kopf legt sich ruckartig zur Seite.

»Ich kenne die Wahrheit«, sagt er. »Ich kenne sie. Und ich brauche die Barke nicht. Mir fehlte es nicht an Mut, ihr zu folgen. Ich brauche die Barke nicht mehr. Sie hat mir beigebracht, was ich wissen wollte. Ich habe jetzt keine Wünsche mehr, keine Sehnsucht. Ich bin endlich frei von ihnen. Ja, schließlich triumphiert Tallow. Und die Barke hat ihren Zweck erfüllt.«

Eine kleine, beinahe unhörbare Stimme in ihm sagt immer wieder: *Du hast nicht recht.*

Einführung des Autors

Das war der erste Roman, den ich vollendete. Es war 1958, als ich sehr stark von Mervyn Peake und (wenn auch sehr viel weniger deutlich) Bertolt Brecht fasziniert war, meinen großen zeitgenössischen Helden. Dieser Roman hat fast keine Ähnlichkeit mit dem Roman *The Eternal Champion*, den ich früher angefangen und aufgegeben hatte, der mehr früherer Begeisterung für Haggard, Burroughs und Howard verpflichtet war. Das Manuskript legte ich nie einem Verleger vor, und das Buch ist hier nur mit den kleinen Verbesserungen abgedruckt, die ein Verleger machen würde, wenn er ein Erstlingswerk angenommen hat. Wenn ich auch mit der Welt der SF und Fantasy vertraut war (ich hatte etliche Fanzines herausgegeben und war schon der Herausgeber von *Tarzans Abenteuern* gewesen), begann ich doch, mich für subtilere literarische Formen zu interessieren, und während ich dieses hier für den Druck vorbereitete, fragte ich mich, was aus meinem Werk geworden wäre, wenn E. J. Carnell (der Herausgeber von *Science Fantasy* und *New Worlds*) nicht meine ersten Elric-Geschichten bestellt und mich so an den Anfang einer langen Laufbahn als Verfasser von Abenteuergeschichten gestellt hätte, die mindestens zwanzig phantastische Abenteuer und eine Reihe von SF-Romanen hervorbrachte. Einerseits bedaure ich, Zeit mit dem Schreiben von Büchern »vergeudet« zu haben, die meine Begabung, offen gestanden, nie sehr forderten; andererseits denke ich, daß mir die Lehrzeit als Volksschriftsteller gut getan haben muß. Ich eignete mir in der Schule der »Zauber- und Degengeschichten« ein paar gute Gewohnheiten und eine gewisse Disziplin an, auch wenn die Erzählungen manchmal nachlässig oder eilig niedergeschrieben wurden (aber nie mit Zynismus). Und ich gewann Freunde wie Leigh Brackett (noch ein Einfluß) und Edmond Hamilton (der mich, als wir uns trafen und die Hände schüttelten, mit den Worten begrüßte: »Man nannte mich immer den Planetenknacker, aber Sie haben es noch weiter gebracht – Sie zerstörten das Universum!«), die beide vor kurzem starben und die mir sehr fehlen. Besonders Leigh hatte einen disziplinierten Erzählstil, an dem sich all die ein Beispiel nehmen sollten, die eine gute, phantastische Abenteuergeschichte zum besten geben wollen. Und ich glaube, ich hätte nicht die Begeisterung und Güte so vieler Leser kennengelernt, die immer noch schreiben und immer noch hoffen, daß ich mich »erweichen« lasse und weitere phantastische Abenteuer hervorbringe. Nach *Gloriana* habe ich mich für den Augenblick entschlossen, nicht mehr zu schreiben, weil ich spüre, es ist höchste Zeit, die Muskeln zu bewegen und nach neuen Aufgaben Ausschau zu halten. Ich liebe das Schreiben, aber ich kann nicht lange in einer bestimmten Art schreiben. Gattungsmäßig festgelegtes Schreiben ist zu begrenzt. Und die Leser und Schriftsteller verwechseln nur zu oft das Genre oder den Stoff mit der Form (deshalb ist auch SF »schwer zu definieren« – und zwar deshalb, weil es SF gar nicht gibt und deren beste Vertreter ganz verschiedene Formen einsetzen: Märchen, Abenteuerroman und so weiter). Ich denke, ich werde lieber im »heroischen« Stil schreiben, als in dem, den die meisten modernen Romanschriftsteller bevorzugen, die Erben der naturalistischen Schriftsteller, die (mit Ausnahme von Wells und einem oder zwei anderen) größtenteils vergessen sind: Pett Ridge, Arthur Morrison, Leonard Merrick und andere, deren Werk im Dokumentarischen auf angenehme Art stark war, während sich die Einbildungskraft als eher schwach erwies; doch die Form wird wahrscheinlich wechseln. Ich habe den Ehrgeiz, die »epische« Erzählung mit dem psychologischen Roman zu vereinen, wie das, scheint mir, meine Lieblingsschriftsteller aus der Epoche Victorias und Edwards so gut konnten (ich denke an Thakkeray, Dickens, Meredith und Conrad). Grobe Allegorie muß so einem ironischen Naturalismus weichen.

Die goldene Barke ist wie die meisten meiner späteren Abenteuergeschichten eine schlichte Allegorie. In allen meinen Büchern findet sich eine allegorische Ebene (oft ebenso schlicht), selbst wenn sie, oberflächlich betrachtet, prosaischer erscheinen. In den späteren tritt mehr und mehr die Ironie an die Stelle der

Allegorie. Die Allegorie scheint vordergründig etwas Bestimmtes auszusagen, dahinter aber noch etwas anderes. Die Ironie gestattet dem Leser, mehrere Deutungen zu finden. Es kann keinen »Schlüssel« geben. In gewissem Sinn sind die Cornelius-Bücher – *Breakfast in the Ruins, Gloriana* – alle ironische Märchen. Dies Buch ist eher ihr Vorläufer als die Geschichten, bei denen es um erhabene Abenteuer, Hexenwesen und Rittertum geht, die meine frühe Laufbahn begründeten.

MICHAEL MOORCOCK
Ladbroke Grove
Mai 1978

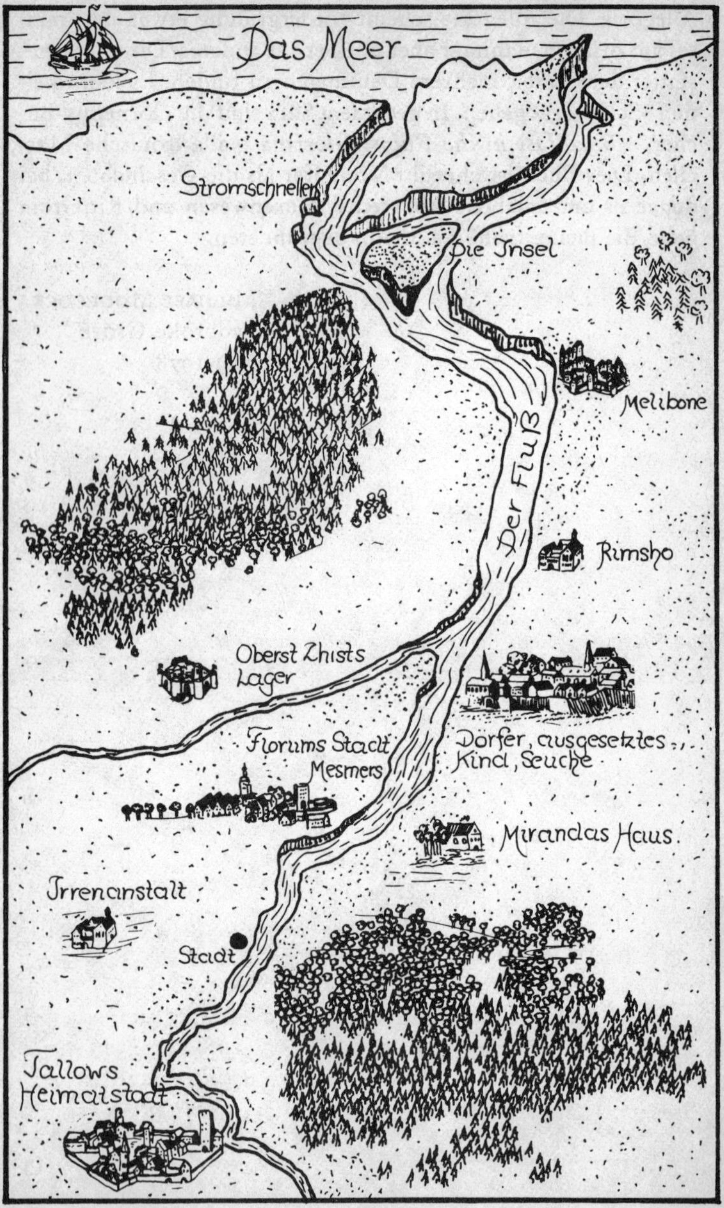
Das Meer
Stromschnellen
Die Insel
Melibone
Der Fluß
Rimsho
Oberst Zhists
Lager
Florums Stadt
Mesmers
Dorfer, ausgesetztes
Kind, Seuche
Mirandas Haus
Irrenanstalt
Stadt
Tallows
Heimatstadt

Erstes Kapitel

In der Mitte der Stadt, an ihrem höchsten Punkt, befand sich die Kathedrale, in deren lichtlosen und verwahrlosten Säulenhallen blinde Kinder wimmerten. In dem Schloß darunter tanzten zwei Liebende zunächst erwartungsvoll mit Marionetten als Partnern und versöhnten sich schließlich wieder. In den Straßen stolzierten Männer von Café zu Café, tranken aus Flaschen und versetzten in den entsprechenden Abteilungen der Weinläden Stück für Stück ihre Kleider. Als der Morgen kam, wimmerten die Kinder noch immer, und die Liebenden tanzten, aber die Männer waren nach Hause gegangen, und Jephraim Tallow erwachte und befühlte mit seinen Fingern die Mundhöhle. In seinem Mund fand sich kein Blut wie sonst während der letzten Monate.

Jephraim Tallow ging nackt zu seinem Spiegel und betrachtete seinen seltsamen Körper, der jetzt noch seltsamer war, weil der Nabel fehlte. Das Blut war verschwunden und sein Nabel ebenso. Tallow dachte über diese Entdeckung nach und kehrte mit gerunzelter Stirn ins Bett zurück.

Tallow erwachte ein paar Stunden später wieder, steckte die Hand in den Mund und fand kein Blut, ließ seine große Hand am mageren Rumpf entlanggleiten und fand keinen Nabel. Er seufzte, erhob sich und zog sich seine Sachen aus Sackleinen an, öffnete die Tür seiner Hütte und schaute hinaus in den dunklen, dunstigen Tag. Der Dunst stieg aus dem Fluß in der Nähe auf.

»Ich muß dieser Erscheinung nachgehen«, sagte Tallow leise, um seine Mutter nicht aufzuwecken. »Ich habe zuviel Zeit verloren. Ich hätte mich erkundigen müssen ... Doch jetzt ist es zu spät.« Er reckte seinen großen Kopf in die Höhe, sann eine Sekunde nach und machte die Tür hinter sich zu. Er ging ein wenig fröstelnd zum Kai und setzte sich nieder. Allein sah er sich sein Spiegelbild in dem bewegten Wasser eines Flusses an, der so groß war, daß man ein Leben brauchte, um ihn zu überqueren. Hoch über Tallow und hinter ihm lagen wie Kissen weiße und silberne Wolkenbänke und ließen den Tag weicher erscheinen. Tallow starrte in die fahle Sonne, und seine Augen waren leer. Tallow war ein Zerrbild und ein Ausgestoßener, war aber glücklicherweise nie um ein Wort verlegen. Die Bürger, die in der verlotterten Stadt hinter ihm hausten, hatten vor ihm Angst.

Jetzt blickte er aber in die Sonne und dann auf den Fluß, ließ seine abnorm langen Beine über die Kaimauer baumeln, rutschte mit seinem schmalen Gesäß auf dem kalten Stein hin und her und kam fast unmerklich in Laune. Er verengte die Augen und starrte eifrig auf den gekräuselten Fluß, beobachtete dabei die Spiegelung Tallows, des Mannes ohne Nabel. Dann begann er das neue Gefühl aus sich hervorzuziehen und bedächtig ins Bewußtsein zu heben, bis es ihn fast wie ein körperlicher Schock traf, daß er neugierig war. Er fragte sich, was jetzt am Tag wohl unter der geheimnisvollen Oberfläche des Flusses lauerte. Der noch nie dagewesene Gedanke blieb in seinem Schädel, trieb herum und suchte einen Ankerplatz. Die Tiefen und die Beschaffenheit des Wassers hatten ihn immer leise beunruhigt, nun aber dachte er zum ersten Mal darüber nach. Es lag natürlich an dem Schock. Nicht jeden Tag wacht ein Mann auf und entdeckt, daß ihm der Nabel fehlt.

Der Dunst lag rätselhaft und frostig auf dem Fluß, schön und friedlich in seiner stillen Bewegung, wirbelte umher, änderte sich und verwandelte sich in hundert Tagtraumgestalten. Tallow erhob sich und ging ungeduldig am Kai auf und ab und spähte in den Dunst. Sein Herz schlug wild gegen den fleischlosen Brustkorb, und er kratzte sich nervös die Insektenstiche, die seinen abgerissenen Körper verunstalteten. Er blickte nach rechts, und sein suchendes Auge wurde von einer Bewegung im Dunst gefangen, von einem dunklen Schatten, der eigentümlich dicht und unerschütterlich aussah. Der Schatten kam auf ihn zu und schien sich eher über als durch das Wasser zu bewegen. Ein Schiff hätte in dem unruhigen Gewässer geschwankt, doch dieser Schatten tat das nicht. Er ragte jetzt höher aus dem Dunst hervor, und Tallow schielte in die Höhe und reckte den Hals, um die Form besser sehen zu können. Ihm fiel ein Festtag ein, als er noch klein gewesen war und sein Vater, damals noch nicht unter der Erde, ihm versprochen hatte, ihn zu einer Hexenverbrennung mitzunehmen. Er erinnerte sich daran, weil das bis jetzt das einzige Mal gewesen war, daß er in seinem dumpfen Leib das Beben der Vorfreude gefühlt hatte. Er reckte sich nach vorn, und seine dünne rosige Zunge fuhr über seine weiten Lippen.

Dann wogte der Dunst im Kreis. Aus ihm ragte zielbewußt und würdevoll eine große goldene Barke auf, eine Barke, von der ein Funkeln ausging. Tallow war bestürzt. Er gaffte das gewaltige Gebilde mit offenem Mund an. Seine winzige, in sich geschlossene Welt konnte dieses zweite Erlebnis nicht überstehen. Er war nicht mehr das zusammenhängende und undurchdringliche Wesen wie früher, denn zuvor hatte er nicht mit der goldenen Barke gerechnet. Er erlebte einen Schwall neuer Gefühle. Er wollte nicht, daß ihm die Barke im Vorbeifahren entkäme. Sie verschwand wieder im Dunst. Tallow fragte sich, ob sie nicht ein Trugbild, ein Spiel der Phantasie gewesen sei, welches die Formen des Dunstes in ihrem Wechsel geschaffen hatten. Er beruhigte sich jedoch. Er hatte keine Phantasie.

Er wußte nicht, woher die Barke gekommen sein mochte. Er konnte auch ihr Ziel nicht erraten. Er war sich ganz sicher, daß sich das Rätsel seines fehlenden Nabels lösen würde, wenn er sie einmal erreicht hatte. Er eilte die Kaimauer entlang, huschte zu dem Platz, an dem seine Schaluppe vertäut lag. Sie schwamm schmutzig grau und braun und nach Teer und Fisch stinkend tief in dem öligen Wasser, das gegen die seidigen Steine des Kais schwappte. Sie lag da, als warte sie auf ihn.

Tallows Mutter tauchte aus dem dunstigen Dunkel der Gasse auf, die zwischen Lagerhäusern hindurch zur Mitte der Stadt führte. Sie bewegte sich scheu, leckte sich die verbissenen Lippen und sah Tallow aus zusammengekniffenen Augen an.

»Jephraim?«

»Ja, Mutter?«

Tallow antwortete geistesabwesend, lediglich aus Gewohnheit, während er sich abmühte, das Tau, mit dem das Boot festgemacht war, zu lösen.

»Wo fährst du hin?« Selbst wenn sie versuchte, leise zu sprechen, war ihre Stimme rauh und mißtönend.

»Fort, Mutter.« Die Knoten im Tau waren fest und ölverklebt.

»Wohin, Jephraim?«

»Das weiß ich nicht.«

Seine Mutter hustete wie eine Schauspielerin, die ihr Stichwort aufnimmt. Es war ein vertrautes Husten, gegen das Tallow nie etwas gehabt hatte, doch jetzt kam es ihm widerlich vor. Er wollte ihm entfliehen. Ihren alten, gebrechlichen Körper schüttelte es, und sie sah ihn aus engen Augenschlitzen an und hoffte auf sein Mitgefühl. Er schenkte ihr keines, hatte ihr nie welches entgegengebracht, da er unfähig war, Mitgefühl zu empfinden. Seine Mutter gab sich zum millionsten Mal versöhnlich, klammerte sich an seinen Arm und winselte: »Du gehst doch nicht *fort*? Nicht für immer, meine ich. Du wirst mich doch nicht ohne einen Penny zurücklassen?«

»Ich werde natürlich gehen müssen, Mutter.« Ungeduldig. »Die Barke ist es. Hast du sie nicht gesehen? Vielleicht ist mein Nabel an Bord. Mutter, *dich gibt es nicht mehr.*«

Doch Tallows Mutter hatte nur die Bedeutung seines ersten Satzes begriffen. Große Tränen rollten ihr abstoßend und albern über die zerfurchten Wangen. Ihr feuchter, nackter Mund gab ein schmatzendes Geräusch von sich, und Tallow fand, daß sie nach Altersschwäche stank. »Du brauchst mich, Sohn. Was wirst du machen, wenn ich mich nicht mehr um dich kümmere?«

Tallow dachte tief über ihren Ausspruch nach und war dabei frei von Widerwillen. Nach einigen Augenblicken begriff er: »Du brauchst *mich*, Mutter, du brauchst mich, damit ich dich brauche. Das ist die Wahrheit.« Er schüttelte den Kopf. »Das ist auf jeden Fall lächerlich. Wie können wir jetzt zusammenleben?«

Das alte Weib hatte jedoch nicht zugehört. Sie schluchzte weiter und begehrte immer noch sein fehlendes Mitgefühl. »Nach allem, was ich für dich getan habe«, stöhnte sie. »Was ich alles getan habe.«

»Du hast getan, was du nur tun konntest, Mutter. Jetzt aber ist nichts mehr zu tun.«

Tallow nahm dann gar keine Notiz mehr von seiner Mutter. Das Tau verlangte seine ganze Aufmerksamkeit. Das vier Fuß große, breitmäulige, rothaarige, grinsende Zerrbild der Menschheit setzte sich nicht neben den Pfosten, um das Haltetau zu lösen, sondern klappte wie eine Spinne seine Glieder zusammen. Seine langen, spindeldürren Beine, die nicht zu dem Körper passen wollten, falteten sich in der Mitte ein, so daß seine Knie fast die Ohren berührten, und seine schlanken Finger begannen geschickt, die Knoten in dem schleimigen Tau zu lösen. Mit einem Stoß und einem Ruck schwankte die Schaluppe vom Kai weg und stellte sich gemächlich gerade. Tallow sprang hurtig auf die schmutzigen Planken des Bootes und faßte nach der Ruderpinne. Er hielt sie fest und ließ sich von der Strömung zur Mitte hin tragen. Er ließ das Ruder einen Augenblick los und knotete die Seile auf, die das Segel gerefft hielten. Das viereckige Tuch knallte wie ein Kanonenschuß nieder und wurde sofort vom Wind geschwellt.

Dann folgte er der Barke den Fluß hinab, und die nächtliche Brise war ihm günstig. Er hörte die hohe Stimme seiner alten Mutter hinter sich herschreien, während der Dunst die Stadt und schließlich den Kai einhüllte. Er konnte sie nicht sehen. Unwillkürlich rief er: »Lebwohl, Mutter!« Und dann wünschte er, er wäre stumm geblieben.

»Jephraim! Jephraim!« krächzte Mrs. Tallow. »Wo fährst du hin?«

Tallow mußte sich gestehen, daß er es nicht wußte. Vielleicht würde er später seine Gründe begreifen, aber jetzt mußte er sich einzig und allein darauf konzentrieren, auf geradem Kurs der Barke zu folgen.

Er zündete sich seine Pfeife mit Händen an, die im Gleichtakt mit dem Herzen zitterten, stellte dann den Mantelkragen gegen die Kälte hoch. Er zog ihn sich über die Ohren hoch, damit keine ablenkenden Geräusche zu ihm dringen konnten.

Zweites Kapitel

Der Tag brach an.

Tallow hatte die goldene Barke gänzlich aus den Augen verloren. Während der Nacht hatte er sie ein-, zweimal erblickt, um sie nur wieder vom Nebel verschluckt zu wissen. Es war nicht zu sehen, wie sie angetrieben wurde, und doch zog sie erhaben und still dahin, war immer dicht vor Tallows kleinem Schiff. Ihre ruhige Ausgewogenheit begeisterte Tallow. Noch nie in seinem Leben hatte er etwas Ähnliches gesehen. Die Barke schien nur ein Ziel zu kennen, während sie den Fluß weiter hinabpflügte, nie anhielt, nie die Geschwindigkeit veränderte und doch immerzu dicht vor ihm war, wenn sie sich auch manchmal im Dunst verlor oder hinter einer Flußbiegung verschwand. Schwitzend hielt Tallow den Kurs und wußte, daß auch er verstehen würde, was der Sinn seines Daseins war, wenn er nur die Barke erreichen oder ihr folgen könnte, wohin sie ihn führte. Das spürte er fast die ganze Zeit über. Nur gelegentlich schwankte er und wischte dann die Zweifel beiseite. Die Barke *mußte* einfach das sein, wofür er sie instinktiv hielt. Umkehren konnte er jetzt nicht mehr.

Die Müdigkeit ließ seine Muskeln schlaff werden und machte ihm die Augen schwer. Er würde sich bald ausruhen müssen, und außerdem war es notwendig, Vorräte zu besorgen, sobald er eine Stadt erreichte, hatte er doch seine Heimatstadt so rasch verlassen.

Schließlich erreichte die Sonne ihren höchsten Stand. Sie strahlte auf das Wasser nieder und ließ es leuchten wie geborstenes Glas, warf die Schatten der großen Bäume und Büsche am Ufer auf den Fluß. Tallows Auge wurde von grellem Grün und Schwarz und Silber geblendet, bis er die Lider endlich schloß. Er hatte nicht mehr die Kraft, sie wieder zu heben. Sein Kopf fiel gegen die hölzerne Seite seines Bootes, seine Beine streckten sich zwischen dem verschmutzten Tauwerk und den verfaulten Fischkörben aus, seine rechte Hand lag schlaff auf der Ruderpinne.

Und so trieb das Boot in der Hauptströmung des Flusses, trieb an einem hochliegenden Dorf, an zwei schwarzen Gasthöfen und einer Schmiede vorbei, trieb, bis die sinkende Sonne das Wasser rot färbte und die hellen Farben des Nachmittags in düstere Töne übergingen, die sich vom Grün über Braun zu Grau wandelten, bis schließlich, als die Dämmerung kam, die ganze Welt grau und schwarz war.

Eulen jagten über den dunkelnden, rasch dahinströmenden Himmel, und die spitzen Schreie ihrer Beute drangen endlich in Tallows Ohren und weckten ihn auf. Er sah sich um, versuchte sich zu erinnern, wo er war. Sein Rücken schmerzte, und seine Schultern taten ihm weh. Er setzte sich mühsam auf. Die Umrisse des Ufers waren ihm nicht vertraut. Mit einem Achselzukken bewegte er die Ruderpinne hin und her. Sein Schiff reagierte lebhaft, und dieser Beweis seiner Macht über das Fahrzeug half ihm, die schweifenden Gedanken zu klären. Er fragte sich, wie lange er geschlafen hatte und wie sein Schiff während der ganzen Zeit mehr oder weniger auf Kurs geblieben war. Er bemühte sich, seinen rasenden Hunger zu vergessen, und schaute mit scharfem Blick nach Anzeichen einer menschlichen Siedlung aus.

Bald hoben sich in der Ferne scharfe senkrechte Silhouetten von den üppigen Schatten der Bäume ab. Er näherte sich einer Stadt. Tallow seufzte vor Vergnügen auf und begann, auf das Ufer zuzusteuern. Die Bäume wurden seltener, bis schließlich Häuser zwischen ihnen auftauchten, manche von ihnen dicht am Ufer. Die Häuser rückten näher aneinander und nahmen endlich die Plätze der Weiden und Pappeln ein, bis die Stadt erreicht war. Direkt vor Tallow ragte eine geschwungene Brücke auf. Seine erfahrenen Augen schätzten ihre Höhe ab, und er wußte mit Sicherheit, daß er unter ihr durchsegeln konnte, ohne den Mast umlegen zu müssen. Er glitt unter die Brücke, war ein paar Augenblicke in tieferem Dunkel und kam dann in einen Bereich des Flusses, in dem gelbes Licht von Lampen auf ihn fiel, die eine kleine Mole säumten. Er steuerte die Mole an und grüßte eine Gestalt, die auf ihr stand und in die Dunkelheit spähte.

»Hallo!« rief Tallow die Gestalt an. »Gibt es hier für meine Schaluppe einen Liegeplatz?«

»Aye«, antwortete eine vorsichtige Stimme. »Ja, ich glaube schon.« Der Mann verstummte und kletterte die Stufen hinab, die von der Mole zum Wasser führten. »Wer sind Sie?«

»Jephraim Tallow. Ich bin Fischer und Händler. Oder ich war das wenigstens . . .« Er hatte den letzten Satz mit leiser Stimme angehängt. »Wo kann ich anlegen?«

»Da drüben.« An der dunklen Gestalt erschien etwas Waagrechtes. Der Mann wies auf eine freie Stelle an der Hafenmauer. An dieser befanden sich in Abständen eiserne Ringe. Tallow lenkte sein Schiff mit Geschick, bis es beinahe die Wand berührte, und faßte nach einem der Ringe. Er machte sein Boot an zwei Ringen fest und zog sich auf den schmalen Rand hinauf, der zu den Stufen führte.

»Ich werde nur bis morgen früh bleiben«, sagte Tallow, während er auf den Mann zuging. »Ist der Hafen frei?«

»Ist er.«

Tallow konnte jetzt erkennen, daß der Mann jung war und einen Bart trug. Die Augen lagen im Schein einer der Lampen und wirkten argwöhnisch, und er hatte den Kopf auf die Seite gelegt, während er Tallow anstarrte, der auf ihn zugeschritten kam. Tallow starrte zurück. »Wie geht's?« fragte er und ließ ein freundliches Lächeln um die Lippen spielen. Er streckte die knochige Hand aus. »Tallow, zu Ihren Diensten.«

»Hallo, Mr. Tallow«, sagte der Bärtige undeutlich, nahm die Hand nicht an. »Sie legen spät mit Ihrer Schaluppe an, nicht wahr?«

»Wirklich.« Tallow ärgerte sich, daß Freundlichkeit bei diesem argwöhnischen Gesellen nichts ausrichtete. »Ich war eingeschlafen.«

»Aye? Nun, ich nehme an, Sie suchen einen Gasthof.«

»Sehr gut, daß Sie daran denken. Welchen können Sie mir empfehlen?«

Der Mann machte keine Anstalten, die Stufen zur Mole wieder hinaufzugehen.

»Einen billigen?«

»Ja, billig«, versicherte Tallow und verfluchte im stillen den Mann. Er lächelte aber gewinnend. »Ich werde auch Vorräte für mein Schiff brauchen.«

»Heute nacht ist nichts offen.«

»Das habe ich auch nicht erwartet.« Tallows vorhin so sichere Stimme klang ein wenig verdrossen. Was für einen Narren habe ich da aufgegabelt, dachte er. Er bemerkte jedoch den Ton seiner Stimme und milderte ihn. »Tut mir leid, wenn ich ein bißchen ungehobelt rede«, lächelte er. »Aber ich bin seit vierundzwanzig Stunden auf dem Fluß und fühle mich müde.«

»Kommen Sie«, sagte der Bärtige endlich, wandte sich um und stieg die Stufen hinauf.

Tallow folgte ihm und stierte seinen Rücken an.

Er wurde durch eine Reihe enger Gassen geführt, bis er vor sich die Lichter eines Gasthofes erblickte, der kein Wirtshausschild über der Tür hatte, auf dessen Fenster aber in geschwungenen schwarzen Buchstaben Biersorten gepinselt waren. Unter diesen stand auch ›Übernachtungen‹.

»Das ist es«, sagte Tallows Begleiter und verschwand in der Nacht, worauf Tallow nichts anderes übrigblieb, als das Gebäude zu betreten, aus dem der Lärm trinkender Männer, klirrender Gläser und lauten Gelächters drang. Er stieß die Tür auf und ging hinein.

Als er auf den Schanktisch zuschritt, wandten die Männer die Köpfe um, starrten ihn an, und rasch wurde es still. Es war ein kleiner Gasthof, voller Schatten und überheizt. Zur Linken Tallows tanzte ein Feuer im Kamin, und die drei übrigen Wände des Raumes waren gesäumt von Holzbänken. In der Mitte der Stube standen ein paar Stühle und Tische, und selbst der winzigste Sitzplatz war besetzt. Die Männer hatten schwere Muskeln, waren fleischige Fischer mit rauher Haut und von Sonne, Wind und Wasser gegerbten Gesichtern. Sie hielten Bierkrüge mit ihren mächtigen Händen umklammert und sahen sich Tallow an. Die meisten hatten bärtige Gesichter, lange, von Bier und Tabak gebeizte Schnurrbärte. Tallow ging weiter auf den Schanktisch zu und tat voller Befangenheit so, als bemerke er die Stille und die Blicke nicht. Er näherte sich dem Wirt, der Bier in ein Glas laufen ließ.

»Guten Abend«, lächelte Tallow.

»Guten Abend, Sir«, erwiderte der Wirt und drehte an dem Hahn. »Was kann ich für Sie tun?« Er war glatt rasiert, und seine Backen waren weiß gefleckt.

Tallows Augen reichten kaum zum Rand des Schanktisches. Er fühlte sich unbehaglich zwischen den bulligen Biertrinkern. Sie hatten wieder ihre Unterhaltungen aufgenommen, redeten aber nicht mehr so laut, lachten nicht mehr so herzhaft wie vorher.

Tallow sagte mit mutiger Stimme: »Ich möchte ein Zimmer für die Nacht, wenn Sie die Güte hätten, mein Freund.« Er verwünschte seine Worte. Seine Stimme hatte von oben herab und hochmütig geklungen. Genau die Stimme, die diese Männer nicht ausstehen konnten. Er bemerkte aber mit Erleichterung, daß der Wirt lediglich nickte und lächelte. Ein oder zwei Fischer lachten, das war alles. Manchmal, dachte sich Tallow dankbar, ist mein Zwergenwuchs ein Vorteil.

»Ma!« rief der Wirt mit erhobener Stimme nach hinten. Eine schlampig gekleidete Frau tauchte in der Tür hinter dem Schanktisch auf. Sie war dünn und zart, hatte aber große, freundliche Augen. Tallow war erleichtert, weil das jemand war, mit dem er umgehen konnte. Ihre Augen trafen sich, und sie lächelte ihn wie eine Mutter an.

»Ma«, wiederholte der Wirt, »dieser Herr braucht ein Zimmer.«

Die Frau nickte, trat an den Schanktisch, klappte einen Teil der Platte hoch und stellte sich vor Tallow hin. »Hier entlang, Sir«, sagte sie.

»Sehr verbunden, Frau Wirtin«, seufzte Tallow zufrieden. Er war zu lange nicht in seinem Element gewesen. Jetzt war er wieder am rechten Platz. Er folgte ihr mit munteren Schritten nach oben.

Das Zimmer, das ihm gezeigt wurde, war brauchbar. Es enthielt ein Bett, eine Waschkommode und einen Schrank.

Tallow war zufrieden. Er sagte: »Mein Name ist Jephraim Tallow. Ich bin auf dem Weg den Fluß hinab. Ich habe angelegt, um Vorräte einzukaufen und mich die Nacht über auszuruhen.«

»Sehr angenehm, Mr. Tallow. Wir heißen Mr. und Mrs. Ollert. Haben Sie einen weiten Weg gehabt?«

»Weiter als sonst üblich für mich, gute Frau. Ich weiß nicht, wie weit, da ich auf meinem Boot eingeschlafen bin. Jedenfalls eine Reise von vierundzwanzig Stunden.« Er setzte zögernd hinzu: »Ich folge einem Schiff. Vielleicht haben Sie es vorbeifahren sehen oder von ihm gehört?«

Sie verschränkte die Arme vor der Brust und zog die Schultern zurück. »Was für ein Schiff, und wie hieß es?«

»Seinen Namen weiß ich nicht, liebe Frau.« Tallow setzte sich auf das Bett und fing an, die Stiefel auszuziehen. »Aber es war golden angemalt oder besser vergoldet. Kein Antrieb sichtbar, kein Maschinengeräusch.« Er war überrascht, zu sehen, wie sich ihre Augen verhärteten und ihr Mund zu einem Strich wurde.

»Nein, Mr. Tallow. Wir haben kein solches Schiff vorbeikommen sehen. Wenn Sie aber meinen Rat hören wollen, ich würde ihm sowieso nicht nachfahren.«

Sie hatte nicht gemerkt, daß sich die beiden Aussagen widersprachen. Tallow war erstaunt. Mrs. Ollert wandte sich um zur Tür. »Mein Mann wird bald heraufkommen und nachsehen, ob Sie etwas brauchen«, sagte sie und ging. Die Tür fiel mit einem Schlag zu, und Tallow war allein und lauschte ihren Schritten, die sich entfernten, bis sie sich in dem allgemeinen Lärm verloren, der aus der Wirtsstube nach oben drang.

Er zuckte mit den Achseln und legte Mantel, Hemd und Hosen ab und schlug dann, nur noch mit Unterwäsche bekleidet, die Decken zurück und stieg ins Bett. Über ihm hing eine Lampe. Er ließ sie brennen.

Eine halbe Stunde döste er vor sich hin. Die Fischer waren bald, nachdem er sich niedergelegt hatte, in die Nacht hinausgegangen. Er hörte die Treppe knarren und schwere Schritte näher kommen. Jemand klopfte an die Tür.

»Herein!« rief Tallow lauter, als nötig gewesen wäre. Die Tür öffnete sich, und Mr. Ollert trat ein. Er blieb in der Nähe der Tür stehen.

»Entschuldigen Sie die Störung, Sir. Möchten Sie morgen frühstücken?«

»Ja, bitte«, sagte Tallow. »Ich werde früh aufsein, da ich so rasch wie möglich weiter möchte.« Er verstummte.

Mr. Ollert blieb an seinem Platz. »Die Frau hat irgend etwas gesagt«, meinte er unsicher, »von einem goldenen Schiff, dem Sie folgen.«

»Das stimmt«, nickte Tallow. »Ich folge ihm.« Er konnte sich das Verhalten des Wirts überhaupt nicht erklären.

Ollert machte einen Schritt auf Tallow zu. »Ich würde das nicht tun, Mr. Tallow. Wirklich nicht«, sagte er mit heiserer Stimme. »Sie sind nicht der erste, müssen Sie wissen.«

Tallow setzte sich im Bett auf. »Was geht das denn Sie an?« entgegnete er.

»Nichts, Sir, nichts.« Ollerts Stimme war lauter geworden, klang aber verängstigt, besorgt. »Andere sind jedoch schon hinter der verdammten Barke her gewesen, und von ihnen ist keiner zurückgekehrt. Um Himmels willen, Sir, schlagen Sie sich die aus dem Kopf! Sie lockt die Männer in den Tod.«

Wenn Ollert nicht so offensichtlich ernst gesprochen hätte, wäre Tallow in lautes Lachen ausgebrochen. Trotzdem fand Tallow, daß dieser dramatische Auftritt ein Spaß werden konnte. »Blödsinn, mein Freund«, grinste er. »Das Schiff wird mich nicht töten. Was soll denn mit ihm nicht stimmen?«

»Ich weiß es nicht, Mr. Tallow, wirklich nicht. Aber es ist nicht das erste Mal, daß es hier vorüberkommt. Ich erinnere mich besonders eines Mannes, der behauptete, es gesehen zu haben. Vor fünfzehn Jahren machte er sich an die Verfolgung. Wir haben nie wieder etwas von ihm gehört, obwohl er zu den Leuten gehörte, die in Verbindung bleiben.«

»Das ist lächerlich«, erklärte Tallow. »Es ist doch nichts Rätselhaftes an einem Mann, der vergißt, ›in Verbindung zu bleiben‹, wie Sie sich ausdrücken.« Er faßte in die Höhe, um die

Lampe auszudrehen. »Tut mir leid, Mr. Ollert, aber Sie können mich nicht davon überzeugen, daß Sie gute Gründe für Ihre Furcht haben. Gute Nacht.« Er machte die Lampe aus und zischelte verärgert mit sich selbst, weil er das heiße Glas der Lampe gestreift und sich die Finger verbrannt hatte.

Ollert ging stumm.

Tallow konnte nur schwer verstehen, worauf Ollert eigentlich hinauswollte. Aber er würde dem Mann nicht gestatten, ihn von seinem Vorhaben abzubringen. Er kannte den Pfad, der zu seiner Bestimmung führte. Wollte er leben, so mußte er der Barke folgen.

Drittes Kapitel

Tallow wurde durch lautes Klopfen an seiner Tür geweckt. Er schüttelte den Kopf, weil er einerseits wieder klar denken wollte und andererseits ärgerlich war. Es war taghell. Die Sonne schien durch das kleine Fenster des Zimmers.

»Wer ist da?« murmelte er. Das Klopfen hörte nicht auf. »Wer ist da?« wiederholte er laut.

»Mr. Ollert, Sir. Ich glaube, es ist Zeit, daß Sie aufstehen.«

»Danke, Mr. Ollert!« rief Tallow. Er stieg aus dem Bett, stolperte zur Waschkommode, goß Wasser aus dem Krug und schüttete es sich über den Kopf. Dann trocknete er sich mit einem groben Handtuch ab, das neben der Schüssel lag. Er zog sich an. Die Stoppeln in seinem Gesicht waren nicht angenehm, aber da er kein Rasiergerät bei sich hatte, fand er sich gleichmütig mit der Tatsache ab, daß ihm jetzt ein Bart wuchs. Er stellte fest, daß er Bärte nicht leiden konnte.

Er fühlte sich erfrischt, öffnete die Tür und ging durch den Flur bis zur Treppe. Er blickte die Stufen hinab und machte in der Bar einige Gestalten aus. Er konnte lediglich ihre Beine und Rümpfe sehen. Ziemlich viele Leute für diese Zeit, dachte er sich. Dann zuckte er die Schultern und ging hinab. Vier hochgewachsene Männer standen umher und unterhielten sich mit Mr. Ollert, der drei der Tische mit Besteck versah. Tallow hörte Ollert sagen: »Hier ist er, meine Herren.« Danach war Schweigen. Vier Köpfe wandten sich um, blickten Tallow aus Augen an, die nicht gerade unfreundlich waren. Tallow tat, als bemerke er sie nicht, nickte Mr. Ollert zu und setzte sich an einen der Tische.

»Ein schöner Morgen«, äußerte er plötzlich, und die vier Männer schraken auf. Sie waren gleich gekleidet, hatten grüne Uniformen an, trugen Gürtel und Stiefel. Es waren Männer im mittleren Alter mit knochigen Gesichtern und tiefliegenden, matten Augen.

»Ja«, sagte einer von ihnen, »wirklich schön.«

»Ja«, wiederholten seine drei Kameraden.

Tallow warf einen Blick zur Tür, schätzte die Entfernung ab. Die drei waren offensichtlich wegen ihm hier, doch wieso? Soviel er wußte, hatte er keine Gesetze übertreten. Waren es Polizisten?

»Die Herren würden sich gern mit Ihnen unterhalten, Sir«, meinte Ollert bedächtig.

»Gewiß«, sagte Tallow. »Was ist los?«

»Eigentlich ist gar nichts los, Sir«, murmelte der Anführer der drei Männer und setzte sich Tallow gegenüber nieder. Tallow war sich nach dieser Redewendung klar, daß der Mann dienstlich hier war. »Ich bin Sergeant Vemmer vom Volksschutzbund. Das sind die Wachtmeister Bunly, Arpit und Hemmison.«

Die drei Wachtmeister nickten, als ihre Namen genannt wurden. Es schien ihnen ein wenig peinlich zu sein.

»Sir, wir fragen uns, ob Sie nach dem Frühstück etwas dagegen hätten, zum Richter Wortmanlow mitzukommen? Mr. Ollert hier ist der Meinung, daß Sie sich vielleicht mit ihm unterhalten möchten.«

»Was soll das Ganze?« Tallow starrte sie aus aufgerissenen Augen an. »Ich kann Ihnen nicht folgen.«

»Es geht um das goldene Schiff, Mr. Tallow.« Ollerts Mund hatte die Worte hastig ausgestoßen. »Ich habe es diesen Herren erzählt. Sie können besser als ich mit Ihnen reden. Mr. Tallow, es ist nur zu Ihrem Besten. Gehen Sie einfach mit und reden Sie mit dem Richter, Sir. Und immer mit der Ruhe, Sir. Man will nur mit Ihnen reden.«

Tallow war verwirrt. »Mit welchem Recht wollen Sie mir vorschreiben, was ich zu tun habe? Hat irgend jemand von Ihnen das Recht dazu? Ich werde nicht mitgehen!«

»Bitte, Sir, bitte!« Ollert rang die Hände. Tränen liefen über sein Gesicht. »Gehen Sie bitte, bitte mit ihnen. Wir möchten nicht, daß Sie leiden.«

»*Leiden!* Leiden – was soll das heißen? Was reden Sie da?« Tallow blickte wild um sich. Die Wachtmeister hatten ihn leise umstellt. Auf ihren ernsten Gesichtern waren Spuren des Mitleids zu entdecken.

»Da sehen Sie es«, schluchzte Ollert, zum Sergeanten gewandt. »Sie sehen, daß er geistig nicht gesund ist. Ich wußte, er ist nicht normal.«

»Anscheinend haben Sie recht, Mr. Ollert«, sagte Sergeant Vemmer ruhig. »Wir nehmen ihn mit zum Richter. Der wird ihn zurechtbiegen. Das ist nur ein gewisses Stadium. Wir behandeln . . . solche Fälle nicht zum ersten Mal.«

Er legte Tallow seine Hand auf die Schulter. Tallow schüttelte sie ab und ärgerte sich nicht nur über die Männer, sondern auch über seine eigene Ohnmacht. Die Polizisten überragten seinen Kopf um zwei Fuß.

»Was wollen Sie?« fragte er. »Was habe ich getan?« Schließlich rannte er zur Tür, aber Wachtmeister Arpit trat ihm in den Weg und umklammerte ihn. Er zappelte wehrlos in der Umarmung des großen Mannes. »Loslassen! Loslassen!« kreischte er. »Ihr seid wahnsinnig!«

Vemmer lächelte mitleidig. »Das soll wohl ein Witz sein«, sagte er.

Tallow wurde in die Höhe gehoben. Er trat dabei Vemmer gegen die Brust. Der Sergeant brummte etwas, lächelte aber weiter.

»Das ist wirklich nicht die feine Art«, sagte er, »aber keine Sorge, es wird Ihnen bald bessergehen. Richter Wortmanlow wird sich um Sie kümmern.«

Der Wachtmeister packte fester zu, und Tallows Augen füllten sich mit Tränen der Wut. »Ich weiß nicht, was Sie überhaupt reden. Vielleicht sagt mir jemand, was ich verbrochen habe.«

»Verbrochen haben Sie eigentlich nichts, Mr. Tallow«, bemerkte Vemmer. »Aber Sie könnten etwas tun. Sie könnten sich selbst Schaden zufügen. Wir möchten nicht, daß sich Menschen selbst schaden. Unsere Aufgabe ist es, uns um sie zu kümmern, zu ihrem eigenen Besten, natürlich.« Das war mit solcher Aufrichtigkeit gesagt, daß Tallow beinahe übel geworden wäre. Er gab nach und ließ sich aus dem Gasthof schleppen.

Das war schrecklich würdelos, und Tallow hielt viel auf Würde, und dann wurde er wie ein Schwein durch die krummen Straßen der Stadt zum Markt gekarrt.

Schließlich erreichte man ein kleines graues Haus mit der Aufschrift GESUNDHEITSSCHÜTZER *Richter Wortmanlow*.

Er wurde die Stufen hinaufgehievt und festgehalten, während Vemmer klingelte. Ein Diener im Frack mit schwarzer Fliege öffnete die Tür. Der Diener war lang und eckig. Der Kopf war zu klein für den Körper. Er saß wie eine Mohnkapsel auf dem langen Hals. Einen Augenblick lang starrte der Diener Tallow mitfühlend an.

»Sie möchten sicher Seine Ehren sprechen«, flüsterte der Diener.

»Ja, bitte«, bestätigte Vemmer.

Der Diener führte die Gruppe durch eine Eingangshalle, die mit glänzendem braunem Holz getäfelt war. Er klopfte zaghaft an eine Tür. Hinter der Tür wurde gedämpft eine Stimme vernehmbar. »Sergeant Vemmer mit seiner Gruppe, Euer Ehren«, rief der Diener, »mit einem Fall, Sir!«

Tallow, der noch immer in Wachtmeister Arpits erbarmungsloser Umarmung zappelte, fühlte eine neue Woge von Zorn in sich aufsteigen. Es gefiel ihm nicht, ›Fall‹ genannt zu werden. Er konnte jedoch nichts tun. Vielleicht war der Richter, dieser Gesundheitsschützer, in der Lage, seines Amtes zu walten und ihn vor dem seltsamen Wahnsinn seiner Häscher zu schützen. Tallow bemühte sich, die Fassung zu bewahren. Er wollte auf den

Richter einen guten Eindruck machen.

Sie betraten das Büro des Richters. Wie der Flur war es mit poliertem, dunkelbraun gebeiztem Holz getäfelt. Durch ein großes Fenster mit weißen, gestickten Gardinen schien die Morgensonne. An den Wänden glänzten bronzene Leuchter und Tafeln. Rechts und links neben dem rauchgeschwärzten Kamin standen zwei bequeme Ledersessel. Ein Zimmer, das durch Jahre der Benützung wohnlich geworden war. In einer Ecke des Raumes saß hinter einem großen Eichenschreibtisch der Richter. Hinter ihm befanden sich Regale voller gewaltiger Gesetzesbücher.

Der Richter war ein alter, zierlicher Mann mit blasser Haut und tief zerfurchter Stirn. Das lange weiße Haar hing ihm ins Gesicht, die Lippen waren fahl, und nur die Augen hoben sich von dem Weiß und Rosa seiner Gesichtsfarbe ab. Sie lagen dunkel umschattet unter der stark gewölbten Stirn, die den Rest des schmächtigen Gesichts wie von einem Hutrand überlagert erscheinen ließ. Seine Hände kamen aus den Ärmeln einer blauen Robe hervor, die den ganzen Körper bis zum Hals umhüllte, und lagen wie Klauen auf dem Tisch.

»Unseren Gruß, Euer Ehren«, sagte Sergeant Vemmer und nahm seine Mütze ab. Die drei Wachtmeister folgten seinem Beispiel.

Der Richter blickte Tallow an.

»Setzen Sie sich doch, Mr. –?«

»Tallow«, sagte Tallow. »Jephraim Tallow.«

»Setzen Sie sich, Mr. Tallow.«

Tallow dachte sich, der Richter habe eine Stimme wie weicher Käse, der eben gerieben wird.

Der Richter wandte sich an Vemmer, der hinter dem Stuhl Aufstellung genommen hatte, auf den sich Tallow niederlassen wollte.

»Weshalb ist der Herr hierhergebracht worden, Sergeant Vemmer?«

»Um vor sich selbst geschützt zu werden, Sir.« Vemmer hustete. »Er sagt, er habe ein goldenes Schiff gesehen, Sir. Möchte den Fluß hinab, bis er es gefunden hat, Sir.«

»Ich verstehe«, meinte der Richter ernst. »Offenbar ein echter Fall. Ich freue mich, daß Sie mir nicht die Zeit gestohlen haben, Sergeant. Wir müssen ihn vor sich selbst schützen.«

»Aber Sie haben *mich* noch gar nicht angehört!« protestierte Tallow.

»Mein lieber Herr«, erwiderte der Richter freundlich, »ich habe mir so viele Fälle angehört, so viele!« Er setzte seufzend hinzu: »Sergeant, bringen Sie Mr. Tallow ins Heim der Unseligen Brüder. Dort müßte es ihm bald besser gehen. Dann können wir ihm als besserem, verantwortlicherem Menschen gestatten, seinen Weg fortzusetzen.«

»Aber ...«, stotterte Tallow, »aber ...?«

»Es ist zu Ihrem Besten«, sagte der Richter, während der Polizist Tallow aus dem Raum führte. »Es ist zu Ihrem Besten, mein Junge.«

Tallow glaubte beinahe schon, daß er tatsächlich wahnsinnig geworden sei. Man hatte ihm den Satz so oft wiederholt. Er wurde von Selbstmitleid überwältigt und gab nach. Mit schleppenden Schritten und gesenktem Kopf ging er durch den Flur auf die Straße hinaus, wo ein großer grüner Wagen auf ihn wartete. Eine goldene Aufschrift an der Seite des Gefangenenwagens sagte ihm, daß er Eigentum der GESUNDHEITSSCHÜTZER DES VOLKES war.

Tallow stieg in den Wagen, der fensterlos und dunkel war. Vorne befand sich eine kleine Öffnung, durch die Tallow den Fahrer sehen konnte. Die anderen Polizisten saßen als Schatten in seiner Nähe.

Die Maschine sprang heulend an, und der Wagen setzte sich rumpelnd und schaukelnd in Bewegung. Gott mochte wissen, wohin. Tallow legte seinen schmerzenden Kopf in die Hände und fing zu schluchzen an. Zu spät, um die Barke noch erreichen zu können.

Der Wagen raste weiter, bis Tallow schließlich die Räder über knirschenden Kies rollen hörte und durch die Windschutzscheiben einen Blick auf ein großes Haus und grünen Rasen erhaschen konnte. Wohin hatte man ihn gebracht? Offenbar zu dem

Heim, das der Richter erwähnt hatte.

Der Gefangenenwagen hielt an, und einer der Polizisten machte die Tür auf. »Wir sind da, Mr. Tallow, Sir«, sagte er.

Tallow stand auf, ging zur Tür und blinzelte in den Sonnenschein hinaus. Vor ihm ragte ein riesiges graues Haus auf. Ein Steingebäude, ein Haus mit vergitterten Fenstern. Ein Gefängnis.

Die Polizisten umringten ihn, führten ihn die Stufen hinauf und durch einen offenen Eingang. Tallow blickte sich um und sah eine hohe Mauer, die das Grundstück umgab. Das Grundstück wirkte nicht wie ein Gefängnishof. Es war gepflegt und hatte einen hübschen Rasen mit Blumenbeeten. Doch die dicken Türen und die vergitterten Fenster sprachen eine andere Sprache. Draußen zwitscherten Vögel. Es war sehr friedlich. Aber Tallow wußte, daß es seine Pflicht war, zu fliehen und den Versuch zu unternehmen, die goldene Barke einzuholen. Man führte ihn in ein Zimmer, in dem vor einem niedrigen Tisch ein rundlicher Mann stand.

An den Wänden hingen helle Bilder. Der Raum wirkte sehr heiter. Der rundliche Mann - der Kopf war rund, und der Körper war rund - lächelte heiter, als Tallow und seine Begleitung eintraten. Man konnte bei ihm kaum von Gesichtszügen sprechen. Die winzigen Augen, die winzige Nase waren einfach zu klein für den aufgeblähten Kopf, und selbst sein offenstehender Mund mit vielen Zähnen war klein. Er kam mit ausgestreckter Hand auf Tallow zu.

»Wie geht's, Mr. Tallow?« dröhnte er. »Habe gehört, daß Sie sich zu uns gesellen wollen. Wir haben ein *hübsches* Zimmer für Sie vorbereitet.«

»Danke«, sagte Tallow.

»Wir werden bald für eine Besserung sorgen, Mr. Tallow. Ich bin der Leiter des Heims. Wie ich höre, sind Sie hier fremd.« Er zog an einer Klingel. Aus den Tiefen des Hauses drang ein fernes Läuten.

»Ja, und ich möchte gerne wissen, mit welchem Recht Sie mich eigentlich hier festhalten.« Tallows Stimme hatte den erzürnten

Klang verloren.

Die glatte Stirn des Leiters runzelte sich kurz. »Wissen Sie, Mr. Tallow, das ist zu Ihrem Besten«, sagte er.

Tallow wurde es übel.

Ein Mann in einem gelben Arbeitsanzug betrat das Zimmer. Er sah gütig und glücklich aus. Er lächelte Tallow schüchtern an. Der Mann war etwa sechzig Jahre alt, hatte tiefschwarzes Haar und einen spitzen, zahnlosen Mund. An ihm schien sich alles zu widersprechen, so aufrecht er sich hielt.

»Das ist Mr. Tallow, Harold«, sagte der Anstaltsleiter. »Er wird eine Weile bei uns bleiben. Kümmern Sie sich doch um ihn.«

»Ja, Sir.« Harold lächelte. »Würde es Ihnen etwas ausmachen, hier entlangzugehen, Mr. Tallow?«

Tallow zuckte die Schultern und verließ hinter dem alten Mann den Raum. Der Leiter sagte etwas, aber Tallow hörte es nicht mehr. Er blickte sich um und sah, daß die große Eingangstür geschlossen war. Er wurde durch lange, scharlachrot gestrichene Gänge geführt. Dann ging's eine Treppe hinunter. In die Wände waren in Abständen kräftige Holztüren eingelassen. Vor ihm unterhielt sich eine Gruppe gelb gekleideter Wärter. Als er vorüberging, hörte er einen sagen: »Gestern nacht hatte ich einen Alptraum. Ich träumte, ich wäre ohne Schuhe zur Arbeit gegangen.«

Die anderen hörten ernst zu und schnalzten voller Mitgefühl mit den Zungen.

Harold führte ihn zu einer offenen Tür. Hinter der Tür lag ein kleines Zimmer, das mit einer gestreiften Tapete ausgeschlagen war. Grüne und purpurne Streifen bissen sich heftig mit groß geblümten Vorhängen. Tallow trat ein und hörte, wie sich die Tür hinter ihm schloß.

»Fühlen Sie sich wie zu Hause, Mr. Tallow«, sagte Harold mit knarrender Stimme. »Das Frühstück ist um sieben. Ich werde Sie wecken.«

Tallow hätte gern noch einiges gesagt, spürte aber ein anderes Bedürfnis in sich aufsteigen. Er blickte unter das Bett und fand, was er suchte.

Als er fertig war, zog er sich aus und ging zu Bett. Es gab nichts anderes zu tun. Seine ohnmächtige Ungeduld hatte sich für den Augenblick gelegt. Das Bett stand dem Fenster gegenüber, und als er den Kopf auf das weiche Kissen legte, traf ein Sonnenstrahl voll sein Gesicht. Fluchend drehte er sich auf den Bauch und schlief ein.

Genau um sieben rüttelte Harold Tallow wach.

»Wir stehen auf, Mr. Tallow, Sir.« Er lächelte mit zahnlosem Mund. »Zeit fürs Frühstück, Sir.«

Tallow beschimpfte ihn und setzte sich auf. Es war kalt, und er war nackt. Er stieg aus dem Bett und fing an, die Sachen anzuziehen, die inzwischen schon schmutzig und zerlumpt aussahen. Harold schlug sich auf das linke Handgelenk und sagte: »Na, na, na.«

»Ich Schlimmer«, fuhr er fort. »Vergessen.« Er wandte sich zur Tür. »Ich hol' welche«, sagte er.

Tallow hatte keine Kleidung gewollt, aber da sie jetzt gebracht wurde, beschloß er zu warten. Harold kam bald mit einem weißen Arbeitsanzug zurück. »Da bitte, Sir«, sagte er entschuldigend. »Tut mir leid. Sehr unaufmerksam. Hätte dran denken müssen.«

Tallow legte den Arbeitsanzug an, der ihm zu groß war. Er konnte ihn jedoch seiner Größe anpassen, indem er Hosenbeine und Ärmel aufrollte. Harold seifte dann Tallows Gesicht ein und rasierte ihn.

»Und jetzt hinaus zu unserem Frühstück«, sagte er. »Hier entlang, Mr. Tallow. *Bitte* hier entlang, Sir.«

Tallow schnaubte durch die Nase und folgte Harold aufs neue durch das Labyrinth scharlachroter Korridore. Im Haus waren die üblichen Morgengeräusche vernehmbar: Klappern und Schreie, Schritte und das Rauschen laufenden Wassers. Schließlich kamen sie in einen großen hellen gelben Raum, in dem an langen Tischen ungefähr fünfzig Männer in weißen Arbeitsanzügen saßen. Sie hatten matte Augen und blickten nicht auf, als Tallow eintrat. Harold zeigte ihm einen Platz am Ende einer der Bänke und eilte fort, um mit einer großen Schüssel Haferbrei zurückzukommen.

»Essen Sie auf, Sir«, murmelte er. »Essen Sie auf. Das wird Ihnen guttun, Mr. Tallow.«

Tallow brummte den alten Wärter ärgerlich an, hatte aber Hunger. Er stopfte sich den Brei mit einem Holzlöffel, den man ihm gegeben hatte, in den Mund. Harold gesellte sich zu den etwa fünfzig anderen Wärtern, die an der Wand entlangstanden, und sah glücklich zu, wie Tallow aß. Tallows Mitgefangene befanden sich in der Mitte des Saales. An den Wänden standen ihre Wärter. Die Gefangenen grunzten und aßen wie Tiere. Einige aßen nichts, sondern weinten in ihre Schüsseln. Die ihnen zugeteilten Wärter sahen verletzt und verwirrt aus und schüttelten die Köpfe.

Tallow verzehrte sein Essen und trank den Becher Milch aus, den ihm Harold geholt hatte. Er wurde gerade rechtzeitig fertig. Ein Pfiff ertönte, die Gefangenen erhoben sich und stießen die Bänke mit den Beinen zurück. Tallow erhob sich ebenfalls und wartete auf den nächsten Schritt. Die Gefangenen waren ein schrecklicher Haufen; die meisten waren unrasiert, mit langem, ungekämmtem Haar und krummen, herabhängenden Schultern.

Die Gefangenen begannen auf eine Tür am anderen Ende des Saales zuzuschlurfen. Tallow folgte ihnen. In den letzten Tagen hatte er sich daran gewöhnen müssen, anderen Menschen zu folgen.

Die Tür führte in den Garten hinaus, den Tallow schon früher gesehen hatte. Die Gefangenen begannen in ihm umherzuschlurfen, die Augen nicht geradeaus, sondern einfach auf den Boden gerichtet. Ihre Wärter blieben drinnen. Tallow hatte das Gefühl, er werde beobachtet, und sah sich um. Auf einem Balkon hinter ihm stand der rundliche Anstaltsleiter. Er winkte Tallow fröhlich zu.

Tallow machte mit zwei Fingern eine obszöne Geste und drehte dem Leiter den Rücken zu. Er klopfte dem Mann direkt vor ihm auf die Schulter. Der Mann zuckte nervös zusammen und sprang mit beiden Beinen vom Boden hoch. Er drehte sich auf dem Absatz herum und starrte Tallow aus riesigen runden Augen an. Aber eigentlich starrte er nur in Tallows Richtung, blickte anscheinend durch diesen hindurch.

»Was willste?« fragte der Gefangene mit lebloser, eintöniger Stimme.

»Mein Freund, ich möchte wissen, warum du hier bist«, sagte Tallow. »Weshalb hat man dich hier eingesperrt?«

»Das weiß ich nicht«, erwiderte der Mann. »Ich weiß es nicht. Ich weiß es nicht.«

Tallow ließ nicht locker. »Das mußt du wissen«, sagte er. »Das mußt du einfach wissen.«

»Ich hab's vergessen«, erklärte der Gefangene verdrießlich.

»Hör mal«, drang Tallow in ihn, »du mußt dich erinnern. Bist du ein Verrückter? Aussehen tust du so.«

Der Gefangene kreischte wie eine Krähe. »Nein! Das bin ich nicht!«

Verdutzt begann Tallow die Regung zu bedauern, die ihn bewogen hatte, dieses Gespräch anzuknüpfen.

»Warum bist du dann hier?« sagte er so ruhig wie möglich und hielt dabei Abstand zu dem schwatzenden Wesen. »Weshalb bist du hier?«

Der Mann beruhigte sich. »Weiß nicht«, sagte er matt. »Ich mochte früher Musik. Die sagten, das ist nicht gut für mich.« Er blinzelte Tallow mit seinen Eulenaugen zu. »Nicht gut für mich«, wiederholte er. »Nicht gut für meine *Nachbarn.*«

Plötzlich wirbelten die anderen Gefangenen herum, als hätten sie nur auf das Bekenntnis des Mannes gewartet, und blickten Tallow an. Dann begannen sie, einer nach dem anderen, im Singsang zu sprechen. Sie blickten Tallow gar nicht an. Sie blickten den Leiter auf dem Balkon an.

»Ich zog die Frauen den Männern vor, aber ich – so, wie es steht . . .«

»Ich erfand ein Gewehr.«

»Ich liebte.«

»Ich sorgte dafür, daß sich meine Diener täglich rosa kleideten. Rosa.«

»Ich hatte Angst vor meinem alten Vater.«

»Ich stürzte mich in einen Brunnen.«

Die Liste wurde lang. Jeder einzelne war schuldig. Tallow war ebenso schuldig. Das begriff er jetzt. Dann war Stille. Sie starrten zum Anstaltsleiter hinauf. Tallow wandte sich ebenfalls um, ganz langsam, und sah ihn an.

Der Leiter hob die Hand. »Ihr habt alle etwas gemacht, das nicht gut für euch war«, sagte er. »Ihr seid alle Verrückte, Wahnsinnige. Wir bemühen uns, euch zu helfen.« Er runzelte die Stirn, wischte sie sich dann mit einem großen gelben Taschentuch ab. Dann lächelte er. »Euch allen wird es bald besser gehen«, versprach er.

Die Gefangenen begannen wieder durch den Garten zu marschieren, mit schlurfenden Füßen, die Augen an den Boden geheftet. Tallow schauderte es, und er setzte sich im Schatten des Hauses nieder und gab sich Mühe, die anderen nicht zu beachten.

Nach einigen Minuten schrillte wieder eine Pfeife, und die Gefangenen trotteten den Weg zurück, den sie gekommen waren. Der Leiter stand noch immer auf dem Balkon und runzelte erneut die Stirn. Tallow schloß sich der Reihe an, kehrte in den Saal und dann in seine Zelle zurück. Harold sah ihn mißbilligend an, schloß hinter ihm die Tür und setzte sich neben ihm auf das Bett.

»Ich glaube, Sie haben damit angefangen, Sir«, sagte er und machte einen Schmollmund.

»Na und?« sagte Tallow. »Ich habe niemanden gebeten, mich hierherzubringen.«

Tallow nahm den glänzenden leeren Nachttopf und begann, an ihm herumzuspielen.

»Das weiß ich doch, Sir«, lächelte Harold. »Und da Sie hier neu sind, können wir Ihnen natürlich keinen Vorwurf machen. Es ist zu Ihrem eigenen Besten«, sagte er glücklich. »Es ist zu Ihrem eigenen . . .«

Tallow schlug dem alten Mann mit dem Nachttopf den Schädel ein. Blut und Hirn traten heraus und befleckten das Porzellan. Tallow war ruhig und wußte, was zu tun war. Er schälte sich aus seinem Arbeitsanzug und zog Harolds Leiche aus. Dann streifte er sich den gelben Arbeitsanzug über. Er war ihm nur ein wenig zu groß.

Dann spazierte er, noch immer ruhig, aus der Zelle. Er schlenderte langsam zum Haupteingang des Heimes und öffnete ihn. Zwei Wärter kamen an ihm vorbei, hielten ihn aber nicht auf. Er ging die Auffahrt hinab und roch den Duft der Blumen und des frisch gemähten Grases, er hörte, wie der Kies des Weges unter seinen Schuhen knirschte. Ein paar Schritte vor ihm war ein großes Eisentor, daneben eine kleine Hütte. Vor dieser stand ein Wächter und rauchte Pfeife.

Tallow hörte sich selbst sagen: »Muß in die Stadt. Bin in ungefähr einer Stunde zurück.« Er starrte den Pförtner an, und der Mann beugte sich vor und schloß das Tor mit einem gewaltigen Schlüssel auf. Dann lief Tallow schon die Straße entlang, sah in der Ferne die Stadt und hinter ihr den glitzernden Fluß. Sobald er außer Sichtweite war, fing er automatisch an zu rennen, die steile Straße zur Stadt hinab.

Die Straße hatte eine Betondecke und sah ordentlich und sauber aus. An beiden Straßenrändern standen hübsche Bäume, die sich schwach im leichten Wind wiegten. Der Himmel darüber war blaßblau mit weißen Wolkenfetzen, die ziellos im Wind trieben.

Tallow war nur bestrebt, wieder den Fluß zu erreichen. Als er die Außenbezirke der Stadt berührte, wählte er eine Nebenstraße, dann eine zweite, immer noch auf dem Weg zum Fluß. Ein paar Leute drehten sich um und starrten ihm nach, doch er beachtete sie nicht, rannte, rannte weiter, bis er auf eine Straße stieß, die parallel zum Fluß verlief. Auf dem Wasser lagen mehrere Segelboote, einige davon waren unbemannt. Eines, das dem seinen ähnelte, war an einem Holzpfahl festgemacht, der im Ufer steckte. Er sprang an Bord und riß das Tau vom Pfahl. Dann lenkte er das Boot auf die Flußmitte zu und war fort. Er war entkommen.

Es dauerte zehn Minuten, bis er begriff, daß er einen Menschen getötet hatte. Während er der Sonne entgegenfuhr, die schon hoch am Morgenhimmel stand, überlegte er, ob er umkehren sollte oder nicht.

»Es ist zu Ihrem eigenen Besten.«

Er starrte voraus und wollte seinen Augen nicht trauen. Deutlich sah er wieder die Barke. Er hatte Zeit genug, sie einzuholen. Er lächelte.

»Ich habe ihn zu seinem eigenen Besten getötet«, sagte er.

Aber obwohl er lachte, kehrte doch die Erinnerung an den blutverschmierten Nachttopf zurück. Der geborstene Schädel, mit Hirn und verklebtem schwarzem Haar bedeckt. Das Stöhnen, mit dem der Alte gestorben war. Der alte gebrechliche nackte Leichnam, dem er die Kleider ausgezogen hatte. In seiner Erinnerung sah er es deutlicher, als ihm beim ersten Anblick bewußt geworden war. Er hatte Harold doch nicht etwa erschlagen?

Am Kragen des gelben Arbeitsanzuges war irgend etwas unbequem. Er hob einen Finger, um ihn zu lockern, und stieß auf etwas Klebriges. Er ließ die Hand sinken.

An seinem Zeigefinger war geronnenes Blut und klagte ihn an. Er war plötzlich von Entsetzen gepackt. Er blickte zurück. Die Stadt war nicht mehr zu sehen. Er schaute nach vorn. Er konnte die Barke nicht mehr finden. Er wußte jedoch, daß sie vor ihm war. Sie mußte dort sein – er hatte sie gesehen und wiedererkannt.

Während er weitersegelte, sah er dennoch einen eingeschlagenen Schädel und schmale, nackte Schultern vor sich. Ein bitterer Geschmack stieg ihm die Kehle hinauf, auch wenn er sein Boot hinter der goldenen Barke und der Wahrheit hersteuerte. Der Nabel! Wo war er?

Viertes Kapitel

Zum vierten Mal, seit Tallow seine Verfolgungsjagd aufgenommen hatte, wich der Tag zwangsläufig der Nacht. Tallow verließ sich auf sein Glück und schlief neben dem Ruder, und am nächsten Morgen erwachte er und fand sich bis auf die Haut durchnäßt, aber immer noch auf Kurs. Der gelbe Arbeitsanzug, den er trug, war nicht auf Wetterfestigkeit gemacht. Tallow hatte nicht gut geschlafen, weil seine Träume scharlachrote Träume gewesen waren, doch jetzt war es Morgen, und er konnte sie vergessen. Was war ein Menschenleben? Was bedeutete schon ein Mord, wenn die goldene Barke gewiß weiterzog?

Der Regen fiel vom grauen Himmel nieder, tropfte in das Wasser des Flusses und prasselte auf das Segel des Bootes. Und Wind begann zu wehen. Die Flußufer waren nicht mehr von Weiden, sondern von Rhododendren gesäumt. Das niederstürzende Wasser ließ sie schwer werden und in sich zusammensinken. Der Wind frischte auf und verwandelte sie in raschelnde, alptraumhafte Scheusale, die sich obszön reckten und Tallow ans Ufer locken wollten. Er lachte sie aber aus, und der Wind füllte das Segel seines Schiffes, blähte es auf, bis der Mast knarrte. Plötzlich begriff Tallow die Gefahr, er erkannte, daß er keinen Grund zum Lachen hatte, denn der Wind trieb sein Fahrzeug auf die lockenden tierischen Büsche zu.

Verzweifelt versuchte er, das Segel in Ordnung zu bringen, aber das Takelwerk war ihm nicht vertraut, und in seinem Schrecken erreichte er nur, daß sich dasselbe vollends verknotete. Der Wind wehte stärker, drückte den Mast tiefer und machte das Segel rund wie einen Kannibalenbauch.

Tallow zerrte an den Knoten, bis seine Finger bluteten und die Nägel so gebrochen waren, daß sie immer wieder an der Takelage hängenblieben. Als dann der Wind noch stärker wurde, mußte Tallow sich aufs Ruder konzentrieren, um das Schiff irgendwie auf Kurs zu halten. Tallow sah, daß er sich einer Flußbiegung näherte, sah außerdem zwei andere Dinge: ein weißes

Aufleuchten vor dem dunklen Grün und die goldene Barke, die dicht vor ihm hoch aufragte. Er hatte sich so eifrig an dem Segel zu schaffen gemacht, daß er sein Ziel nicht bemerkt hatte. Er hoffte flehentlich, lange genug auf Kurs bleiben zu können, damit er die Barke erreichen und besteigen konnte. Doch als sein Boot schnelle Fahrt aufnahm und die Flußbiegung erreichte, stand es plötzlich schlingernd und bebend still. Er war auf eine unsichtbare Sandbank aufgelaufen.

Tallow sprang wütend in das flache Wasser, schrie seine Enttäuschung Wind und Wetter entgegen und versuchte das Boot von der Sandbank zu schieben, während ihm der Regen ins Gesicht peitschte. Seine Anstrengungen waren sinnlos. Die Barke war in einer Sekunde seinen Augen entschwunden, und er sank im Wasser auf die Knie und brach in ein verzweifeltes Schluchzen aus.

Der Regen ließ ein wenig nach, und der Wind wehte nicht mehr so heftig, aber Tallow blieb auf den Knien, beugte sich zum wirbelnden, schmutzigen Wasser nieder, die Hände über ihm an die Seite seines Bootes geklammert. Regen und Wind legten sich, und schließlich zerteilte die Sonne die Wolken. Die Sonne beschien das Boot, beschien Tallow, den Fluß, die Büsche und Bäume und ein weißes, fünfstöckiges Haus, das wie das frisch gewaschene Gesicht eines Kindes glänzte.

Tallow hob die roten Augen und seufzte. Er versuchte noch einmal, das Boot zu heben, konnte es aber nicht. Er blickte sich um. Er sah das Haus. Er würde Hilfe brauchen. Mit einem Achselzucken watete er durchs knietiefe Wasser zum Ufer und kletterte die feuchte, bröcklige, von Wurzeln durchzogene Erde hinauf, wobei er sein Schicksal verfluchte.

Tallow war irgendwie Fatalist. Und sein Fatalismus kam ihm schließlich zu Hilfe, als er vor sich eine Mauer sah, eine rote Ziegelmauer, auf der in Flecken schwarzes Moos wucherte. Seine Laune besserte sich fast augenblicklich, und er war wieder einmal ganz der alte, kalte, kecke Tallow. Denn hinter dieser Mauer konnte er Kopf und Schultern einer Frau erkennen. Die Barke mochte ein wenig warten.

Fünftes Kapitel

Sie war eine Schönheit mit scharfem Kinn und Schmollmund, und ihre Augen waren grün wie Schlamm. Sie trug einen schäbigen Filzhut und starrte Tallow über die niedrige Ziegelmauer an, die etwa bis zu ihren Schultern reichte.

»Du lieber Gott!« Sie schnappte nach Luft. *»Ein Mann!«* Sie lächelte. Einer ihrer köstlich ebenmäßigen Zähne war braun gefleckt. Zwei andere waren grün wie ihre Augen.

Tallow hatte seit Jahren nur matt und schläfrig auf Frauen reagiert. Die Frauen wurden von ihm nicht angezogen, und er fühlte sich nicht zu ihnen hingezogen. Doch irgendwie wußte er instinktiv, daß er mit dieser hier eine Bindung eingehen würde. Er genoß dieses Wissen. Einen Augenblick hielt er an ihm fest.

»Guten Morgen, meine Dame«, sagte er, spreizte die Beine und machte eine tiefe, unbeholfene Verbeugung, die durch seinen feuchten Zustand auch nicht eben verbessert wurde. »Meine Schaluppe ist auf Grund gelaufen, und ich sitze fest.«

»Dann müssen Sie bei mir bleiben«, antwortete sie. »Mein Haus liegt da drüben.« Sie streckte einen runden Arm aus und zeigte in die Richtung des fünfstöckigen Gebäudes. Ihre Finger waren lang und zart und liefen in purpurn bemalte Krallen aus.

»Das ist aber ein feines Haus, meine Dame, dem Aussehen nach zu schließen.« Tallow stolzierte auf die niedrige Mauer zu.

»Fein ist es schon«, sagte sie, »aber ziemlich leer. Ich habe nur zwei Dienstboten.«

»Das genügt nicht.« Tallow runzelte die Stirn. »Das genügt nicht.« Er fühlte, daß das Schicksal sich gewendet hatte. Die Barke konnte er immer wieder finden, irgendwann einmal. Er konnte sie immer einholen.

Er schwang sich über die Mauer. Das war eine beachtliche Leistung für einen Menschen seiner Größe, und der Sprung geschah mit einer Zartheit, einer Feinheit, die ihm sonst fremd war. Er stand neben ihr. Er blickte sie unter halb geschlossenen Lidern hervor an. »Ich wäre dankbar, wenn ich ein Bett für die

Nacht haben könnte«, sagte er. »Und wenn man mir am Morgen helfen könnte. Mein Boot muß wieder flottgemacht werden.«

»Ich werde dafür sorgen«, versprach sie. Sie hatte lebhafte Lippen, die sich beim Sprechen glatt um die Worte bewegten. Sie besaß eine schlanke Taille und volle Hüften. Ihr Hintern rundete sich fest unter dem gelben Seidenrock. Ihre großen Brüste spannten die glänzende Seide ihrer schwarzen Bluse, und die Absätze ihrer Schuhe waren sechs Zoll hoch. Sie wandte sich um und ging auf das Haus zu. »Folgen Sie mir«, sagte sie.

Tallow folgte ihr und fragte sich, wie sie wohl auf ihren hohen Absätzen das Gleichgewicht bewahren konnte. Ohne die Absätze, erkannte er erfreut, war sie kaum einen Zoll größer als er. Sie führte ihn durch einen Garten voller spitzem Blattwerk und erreichte schließlich eine sandige Straße, die gewunden auf das Haus zulief.

Ein zweirädriger Wagen, gezogen von einem gelangweilten Esel, stand leer vor ihnen. Das Fleisch der Frau war weich und brannte vor Verlangen, als Tallow sie mit den Fingerspitzen berührte und ihr in den Wagen half, wobei sein Geist Purzelbäume schlug. Er grinste vor sich hin, als er neben ihr einstieg und die Zügel ergriff.

»Hü! Hott!« schrie er.

Der Esel seufzte und setzte sich müde in Bewegung.

Fünf Minuten später riß Tallow heftig an den Zügeln des Esels und brachte die Kutsche auf dem Kies vor dem Haus knirschend zum Stehen. Eine Treppe aus massiven Steinstufen führte zu einer großen Holztür hinauf, die halb offenstand.

»Mein Heim«, bemerkte die Frau unnötigerweise.

Tallow zuckte bei dieser Albernheit enttäuscht zusammen. Das Gefühl ging jedoch bald vorüber, machte seiner Freude über so viel Glück Platz.

»Ihr Heim!« rief er. »Hurra!« Er bemühte sich nicht weiter, seine Gefühle zu verstecken. Er sprang aus dem Wagen und half ihr auch heraus. Ihre Beine waren hübsch und gut geformt. Sie lächelte und gönnte ihm die ganze Pracht der Farben Braun, Grün und Weiß.

Sie erstiegen die Stufen gemeinsam, sprangen sie wie Balletttänzer hinauf, die Füße im Gleichtakt. Als sie die Tür aufstießen, glitt ihre Hand in seine, und sie marschierten in die Halle, deren Dachbalken sich in der Finsternis verloren. Ein schattiger Saal, in dem es still wie in einer Kirche war. Staub schwebte in dem einen Sonnenstrahl, der durch den Türspalt fiel. Die Tür war anscheinend verzogen, denn sie ließ sich nicht ganz schließen. Staub wirbelte um Tallows Nase, und er nieste. Die Frau lachte entzückt auf.

»Ich heiße Miranda«, teilte sie ihm mit. »Wie heißt du?«

»Tallow«, antwortete er, und seine Augen füllten sich mit Tränen, weil ihn seine Nase noch immer juckte. »Jephraim Tallow, zu deinen Diensten!«

»Zu meinen Diensten!« Sie klatschte in die Hände, und die Echos hallten durch den Saal. »Zu meinen Diensten!« Sie klatschte die Hände zusammen und lachte, bis der Saal vom Applaus und Gelächter einer gewaltigen Zuschauermenge erfüllt war.

Eine Stimme wie die Posaune des Jüngsten Gerichts erscholl und drang in Tallows überraschte Ohren. »Madam, Sie wünschen?«

Tallow starrte in die Finsternis und bemerkte erstaunt, daß die Stimme, hohl wie eine Trommel, einem gebeugten und weißhaarigen Alten gehörte, der in verblaßtes Gold und Silber gekleidet war. Eine Livree, von Jahren des Gebrauchs gefleckt und verdreckt. Miranda antwortete dem Mann, der offenbar einer der zwei Dienstboten war, von denen sie gesprochen hatte: »Das Abendessen, Yorchem! Abendessen für zwei!«

»Ja, Madam.«

Der Gebeugte verschwand in einer Staubwolke durch eine Tür, die fast nicht zu erkennen war.

»Einer meiner Diener«, wisperte Miranda. »Seine Frau ist der zweite Dienstbote, *die verdammte Alte*!« Ihr Fluchen klang recht bösartig, wie das Zischen einer gefährlichen Schlange.

Tallow wußte nichts von dem Haus und fragte sich, wie eine alte Frau solchen Zorn in Miranda hervorrufen konnte. Doch schwirrten tausend Gründe durch seinen Kopf, und er wies sie alle zurück. Er war nicht der Mann, voreilige Schlüsse zu ziehen. Schlüsse waren zu endgültig. Sie führten in den Tod.

Miranda packte seine Hand und führte ihn durch die Halle an den Fuß einer breiten Eichentreppe, die sich in die Höhe wand. »Komm, Jephraim«, murmelte sie jetzt wieder fröhlich. »Komm, mein zärtlicher Tallow, suchen wir dir Sachen zum Anziehen.«

Tallow fand zu seinem Selbstvertrauen zurück, ließ seine Beine große Schritte machen und eilte flink wie ein Kaninchen die Treppe empor. Sie tanzten Hand in Hand eine Polka bis in den dritten Stock des weiten, dunklen Hauses hinauf. Das Haar der beiden, seines rot, ihres schwarz wie Ebenholz, flatterte ihnen um die Köpfe, und sie lachten die ganze Zeit vor Glück und vergaßen alles um sich herum.

Sie hüpften bis in den dritten Stock hinauf, und Miranda brachte Tallow vor eine von vielen festen Türen. Er war ein wenig außer Atem gekommen, da er es nicht gewöhnt war, so viele Treppen zu erklimmen. Sie mühte sich mit beiden Händen am Türknauf ab, beugte den Körper und verdrehte den Kopf nach oben, bis die Tür schließlich knarrend aufging. Bei Tallow setzte unterdessen ein Schluckauf ein.

Inzwischen heulte der Wind, der Tallow auf die Sandbank getrieben hatte, um die goldene Barke, die ruhig nach Norden weiterzog, den Siegen oder Niederlagen entgegen, die ihrer harrten.

»Jephraim«, wisperte Miranda, als er sich in seinen Sessel zurücklehnte und Branntwein aus einem Glas nippte, das so groß wie sein Kopf war.

»Hmm?« machte er und lächelte albern.

Das Mahl war mit reichlichem nachtrotem Wein hinabgespült worden.

»Jephraim, wo kommst du her?« Sie beugte sich über den kleinen Tisch vor. Sie hatte sich umgezogen, war in ein dunkelblaues Gewand geschlüpft, das von den glatten Schultern herabfiel und ihre Gestalt umhüllte. An den Knien bauschte es sich wie eine Glocke. An ihrer Linken trug sie zwei Ringe mit Saphiren und Smaragden, und an ihren Hals schmiegte sich eine dünne

Goldkette. Neue Gefühle durchströmten Tallow, dazu regte sich immer noch ein kindliches Staunen über sein Glück, das in einem Teil seines Verstandes festsaß, während er schon die Hand ausstreckte, um Mirandas krallenbewehrte Finger zu ergreifen. Der Kitzel der Erregung, der Erwartung war fast nicht mehr zu ertragen, und das Beben seiner Stimme war wie das Hämmern seines Herzens.

»Aus einer Stadt, die viele Meilen entfernt ist«, sagte er, und das schien ihr zu genügen.

»Wo willst du hin, Jephraim?« Die Frage wurde wie nebenbei gestellt.

»Ich war dabei – ich bin dabei, einer goldenen Barke zu folgen, die an deinem Haus vorüberfuhr, bevor ich auf die Sandbank lief. Hast du sie nicht gesehen?«

Sie lachte, und ihr Gelächter tat ihm weh. »Du törichter Tallow!« rief sie. »So ein Schiff ist nicht vorbeigekommen. Ich habe keines gesehen, und ich war stundenlang im Garten und habe den Fluß beobachtet. Ich übersehe keines der Schiffe, die vorübersegeln.«

»Dieses hast du übersehen«, murmelte er und starrte in sein Glas.

»Deine Scherze sind schwer zu begreifen, Jephraim«, sagte sie leiser. »Aber ich bin sicher, daß sie mir gefallen werden, wenn wir uns besser kennen.« Ihre Stimme wurde leiser und leiser, bis sie fast unhörbar war, aber ihr Klang genügte, um den Gedanken Tallows beinahe sofort eine andere Richtung zu geben. Ein Teil seiner Selbstsicherheit, der eben ein gewaltiger Schlag versetzt worden war, kehrte zurück, und er löste seine Hand aus ihrem Griff, legte seine zehn Finger um das Branntweinglas, hob es in die Höhe und schüttete sich den ganzen Inhalt in den Schlund. Er schmatzte mit den Lippen, holte tief Luft und setzte das Glas so heftig nieder, daß das Besteck auf dem Tisch klirrte.

Er wischte sich den Mund mit dem Handrücken ab, wobei ihn der scharlachrote Ärmel seiner Kordsamtjacke ein wenig behinderte, und sah sich in dem kleinen, kerzenerhellten Zimmer um. Es verschwamm ihm vor den Augen. Verdrießlich schüttelte er den Kopf, um wieder klar denken zu können, stützte die Hände auf den Tisch und stand auf.

»Miranda«, sprach er undeutlich, »ich liebe dich.«

»Schön«, schnurrte sie. »Damit wird alles soviel einfacher.«

Tallow war zu betrunken, um sich zu fragen, was damit einfacher würde. Er überhörte ihren Satz und schwankte auf sie zu. Sie stand langsam und behutsam auf und glitt ihm entgegen. Er nahm sie in die Arme und küßte ihre Kehle. Als sie sich aufrichtete, konnte er kaum noch ihren Mund erreichen. Ihre Brüste drängten sich an seine Brust, ihre Arme glitten seinen Rücken hinauf, und eine Hand streichelte seinen Nacken. Die andere bewegte sich überraschenderweise den Rücken hinab zu seinen Lenden.

»Au!« stöhnte er einen Augenblick später. »Dieser Ring tut weh!«

Sie zog einen Schmollmund, lächelte dann und streifte ihre Ringe ab. Er wand sich in seinen schwarzen, engen Samthosen und wäre am liebsten nackt gewesen.

»Gehen wir jetzt zu Bett?« schlug sie genau im rechten Moment vor.

»Ja«, willigte Tallow entschieden ein. »Ja.«

Als sie das Zimmer verließen, stützte sie seinen schwankenden Körper, und dann gingen sie die Treppe zu ihrem Schlafzimmer hinauf.

Sechstes Kapitel

Eine Woche verging rasch, eine Woche im Bett, ermüdend für Tallow, aber köstlich. Miranda hatte ihm als erfahrene Lehrerin unter anderem gezeigt, daß er ein Mann war. Ein Mann, der obendrein gelernt hatte, Miranda Vergnügen zu bereiten. In dieser Woche hatte er noch etwas gelernt. Er konnte seine Gefühle jetzt besser zügeln, konnte sowohl Verlangen als auch Ausdruck mehr in die Hand bekommen.

Tallow lag neben der schlafenden Miranda im Bett und versuchte, das Laken fortzuziehen, das sie verhüllte. Seine Augen waren den Anblick noch nicht satt geworden, wie sie nackt und ihm ausgeliefert dalag. Die Wahrheit war, wie Tallow selbst zugeben mußte, daß meistens er ihr ausgeliefert war.

Miranda war jedoch eine Frau und zog nur den richtigen Vorteil aus ihrer Überlegenheit. Tallow blieb ihr in Liebe verbunden und war es zufrieden. Kam es dann zu einem Nachgeben auf ihrer Seite, manchmal sogar zu Bitten, so war das wirklich der Mühe wert. Doch Tallow, das menschliche Zerrbild, war auf dem besten Weg, aus Erschöpfung zum Wrack zu werden. Er schlief länger, liebte nicht mehr ganz so ungestüm (dafür geschickter) wie in den beiden ersten Nächten seines Aufenthalts. Außerdem konnte Miranda nie wirklich zufriedengestellt werden.

Selbst nach zehn Stunden Schlaf fühlte sich Tallow nicht ausgeruht, fand sich aber damit ab. Er war glücklich und manchmal traurig, wenn Miranda ihn verletzte, aber die Freude überwog die Schmerzen bei weitem.

Als er eben ihre Brüste aufgedeckt hatte, wachte sie auf. Sie blinzelte und machte dann die Augen so weit auf, wie es ging, blickte ihn an, blickte an sich hinab und zog das Laken sanft und aufreizend wieder bis zum Kinn hinauf. Tallow brummte enttäuscht, stützte sich auf einen Ellbogen, schmiegte den Kopf in die Hand und starrte auf sie herab.

»Guten Morgen«, sagte er mit gespielter Härte.

»Morgen, Jephraim.« Sie lächelte wie ein Schulmädchen und entfachte seine Zärtlichkeit, sein Verlangen.

Er warf sich in einem Wirrwarr von Tüchern und Decken über sie. Sie lachte, keuchte, war ein paar Sekunden still und küßte ihn dann.

»Mein Gott«, sagte sie. »Du bist gut.«

»Danke.« Er lächelte boshaft. »Das galt für letzte Nacht.«

»Ich hab' das doch verdient, oder?« sagte sie und starrte ihm in die Augen.

»Doch, doch.« Er wälzte sich zur Seite und setzte sich im Bett auf. »Du brauchst mich, oder?« sagte sie leise hinter ihm.

»Ja«, erwiderte er, schwieg dann und dachte nach. Er hatte die Frage zu rasch beantwortet. Bevor er es sich noch überlegt hatte, sagte er schon: »Wenigstens glaube ich das.«

Ihre Stimme klang leise und unverändert. »Was meinst du, du glaubst es?«

»Entschuldigung.« Er lächelte, wandte sich ihr zu und blickte auf sie hinab. »Entschuldigung, ich weiß nicht, was ich gemeint habe.«

Da runzelte sie die Stirn und veränderte ihre Lage im Bett. »Ich auch nicht«, sagte sie. »Ich weiß nicht, was du meinst. Was hast du denn gemeint?«

»Das hab' ich dir gesagt«, entgegnete er und stellte fest, daß er ein Narr war. »Ich weiß es nicht.«

Sie legte sich auf die Seite, der Wand zu, von ihm weggedreht. »Entweder du brauchst mich, oder du brauchst mich nicht«, sagte sie.

»Genaugenommen stimmt das nicht.« Tallow seufzte. »Ich kann dich brauchen und auch nicht. Es gibt Dinge, die man zu bestimmten Zeiten braucht. Ich brauche dich manchmal.« Ich habe recht, dachte er, denn es war ihm jetzt klar, und vorher war das nicht so gewesen.

Sie schwieg.

»Es stimmt, Miranda.« Er wußte, es wäre besser aufzuhören, aber er konnte es nicht. »Du siehst doch sicher ein, daß es stimmt?«

Sie schwieg.

»Die Liebe ist nicht alles«, murmelte er stockend, kam sich unsicher und geschlagen vor.

»Wirklich nicht?« Ihre Stimme klang gedämpft, aber kalt.

»Nein!« sagte er zornig und stand auf.

Er zog seine Sachen an, ging zum Fenster hinüber und riß gehässig die Vorhänge auf.

Draußen regnete es.

Er stampfte aus dem Zimmer ins Bad. Er fühlte sich verwirrt und verärgert, konnte das Gefühl jedoch nicht deuten. Er wußte, daß er irgendwie recht hatte, wußte, daß er nicht so mit ihr hätte sprechen sollen, und war doch froh, daß er es getan hatte. Er ging, und der Boden fühlte sich unter seinen nackten Füßen kalt an, und er konnte den Regen auf die Erde und das Dach prasseln hören. Der Tag war trüb und paßte zu seiner Stimmung.

Beim Frühstück kam sie rasch über ihre Gereiztheit hinweg, und schon bald hatten sie zumindest für den Augenblick ihren Streit vergessen.

»Was machen wir heute?« fragte sie und setzte ihre Kaffeetasse ab.

»Wir reiten«, antwortete Tallow aus einer Eingebung des Augenblicks heraus. »Reiten. Das werden wir tun. Du hast ein paar Pferde. Ich habe sie gesehen.«

»Ich habe welche, aber ich wußte nicht, daß du reiten kannst.«

»Ich kann es nicht.« Er grinste. »Ich kann es nicht, meine Schöne, aber ich kann es lernen.«

»Freilich kannst du das.« Seine Stimmung war auf sie übergesprungen. »Aber was machen wir gegen den Regen?«

»Zum Teufel mit dem Regen, er kann uns nichts anhaben! Komm, Geliebte, aufs Pferd!« Er machte eine theatralische Gebärde und rannte aus dem Zimmer. Lachend lief sie hinter ihm her.

Sie ritten den ganzen Tag lang, unterbrachen das Vergnügen gelegentlich, wenn die Sonne schien, um zu essen, um sich zu lieben. Sie ritten, und nach zwei ungewissen Stunden lernte Tallow, wie er auf seiner Stute sitzen und sie lenken mußte. Er war noch immer ein Stümper, aber sehr gelehrig. Seit der Nacht, in der er die Barke gesehen hatte, hatte er rasch viele Dinge gelernt. Die Ideen stürmten auf seinen offenen, gierigen Geist ein, und er nahm sie dankbar in sich auf.

Sie ritten also durch den Regen und durch den Sonnenschein, und sie lachten und liebten zusammen und vergaßen alles andere. Tallow thronte mit winzigem Leib und langen Beinen hoch über dem Boden auf einer Fuchsstute. Miranda, die Zierliche, versessen auf seine Aufmerksamkeit, manchmal fröhlich, oft rätselhaft, Miranda die Frau.

Sie ritten stundenlang, bis sie schließlich flußaufwärts einen Teil des Flusses erreichten, an dem Tallow vor einer Woche vorbeigesegelt war, wenn auch schlafend. Sie kamen an einen Hügel, fielen sich atemlos und erregt in die Arme, schmiegten sich eng aneinander und sanken in das feuchte Gras.

»Dein Fluß«, flüsterte Miranda etwas später. »Ich werde von jetzt an immer denken, daß es deiner ist. Bisher dachte ich, es wäre mein Fluß, aber jetzt weiß ich, daß er es nicht ist.«

Tallow war überrascht. Er sagte: »Der Fluß gehört jedem, das ist seine Schönheit. Jedem.«

»Nein«, sagte sie. »Er gehört dir, das weiß ich.«

»Er gehört nicht nur mir, Liebling«, sagte er zärtlich. »Jeder kann auf ihm segeln, in ihm baden, aus ihm trinken. Dafür ist er ja da.«

»Vielleicht«, räumte sie schließlich ein. »Vielleicht stimmt das, aber ich weiß, was ich in Zukunft denken werde.«

»Eines Tages werde ich ihn dir zum Geschenk machen, Liebes«, lächelte er. Und er hatte recht, wenn er es auch nicht wußte.

Er starrte auf den Fluß hinaus und erblickte für einen flüchtigen Augenblick die goldene Barke, die ruhig und unerschütterlich wie immer vorbeisegelte. Er wandte sich zu Miranda und rief aufgeregt: »Da! Da – jetzt siehst du, daß ich nicht gescherzt habe! Das goldene Schiff! Das letzte Mal muß ich eine Luftspiegelung oder so etwas gesehen haben! Ich bin an ihm vorbeigefahren, während ich schlief!« Doch als er wieder hinsah, war es verschwunden, und Miranda stand auf und ging zu der Stelle, an der sie die Pferde angebunden hatten.

»Du mußt immer alles verderben«, sagte sie. »Du sprichst stets von Dingen, die mich beunruhigen.«

Sie ritten schweigend vom Fluß fort. Tallow dachte jedoch an die Barke und wog seine Gedanken sorgfältig ab.

Später am Abend saßen sie im Eßzimmer vor einem Feuer und tranken, und die Kluft hatte sich noch nicht geschlossen. Miranda war trotzig und unnahbar, und er war hitzig und fragte sich, ob das, was er wollte, unerreichbar sei. So saßen sie, bis es draußen Unruhe gab und Tallow zum Fenster ging, um festzustellen, was sich da tat. Es war dunkel, und er konnte nicht viel erkennen. Die Nacht war voll von Gelächter und Schreien, flakkernden Fackeln und wechselnden Schatten. Tallow sah, daß eine Gruppe Betrunkener auf das Haus zukam. Und er spürte, daß ihm die Störung willkommen war.

»Besuch«, sagte er.

»Ich möchte niemanden sehen.«

»Warum nicht? Wir könnten eine Gesellschaft oder so etwas geben.«

»Sei still!« Ihr Mund schmollte.

Er seufzte und ging in die dunkle, kalte, zugige Halle hinab. Als er sie erreicht hatte, pochten Leute an die halb geöffnete Tür.

»Ist jemand da?«

»Ein Obdach, wir bitten um ein Obdach.«

Gelächter.

»Bist du sicher, daß das Haus jemandem *gehört*?« Diesmal eine Frauenstimme. Als Antwort eine andere Frau: »Ja, meine Liebe, ich habe oben Licht in einem Fenster gesehen.«

»Ist jemand zu Hause?«

»Wir haben eine Menge Flaschen.«

Wieder Gelächter.

Tallow zog den Türflügel auf und stellte sich vor die Eindringlinge hin. »Guten Abend«, sagte er angriffslustig.

»Guten Abend, mein lieber Herr. Einen guten Abend.« Vor ihm verbeugte sich theatralisch ein grinsender Fettwanst, in extravagante Kleidung gehüllt, mit Umhang, kniehohen Stiefeln, Zylinder und Stock mit Silberknauf.

»Kann ich Ihnen behilflich sein?« fragte Tallow widerstrebend.

»Wir haben uns verlaufen.« Der Mann war betrunken. Er schwankte auf Tallow zu und starrte ihn an. Sein Atem stank nach Alkohol. »Wir haben uns verirrt und suchen ein Dach überm Kopf. Können Sie uns unterbringen?«

»Dies ist nicht mein Haus«, erwiderte Tallow stumpfsinnig.

»Ich werde nachsehen. Treten Sie erst einmal näher. Wie sind sie bis hierher gekommen?«

»Mit dem Boot, mit Booten, mit einer Menge Boote. Herrlich. Bis wir natürlich nicht mehr wußten, wo wir waren.«

»Na schön.« Tallow ging die Treppe hinauf zu Miranda. Sie schmollte noch immer.

»Wer sind die Leute?« fragte sie gereizt. »Sag ihnen, sie sollen verschwinden, und dann gehen wir zu Bett.«

»Wir können sie doch nicht abweisen. Sie haben sich verlaufen. Laß sie hier schlafen. Die werden uns schon nicht stören, oder?«

»Ich glaube, ich sehe sie mir lieber an, Jephraim.« Sie stand auf, küßte ihn, und sie gingen Arm in Arm nach unten.

Die Fackeln der Nachtschwärmer brannten noch und erhellten die verstaubte Halle. Als der dicke Anführer Miranda und Tallow die Treppe herabkommen sah, schielte er lüstern auf Miranda.

»Die Dame des Hauses!« grölte er seine Freunde an, die in Lachen ausbrachen. Die düstere Höhle von Saal füllte sich mit mißtönenden Klängen, die einem Tierpark zu entstammen schienen.

Miranda sagte höflich und ohne jedes Gefühl: »Wenn Sie wollen, können Sie die Nacht über hierbleiben. Wir haben eine Menge Betten.« Sie drehte sich um und wollte wieder hinaufgehen.

»Betten!«

Die betrunkene Meute nahm das Wort fröhlich auf und sang es durch den Saal. *»Betten. Betten. Betten.«* Nach kurzer Zeit verlor das Wort seine Bedeutung, und sie verfielen in schrilles Gelächter. Miranda und Tallow blieben stehen und betrachteten sie. »Machen wir etwas Licht, Jephraim«, sagte sie.

Er gehorchte zögernd, ging zu den Kerzen und zündete sie mit einem dünnen Wachslicht an. Die Halle erstrahlte in Licht, das die Nachtschwärmer blendete. Wieder wurde gekichert. In der Mitte des Saales stand ein langer Tisch; die Stühle waren an die Wände gerückt. Tallow sah den Saal zum ersten Mal beleuchtet. Alles war verschmutzt, und die Tünche blätterte ab. Decke und Wände waren mit Moderflecken übersät, die im Licht besonders deutlich hervortraten. Tallow zuckte die Achseln und wollte wieder die Treppe hinauf, als ihm Miranda die Hand auf den Arm legte. »Wir bleiben ein kleines bißchen«, sagte sie.

Hoffentlich weiß sie bald, was sie will, dachte er sich mürrisch. Er bereute jetzt die Regung, die ihn dazu gebracht hatte, die Leute einzulassen.

Weich waren diese Leute, von einer Weichheit, die Tallow noch nie erlebt hatte. Bis zum letzten waren sie alle verzärtelte Schoßkinder. Schlanke Frauen mit spröden Blicken und feiste Männer mit leeren Augen, zufrieden mit den eigenen Werturteilen, die ihnen die Angst diktiert hatte, Gaukler, die sich vorgaukelten, sie seien lebendig. Tallow konnte sie nur bedauern und hassen. Mit jeder Sekunde, die sie noch länger blieben, trieben sie ihn tiefer in sich selbst hinein, in den Rückzug in die umfassende Tiefe seiner dunklen Seele.

Er starrte sie an, starrte weiter, als Flaschen auf den Tisch gehäuft wurden und Miranda sich zwischen ihnen verlor und von ihrer Oberflächlichkeit aufgesogen wurde. Da war Tallow irgendwie entsetzt, aber sein Verstand weigerte sich, dem Körper Befehle zu erteilen. Er stand auf der Treppe und beobachtete sie, unfähig, sie zu verlassen oder sich zu ihnen zu gesellen.

Kleidungsstücke wirbelten in alle Richtungen, und Tallow sah ein blaues Gewand und einen schwarzen Umhang gemeinsam hinflattern. Nackte Bäuche schwabbelten, und nackte Brüste wippten, und weißes, ungesundes Fleisch gab den Hintergrund für dunkles Haar.

Ihm wurde übel. Schließlich schleppte er sich hinauf ins Schlafzimmer. Sein Ich war zerschmettert, doch der Schmerz über den Verlust, über die Erniedrigung war größer. Er lag schluchzend auf dem Bett, ohne Gedanken und voller Gefühle, und seine ganze Welt war eine zeitlose Flut von Selbstmitleid.

Er blieb stundenlang mit hämmerndem, schmerzendem Kopf liegen und fiel endlich in unruhigen Schlummer, ungefähr eine weitere Stunde lang. Als er wieder erwachte, war er ruhig. Er wußte, daß er einen Fehler gemacht hatte, daß er einen Teil von sich zerstört hatte, als er die Barke zugunsten Mirandas Liebe aufgegeben hatte. Er hatte zuviel Zeit verloren, und wenn es sich noch machen ließ, war es besser, der Barke zu folgen. Das war seine Richtung, sein Ziel, sein Lebenszweck: der Barke zu folgen, dorthin zu gehen, wohin sie ihn führte, ohne Rücksicht darauf, was ihn davon abhalten wollte.

Er nahm einen großen wollenen Umhang aus einem Schrank und legte ihn sich um die Schultern. Dann ging er und war unruhig, weil er das Haus durch den Saal verlassen mußte.

Als er ihn erreichte, staunte er.

In der Mitte des Raumes befand sich eine pulsierende Fleischpyramide, sauberes Fleisch und schmutziges Fleisch, weiches Fleisch und grobes Fleisch. Es war zum Lachen. Die unmöglichsten Glieder fanden sich in den seltsamsten Verbindungen. Ein Paar rosiger Hinterbacken schien in einem Arm zu enden, an Beinen lagen Nasen, Gesichter auf Rümpfen, Brüste an Zehen.

Eine solche Szene hätte Tallow vielleicht ekeln können, doch war er erstaunt, denn den seltsamsten Anblick bot der Arm, der an der Spitze des bebenden Menschenberges winkte und ein blinkendes Weinglas in den Fingern hielt.

Die Finger liefen in purpurn bemalte Krallen aus. Mirandas Finger. Der Arm verschwand ab und zu in dem Berg, und das Glas kehrte, wie eine Siegesfackel gehalten, jedesmal ein wenig leerer an seinen Platz oben auf der Pyramide zurück. Tallow schluckte mit weit aufgerissenen Augen. Bitterkeit stieg wieder in ihm auf, als er auf Zehenspitzen den Haufen umrundete und die Hand auf die Türklinke legte.

»Gute Nacht, Miranda!« rief er zum Abschied.

Die Hand mit dem Weinglas winkte. »Gute Nacht, Jephraim, wir sehen uns nachher!« Die Stimme klang gedämpft und verschwommen, und in ihr schwang eine falsche Fröhlichkeit mit, die überhaupt nicht zu Miranda paßte. Gewöhnlich war Miranda entweder glücklich oder traurig, in ihren Gefühlen nie falsch.

»Nein, werden wir nicht, Miranda«, rief er, als er die Tür aufzog und in die verregnete Nacht hinaus floh und blind den sandigen Pfad zum Fluß hinunterrannte. Er lief vor etwas davon, das in ihm blieb, dem er nicht entfliehen konnte, das ihn zerstörte, wobei ihm die Kraft fehlte, es zu bekämpfen.

Tallow floh also.

Siebtes Kapitel

Das Boot lag halb voll mit Regenwasser noch immer auf der Sandbank. Tallow sah es mutlos an. Dann legte er seinen Umhang ab und trat in das kalte, dunkle Wasser. Er fröstelte, zwang sich aber weiterzuwaten. Das Holz des Schiffes fühlte sich gut an, als er die Hände daranlegte und sich in die Höhe zog. Er starrte in die Finsternis und suchte die Schöpfeimer. Schließlich fand er sie und begann zu schöpfen.

Als er fertig war, schwang er sich noch einmal über den Bootsrand, schritt langsam um das Boot herum und untersuchte es, so gut das im schwachen Mondlicht ging. Dann kehrte er zum Heck zurück, stemmte die Schultern dagegen und drückte es in die Höhe. Das Boot veränderte seine Lage ein bißchen. Tallow bewegte sich zur Backbordseite hin, fing an, das Boot zu schaukeln, und schob ein wenig Sand beiseite.

Drei Stunden später war das Boot flott. Von der Anstrengung erschöpft, sank Tallow auf die feuchten Bretter, wo er in einen Halbschlaf verfiel. Schließlich richtete er sich wieder auf, als er am Ufer eine Bewegung wahrnahm. Er blickte über den Rand und sah Miranda als dunklen Schatten im Mondschein stehen, die Haare windzerzaust, um die Schultern einen schwarzen Männerumhang.

»Jephraim«, sagte sie, »es tut mir leid. Ich weiß nicht, wie es dazu kommen konnte.«

Tallow erwiderte mit schwerem Herzen und dumpfem Verstand: »Ist in Ordnung, Miranda. Ich gehe jetzt fort.«

»Deshalb?« Sie zeigte zum Haus hinüber.

»Nein«, sagte er langsam. »Wenigstens nicht nur deshalb. Es hat es mir erleichtert.«

»Ich kann da natürlich nichts sagen.« Ihre Augen waren aufrichtig, ihr Körper schlaff.

»Nein, nichts. Es mußte geschehen, Miranda. Du hättest vielleicht einmal mit mir der Barke folgen können, aber jetzt nicht mehr, niemals. Ich hätte dich gern bei mir gehabt, doch du wirst in der Barke doch immer die Rivalin sehen, nicht?«

»Nein!« rief sie. »Ach nein! Ich werde mit dir kommen, *bitte*!« Sie bewegte sich auf das Wasser zu. »Es ist immer noch Zeit. Ich werde versuchen, die Barke so wie du zu sehen. Das werde ich.«

»Nein«, sagte er. »Es ist zu spät. Ich gehe allein. Ich liebe dich, Miranda, aber ich kenne mein Schicksal. Du hast den Platz in ihm verloren. Vielleicht ist das meine Schuld, vielleicht auch nicht. Ich weiß es nicht.«

»Nimm mich mit«, wiederholte sie demütig. »Ich mache, was du willst.«

»Nein«, sagte er und rüttelte das Segel frei. »Lebe wohl.«

Doch sie warf sich ins Wasser und packte den Bootsrand und zog sich mit der Kraft der Verzweiflung in das Boot hinein.

»Geh zurück, Miranda!« schrie er, weil er in ihrem Tun seinen Untergang sah. »Zurück, zurück! Es ist vorbei! Du wirst mich zerstören!«

Sie kam auf ihn zu und warf sich, naß wie sie war, in gräßlicher Erniedrigung vor ihm zu Boden. »Nimm mich!« stöhnte sie.

Das Boot war jetzt in der Flußmitte und trieb rasch von der Sandbank fort.

»Ach Gott, Miranda«, schluchzte er, »zwing mich nicht. Ich *muß* der Barke folgen.«

»Ich komme mit, Jephraim, Lieber. Ich werde mit dir ziehen.«

Die Tränen rannen über sein Gesicht, sein Geist war verwirrt, und er atmete rasch. Ein Dutzend Gefühle lagen im Widerstreit miteinander und raubten ihm, vom Reden abgesehen, die Kraft zum Handeln.

»Du wirst mich zerstören«, sagte er. »Du wirst mich ruinieren, mein Schatz, meine Geliebte.« Er gab plötzlich nach, weil ihn ihre Erniedrigung beschämte. Er sank neben ihr nieder, nahm ihren feuchten, schwer atmenden Körper in die Arme und teilte ihr Leid.

Und so schliefen sie in Angst und Verwirrung verbunden ein.

Die Dämmerung war boshaft, war wolkenlos und hell. Tallow taten die Augen weh.

Miranda lag weiter in unruhigem Schlummer, war jedoch kurz vor dem Erwachen.

Tallow versank in innerer Einkehr, konnte aber nicht erkennen, wie der geistige Widerspruch ein Ende finden mochte. Er liebte Miranda, doch die Barke winkte. Von Miranda unbelastet, konnte er die Barke noch immer aufspüren. Er war verantwortlich für sie. Konnte er das ablehnen, um dem Schicksal, das er für das seine ansah, gerecht zu werden? Er war für sich selbst oder für sie verantwortlich. Er konnte sich keinen Ausweg erdenken.

Er wußte nicht weiter. Die Worte lärmten unaufhörlich durch seinen Kopf. Die Unentschlossenheit marterte ihn und erschöpfte seine Kräfte.

Er begriff nicht.

Als Miranda seufzte und sich mühte, zur Besinnung zu kommen, stieg in ihm ein überwältigendes Gefühl des Mitleids für sie auf. Dann blickte er hinaus auf den Fluß, der sich bis zum Horizont hin erstreckte.

Gold blinkte. Tallow handelte. Jetzt oder nie.

Er nahm Miranda in seine Arme und hob sie hoch. Sie lächelte im Schlaf vor Liebe. Er riß sie von sich los und schleuderte sie hinaus, schleuderte sie in den Fluß.

Sie schrie plötzlich entsetzt auf, begriff.

Sie schlug im Wasser wild um sich, rief seinen Namen, flehte ihn an, beschwor ihn aus Schrecken vor den Folgen seines Handelns.

»Ich kann ohne dich nicht leben!« Die Worte, eine Redewendung, die Tallow schon lange kannte, hatten eine Bedeutung, die ihm noch nie aufgegangen war. Das waren keine leeren Worte, es waren Worte der Verzweiflung, die aufrichtig und ehrlich ausgestoßen wurden.

Er schluchzte, flehte sie an aufzuhören. »Es *muß* sein!« sagte er immer wieder. »Du wirst mich zerstören.«

»Die Liebe! Jephraim! Ach Gott, Jephraim, nein, bitte, bitte, Jephraim!«

Ihre Worte waren verwirrt, der Ton verzweifelt. Sie liebte ihn.

Er preßte sich die Hände an die Ohren, verschloß sich gegen ihre Schreie. Sein Schmerz war jedoch groß.

»Meine Geliebte«, wimmerte er. »Meine Liebe . . .«

Bald konnte er ihre Stimme nicht mehr hören. Er blickte mit verschleierten Augen zurück. Er starrte auf einen Punkt im Wasser, der weit hinter ihm lag. Es war ihr Kopf. Er wollte nicht lange hinschauen, weil er Angst hatte, er könne den Kopf untergehen sehen. Da begriff er, was er getan hatte. Doch es war schon viel zu spät. Er zog sich wieder in sich selbst zurück.

Er segelte weiter, die Barke noch vor ihm, noch weit entfernt, bis schließlich der Schmerz nachgelassen hatte. Die Augen waren auf die glitzernde Barke gerichtet, der Verstand war leer, und Tallow verdrängte seine Furcht.

Achtes Kapitel

Tallow der Zerstörer, der Stümper, der Träumer, Tallow, das Zerrbild, segelte weiter, aber das Schiff war wieder verschwunden, und er konnte es nicht sehen.

Eine Woche verstrich, und Mirandas Elend, seine eigenen Schmerzen wurden zu einem Gefühl, das von seinem Verstand wieder einmal auf kühle Art logisch, leidenschaftslos und unbarmherzig zerstört werden mußte. Er fuhr unbekümmert um seinen Verlust weiter, bis er eine große steinerne Stadt erreichte.

Ihre gesichtslosen, mehrstöckigen Gebäude ragten eng zusammengequetscht in den grauen Himmel, und in den schmalen Schluchten zwischen ihnen lagen Straßen, in die nie ein Lichtstrahl drang. Die Stadt lag wie ein Schandfleck am Ufer, verunstaltete die Landschaft. In ihr gab es jedoch Läden, welche die Nahrungsmittel verkauften, nach denen Tallow lechzte. Nachdem er gleich neben den Kais angelegt hatte, lief er auf die mauerbewehrte Stadt zu.

Tallow blieb vor dem Haupttor der Stadt stehen. Ein Mann bedrohte ihn mit einem Gewehr. Am Ende der Waffe war ein langes, spitzes Bajonett aufgepflanzt. Der Mann hatte ein grobes Gesicht, einen ungeschlachten Körper, und er war ungehobelt.

»Halt!« knurrte er. »Wer sind Sie?«

»Tallow.«

»Und?«

»Ich heiße Tallow, ich bin Reisender, komme durch Ihre Stadt. Ich brauche Vorräte und hoffe, sie hier kaufen zu können.«

Der Mann überlegte, das Bajonett immer noch auf Tallow gerichtet. Er sah ihn von Kopf bis Fuß an, als sei der kleine Mann ein Stück Fleisch fragwürdiger Herkunft, und trat schließlich zögernd beiseite. »Na schön«, sagte er. »Geh rein. Aber Bürschlein, aufgepaßt, was du machst. Verstößt du gegen die Gesetze, wirst du gerädert und gevierteilt.«

Tallow ging beunruhigt und verwirrt in die Stadt hinein. In ihr herrschte Grabesstille, die Stille einer verlassenen Stadt. Doch Menschen schlurften durch die Straßen. Elendes Pack, erbärmliche Leute, halbtote Leute in Fetzen und Lumpen, düster, unrasiert, ungewaschen. Unglückliche Leute, die Tallow auf seinem Weg durch die Stadt mit keinem Blick beachteten. Schließlich hatte er sich in dem Labyrinth verlaufen.

Eine Frau kam vorbei. Sie hatte ein schmales Gesicht, und die Lippen des eingefallenen Mundes waren rot bemalt. Sie trug eine runde, randlose Brille, und die Haare hingen ihr wie Bindfäden ins Gesicht. Sie hatte sich einen alten braunen Mantel um die Schultern gelegt, unter dem sie ein verblüffend buntes Kleid mit Blumenmuster trug. Es wirkte völlig fehl am Platze.

Die Farbe zog Tallow an, und er trat ihr in den Weg. Sie zuckte zusammen, blickte ihn aus großen Augen durch die

Brille an.

»Ja?« flüsterte sie.

»Wo kann man hier Nahrungsmittel kaufen?« fragte Tallow, auf die Höflichkeitsfloskeln verzichtend.

Sie zeigte in westliche Richtung und schlurfte weiter.

Schließlich erreichte Tallow einen Marktplatz, der nichts mit den Märkten gemein hatte, die er kannte. Es gab zwar auch Getriebe und Lärm, aber das Getriebe war irgendwie gleichgültig, der Lärm irgendwie gedämpft. Es war, als würden alle flüstern, als würden sämtliche Bemerkungen im verborgenen ausgetauscht. Es gab nur eine laute Stimme, und sie vibrierte vor Gefühlstiefe. Tallow betrachtete einen Obststand, hörte ein paar der Worte und war sich bewußt, daß man ihn ansah, verstohlen und aus den Augenwinkeln.

»Sünde!« hörte er. »Gott ... die jenseitigen Welten ... unendlich ... Gnade ... Erbarmen ... gemeinsam ... lieben ...« Es war eine Stimme, die etwas zu sagen hatte, und wenn man die Menge beobachtete, die sich um den unsichtbaren Sprecher versammelt hatte, sah man, daß die Leute der Botschaft der Stimme hingegeben lauschten.

Tallow kaufte Früchte, Gemüse und gepökeltes Fleisch und trat zur Menge.

Als der kleine Tallow sich auf die Zehenspitzen stellte und versuchte, über die Schultern der dicht gedrängten Menschen zu spähen, wandte sich ein Mann um und blickte ihn an. Die Augen des Mannes leuchteten, und er war aufgeregt und begeistert.

»Es ist der Ehrwürdige Mesmers«, flüsterte er. »Er predigt wieder. Er ist wundervoll. Aber wenn er nicht aufpaßt, wird er verhaftet. Man hat ihm bedeutet, nicht auf dem Markt zu predigen.«

»Weshalb?« fragte Tallow.

»Weil Sie behaupten, er würde Ihre Autorität untergraben. Und wenn man es bedenkt, tut er das vielleicht auch. Im Augenblick scheinen aber keine Stadtwächter in der Nähe zu sein. Ich hoffe, daß Sie ihn nicht erwischen, oder uns, die wir ihm zuhören.«

»Wer sind ›sie‹?« flüsterte Tallow verwirrt und wurde immer wachsamer.

»Florums Männer.« Der Mann wandte sich ab und sah wieder zur Mitte des Kreises hin. Tallow nahm an, daß Florum der Beherrscher dieser Stadt war.

»Meine Freunde, ihr kennt mich gut. Ich bin kein Mensch, der haßt. Für Florum und seine korrupten kleinen Handlanger habe ich nur Mitgefühl. Ich bitte euch nicht um den Gefallen, ihn zu stürzen oder mit seiner Regierung Schluß zu machen. Ich ersuche euch nur, zu lernen, miteinander in Harmonie zu leben. Vergeßt eure Ängste, eure Abneigungen, und Florum wird euch nie Schaden zufügen können.«

Alles schön und gut, dachte Tallow, aber was, wenn diese Wächter auftauchen? Er fuhr herum und starrte zurück auf den Marktplatz. Die Stimme des Predigers klang bestimmt aufrichtig. Kein Zweifel, daß er glaubte, was er sagte, und wenn der andere Mann recht hatte, so verfügte er auch über Mut. Die Worte bedeuteten Tallow nur wenig, aber er bemerkte, daß die Lauschenden tief beeindruckt waren. Dann sah er, wie sich Wächter über den Marktplatz verteilten und auf die Menge zukamen.

»Aufgepaßt!« schrie er ohne Überlegung. »Wächter!«

Plötzlich verwandelte sich die hingerissene Zuhörerschaft in hundert bestürzte, verängstigte, durcheinanderwirbelnde Teile, die in sämtliche Richtungen auseinanderstoben. In Windeseile waren alle fort, und nur Tallow und der Prediger und die Wächter blieben zurück. Mesmers trug ein blaues Gewand, das an den Säumen verschlissen war. Er blieb stocksteif stehen und starrte den Wächtern entgegen. Tallow handelte.

»Kommen Sie!« rief er, machte einen Satz nach vorn und packte den weißhaarigen Mann am Arm. »Kommen Sie, verschwinden wir von hier!« Er trieb den Prediger auf eine der vielen labyrinthischen Straßen zu, die sich vom Markt fortwanden. Er mußte den Prediger beinahe hinter sich herziehen. Ein Gewehrschuß zerriß hinter ihnen die stille Luft. Der Prediger bewegte sich dann etwas schneller, wenn auch noch immer voller Zögern.

Sie rannten weiter. Stiefel stampften, Stimmen schrien, sie sollten stehenbleiben.

»Hier hinein«, sagte Mesmers schließlich und deutete auf einen dunklen Hauseingang. Tallow sprang hinein. Mesmers öffnete eine Tür, und sie traten in einen lichtlosen Flur.

»Ich danke Ihnen.« Tallow lehnte sich keuchend an eine Wand.

Mesmers' Stimme drang aus der Dunkelheit zu ihm. »Sie sind hier fremd, nicht wahr?«

»Bin ich«, gab Tallow zu. »Ich heiße Tallow.«

»Mesmers, Ophum Mesmers.«

»Ich hörte Sie da hinten predigen. Es . . . es klang gut.« Tallow log. Er hatte die Worte des Predigers kaum zur Kenntnis genommen.

Tallow hörte Mesmers umherschlurfen. Schließlich wurde eine Kerze entzündet, und Tallow staunte, wie verschmutzt der Raum war. Nicht einmal in seiner Heimatstadt hatte er solche Armut und solchen Dreck gesehen. Er setzte sich auf eine umgedrehte Kiste. »Was machen wir jetzt?« wollte er wissen.

»Wir verstecken uns einige Zeit«, sagte Mesmers sachlich. Er drehte sich um und blickte Tallow an, der überrascht war, weil der Lehrer viel älter war, als er angenommen hatte. Die Gesichtshaut war wie ein Baumstamm mit Furchen überzogen, und die Augen waren blau, von einem blassen Blau, das fast ins Graue überging. Sie waren voller Humor, waren weise und menschlich und freudig. Es waren Augen, die das Leben als gut und wert, gelebt zu werden, erkannt hatten. Der Ehrwürdige Mesmers war ein Mensch.

Tallow begriff plötzlich, daß er diesen Mann lieben konnte. Er hatte noch nie jemanden getroffen, der einen so merkwürdigen Eindruck auf ihn gemacht hatte. Er konnte Mesmers dienen. Das alte Gesicht des Predigers strahlte Weisheit aus, doch Tallow war weniger von der Weisheit angezogen, als von dem tiefen Wissen, das er anscheinend besaß. Ein Wissen um grundlegende Dinge, ein Wissen um die Wahrheit, um Gott? Er hat, dachte Tallow, seine Barke gefunden. Aber wie? Wenn er bei ihm blieb, konnte er möglicherweise entdecken, wie. Er mußte unbedingt bleiben.

Die nächsten paar Tage waren gefährliche Tage. Tallow staunte, denn die Stadt wurde von einer Stimmung des Argwohns beherrscht, die wie eine Krankheit war, wie ein Leiden, das sich ausbreitete und Tallow ansteckte.

Er lernte die Kunst des Schleichens, die Schatten benützen, das Lauschen. Tallows Ohren waren sein Schutz, so wie sich der Pflanzenfresser durch seine feinen Ohren vor dem Fleischfresser schützt, der ihn jagt. Bald erkannte er jedes Geräusch des Steindschungels, denn Tallow war ein Fremder, auf den Jagd gemacht wurde, und die Polizei wollte Mesmers tot oder lebendig in die Finger bekommen.

Da Tallow ein Fremder und aufgrund seines ungewöhnlichen Körperbaus leicht zu indentifizieren war, konnte er sich, abgesehen von dem kleinen Kreis der Verbündeten Mesmers', kaum auf mitfühlende Freunde verlassen. Er befand sich in der Nähe des Predigers und war so etwas wie dessen Sinnesorgan für Angst, denn der Prediger war sich die meiste Zeit der Gefahr nicht bewußt. Es war schwer zu sagen, ob er sie nicht spürte oder von ihr lediglich nicht berührt wurde.

Mesmers verlegte wegen der allgegenwärtigen Spitzel mehrmals in der Woche sein Hauptquartier. Tallow versuchte ihn davon zu überzeugen, daß er die Stadt verlassen mußte, um sich einige Zeit in den Bergen zu verstecken und die Leute zu sich kommen zu lassen. Mesmers ging jedoch nicht darauf ein. Er habe eine Pflicht, sagte er, und wenn er die Gefahr nicht mit den Leuten teile, könne er auch nicht ihre Ängste und Hoffnungen teilen. Das leuchtete ein, doch Tallow stritt weiter. Seine Ehrfurcht und Bewunderung für Mesmers war zu etwas Stillem geworden, und zum ersten Mal seit dem Auftauchen der goldenen Barke, die ihm eigentlich die Augen für die Welt, die ihn umgab, geöffnet hatte, fühlte er Frieden in sich. Mesmers' Lebenslust, sein Glaube an die Menschheit war so ansteckend wie die Stimmung in der Stadt.

Die Worte des Predigers aber beunruhigten Tallow. Worte

wie Gott, Allumfassende Brüderschaft, Ewige Liebe, Gut und Böse. Das waren alles Worte, die ihm wenig bedeuteten. Es lag also nicht an Mesmers' Worten, daß er sich jetzt zu Handlungen begeistern ließ, die ihm früher fremd gewesen waren. Der bloße Gedanke, für jemanden sein Leben aufs Spiel zu setzen, würde ihn bestürzt und entsetzt haben, und selbst jetzt bereute er irgendwie seine Aufopferung, obwohl er nicht genau sagen konnte, weshalb.

Es war, als habe er sich selbst die Treue gebrochen, als habe er seine Wesensart verraten, denn im Grunde war Tallow immer noch selbstsüchtig. Er hatte selbstsüchtig geliebt und gehaßt, ohne tiefere Beweggründe. Er wußte es und schämte sich nicht. Warum sollte er sich schämen? Er war ganz bei sich gewesen.

Doch das Zusammentreffen mit Mesmers hatte seine Ganzheit zerstört, hatte einen Teil seiner Keckheit zerstört. Und er hatte noch immer Angst vor den Gefühlen, die in ihm wuchsen, wenn es auch gute Gefühle waren. Er konnte nichts machen, es waren nicht Tallows Gefühle, nicht die Gefühle des Tallow, der er sein wollte; sie waren zu störend, zu aufwühlend. Sie hatten ihn schon von der Barke entfernt und drohten jetzt, ihn in die Selbstzerstörung zu treiben. Er konnte manchmal nicht mehr schlafen, weil der Schrecken über das, was sich tat, zu tief in ihm saß. Befand er sich jedoch auch nur wenige Minuten in der Nähe Mesmers', so vergaß er völlig seinen Selbstverrat.

Und so zeichnete sich wieder eine Entscheidung ab, aber Tallow wollte es sich nicht eingestehen.

Neuntes Kapitel

Der Raum war heiß, dunkel, angefüllt mit Qualm und dem Geruch brennender Öllampen. Etwa dreißig Leute saßen still auf Hockern und Stühlen. Vorn im Zimmer kniete der Ehrwürdige Mesmers in der Nähe der Tür und betete stumm und unauffällig. Schließlich erhob er sich und hieß die Versammelten mit einem Lächeln willkommen.

Tallow saß am anderen Ende des Raumes und starrte gelangweilt auf die schäbig gekleideten Rücken und das verschmutzte Haar von Mesmers' Gemeinde. Er war ein Außenseiter, gehörte nicht zu ihr.

Mesmers' Predigten langweilten Tallow, obwohl die Zuhörer offensichtlich genau die entgegengesetzte Reaktion zeigten. Sie versammelten sich mit unruhigen Augen und gebeugten Schultern, sahen sich nicht an, aber wenn sie gingen, hielten sie sich aufrechter, lächelten sich aus strahlenden Augen an. Zum Teil hatte Tallow genau dagegen etwas. Er haßte diese Eintracht. Obwohl Mesmers' Gegenwart fast das gleiche in ihm bewirkte, mochte er dennoch seine finstere Bewunderung mit niemandem teilen. Er war selbstsüchtig.

Der Ehrwürdige Mesmers begann langsam und eindringlich zu sprechen.

»Wie denken die meisten von euch über Gott?« fing er an. »Ist Er eine gestaltlose Wolke allumfassender Liebe? Ein ehrwürdiger, weißhaariger Alter im Himmel? Ein feuriges Schwert der Gerechtigkeit?«

In der Gemeinde wurde Murmeln laut. Man mochte die Frage anscheinend nicht. Tallow verspürte in sich eine gewisse Zufriedenheit.

»Er ist all das«, sagte Mesmers, und die Menge beruhigte sich. Tallow verzog das Gesicht. Dann fuhr Mesmers fort: »Soll ich euch sagen, wie ich Gott sehe? Ich sehe Ihn in euch, in mir, in Mr. Tallow dort drüben.« Tallow war entsetzt und verlegen. »Ich sehe Ihn in den Wänden des Zimmers, in den Lampen, im Qualm, in einem Tag, einem wolkenlosen Himmel, in einer Wolke, einem Hund, einem Messer. Ich sehe Ihn in all diesen Dingen, weil Er in all diesen Dingen *ist.* Er ist sie, und sie sind Er. Gott ist nichts Bestimmtes, und Er ist alles. Deshalb sind unser Streiten und unser Haß falsch. Unsere Aufgabe ist, zusammenzuhalten, jeden zu lieben und zu respektieren. Ganz gleich, was Florum einem von euch antun wird, ihr werdet die Stärke aller haben. Florum kann Haß mit Haß begegnen, aber er kann nicht gegen die Liebe kämpfen. Er kann gegen die Stärke, die ihr haben werdet, nichts ausrichten.«

Mesmers sprach in dieser Art noch etwa zwanzig Minuten lang, beantwortete Fragen, führte sein Thema weiter aus, war ruhig, freundlich, überzeugend, respektierte die Meinungen, die vorgebracht wurden. Und während er redete, schienen die zerlumpten, schäbigen Leute mit Mesmers eins zu werden, wurden sie eine Einheit. Tallow hingegen blieb weiter der gelangweilte, verärgerte Außenseiter.

Er wartete ungeduldig ihr Gehen ab, erhob sich dann und begab sich zu Mesmers hinüber, der offenbar tief in Gedanken versunken war.

»Mr. Mesmers«, sagte er ehrfürchtig, doch Mesmers schien ihn nicht zu hören. »Mr. Mesmers!«

Mesmers verharrte in seinen Träumen. Tallow streckte den Arm aus, um den Prediger an der Schulter zu berühren, überlegte es sich aber anders. Er öffnete die Tür und blickte auf die Straße hinaus. In der Einfahrt gegenüber stand ein Mann, der Tallow ansah. Er wandte sofort den Blick ab und schlenderte mit gespielter Ruhe auf die Straße hinaus. Tallow wußte, daß es sich um einen der Spione Florums handelte, spürte es in jeder Bewegung des Mannes.

Er schloß hastig die Tür, ging zu Mesmers zurück und schüttelte ihn.

»Was ist los, Tallow?«

»Jemand hat das Haus überwacht, er muß gesehen haben, wie die Menge ging. Er hat auch mich gesehen. Wir müssen rasch fort.«

Mesmers seufzte. »Nun gut, wir verschwinden durch den Hinterausgang.«

Während er noch sprach, wurde vorsichtig an die Vordertür geklopft. Tallow vermutete sofort, daß es sich nicht um ein Glied von Mesmers' Gemeinde handelte. Es war ein alter Trick von Florums Wächtern. Gegen die Tür schlagen würde alle im Haus alarmieren, während ein vorsichtiges Klopfen auf einen Freund schließen ließ, wie sie meinten. Tallow wußte es besser. Er führte Mesmers rasch durch das Haus auf die Hintergassen hinaus. An beiden Enden eines schmalen Durchgangs warteten Soldaten.

Tallow schlug das Herz bis zum Hals, der Mund wurde ihm trocken, und während ihn die Furcht packte, versuchte er krampfhaft nachzudenken. Er gab Mesmers einen groben Stoß, schleuderte ihn in einen Hauseingang und folgte schnell. Die Tür war abgeschlossen. Tallow stemmte seinen schmächtigen Körper gegen sie und rüttelte an ihr. Er trat wild und verzweifelt mit dem Fuß dagegen, und sie flog nach innen auf. Dann befanden sie sich in einem kleinen, übelriechenden Raum, der von einem alten Mann in einem abscheulichen Bett belegt war. Ein Feuer schwelte in einem Kamin, und der alte Mann blickte mit fieberglänzenden Augen auf. Er hustete entsetzlich, und über sein Kinn lief Speichel. »Was's los?« keuchte er. »Räuber? Gesindel? Ist Florum erledigt?«

»Nein, er sucht uns. Wir werden verfolgt.« Tallow hatte keine Zeit, sich auf eine Unterhaltung mit dem Alten einzulassen. »Wohin geht's dort?« Er zeigte auf eine Tür.

»Auf einer Leiter nach oben, aber . . .«

»Danke«, schnaufte Tallow und trieb Mesmers durch die Tür, die er hinter sich zuzog. Sie hatte kein Schloß. Sie hörten, wie die Soldaten den Raum betraten, den sie eben verlassen hatten. Die Worte des Alten klangen hoch und ängstlich, die der Soldaten tief, ungeduldig und zornig.

»Ich weiß es nicht! Ich weiß es nicht! Bitte hört auf!«

Schläge und Drohungen, die flehende Stimme des alten Mannes, die einzigen Worte, die sie deutlich hören konnten.

Mesmers wollte in den Raum zurück. »Ich kann ihn nicht wegen mir mißhandeln lassen«, flüsterte er leidenschaftlich mit schmerzerfüllten Augen.

»Narr!« knurrte Tallow. »Sie sind wichtiger als ein sterbender alter Mann. So hat sein Leben wenigstens einmal einen Sinn gehabt. Kommen Sie schon!« Er packte Mesmers' zerschlissenes Gewand und schob ihn eine Leiter hinauf. Als sie das Obergeschoß erreicht hatten, machte Mesmers immer noch Anstalten zurückzugehen. Tallow versetzte ihm einen Schlag, traf ihn mit geballter Faust seitlich am Hals, und der alte Mann stöhnte auf, verlor das Bewußtsein. Irgendwo unten ertönte ein gräßlicher, tierischer Schrei, wie der eines Schweins in Todesangst. Er ging in ein schauerliches Gurgeln, ein blubberndes Stöhnen über.

Tallow zuckte zusammen, als unter ihm Schritte laut wurden und im Eingang zum Obergeschoß ein blutiges Bajonett auftauchte. Er nahm den alten Prediger auf den Rücken, stieg die nächste Leiter hinauf, mühte sich mit ihm, der alle viere von sich gestreckt hatte, ab und blieb einen Augenblick stehen, um die Leiter hinter sich in die Höhe zu ziehen.

Immer weiter hinauf, durch ein dunkles, schmutziges Labyrinth winziger Zimmer. Manchmal scheuchte er Familien auf, Frauen und Männer, Scharen von Kindern, die sich wie Mäuse im Nest aneinanderschmiegten. Er trieb sie auf seiner wilden Flucht auseinander, und er sah nichts als weiße, erschrockene Gesichter, stocksteife Arme und Körper, die Säcken glichen.

Gelegentlich hielt er an, um wieder eine Leiter zu sich hinaufzuziehen, und das Stampfen der Soldaten wurde leiser, es blieb zurück, bis es nicht mehr zu hören war. Tallow blieb stehen, um Luft zu schöpfen. Es schien ihm, als habe ein Feuer die rasselnde Lunge in seiner Brust versengt. Seine Arme waren unter dem Gewicht des besinnungslosen Mesmers matt geworden, seine Beine zitterten, sie wollten unter ihm zusammenbrechen und ihm den Dienst versagen.

Er gönnte sich jedoch nur ein paar Minuten Ruhepause, dann lud er sich den Prediger wieder auf und erklomm zwei weitere Leitern. Die letzte brachte ihn auf das Dach. Er zog die Leiter hinter sich hoch, legte sie vorsichtig auf die verdreckten Ziegel, ließ den Lukendeckel zufallen und klemmte ihn mit einem halb verfaulten Stück Holz fest.

Das Dach war von einer niederen Brüstung umgeben. Er taumelte hinüber und blickte in die Tiefe. Bis zur Straße hinunter waren es etwa achtzig oder hundert Fuß. Das Gebäude war von kleinen Punkten völlig umstellt.

Tallow hatte keine Zeit, lange nachzudenken. Er mußte weiter handeln, sonst gab es keine Rettung für Mesmers und ihn.

Zum nächsten Gebäude waren es vier oder fünf Fuß. Tallow wußte, daß er die Lücke, vor allem mit Mesmers auf dem Rükken, nicht überspringen konnte.

Da fiel ihm die Leiter ein. Sie war ungefähr sechs Fuß lang. Er schob sie über die Lücke. Er prüfte sie, so gut es ging, indem er sich vorbeugte und sein Gewicht auf die Hände verlagerte. Sie schien ihm nicht vertrauenswürdig, aber es blieb ihm nichts anderes übrig, als die Überquerung zu wagen.

Wieder legte er sich Mesmers, der zu stöhnen begonnen hatte, über die Schulter. Schwankend stieg er auf die Brüstung, wagte nicht, in die Tiefe zu blicken. Dann setzte er einen Fuß auf die Leiter und rannte hinüber. Er konnte sich später überhaupt nicht an die Überquerung erinnern. Da gab es nur die ersten Schritte hinüber, dann war er in Sicherheit und zog die Leiter zu sich.

Noch vier solche Abgründe überquerte er von Gebäude zu Gebäude, wurde sicherer, dann aber überkamen ihn Übelkeit und Müdigkeit, und er brach auf den schmutzigen Platten eines Daches zusammen. Sein Kopf lag dicht neben dem Mesmers', und der alte Mann stöhnte, blinzelte mit den Augen, und seine alten, zarten Hände flatterten wie weiße Tauben an die Stelle, an der ihn Tallows Schlag getroffen hatte.

Tallow sah ihn an. »Wir sind gerettet«, wisperte er. »Ich habe Sie gerettet.«

Mesmers' Stimme klang tadelnd, beinahe zornig. Er erwiderte: »Um welchen Preis, Tallow?« Das war alles. Er schwieg dann wieder. Sie blieben mehrere Stunden stumm, danach kam die Dunkelheit, und sie schliefen ein.

Tallow erwachte, als die Nacht dem Morgengrauen wich. Er reckte die schmerzenden Glieder und gähnte. Die kalte Morgenluft brannte im Hals und in den Lungen und belebte ihn. Mesmers war verschwunden.

Tallow brauchte einige Sekunden, bis er das begriffen hatte. Sofort raffte er sich auf und blickte sich auf dem ganzen grauen Dach um. Mesmers war nicht da, und die Leiter lag dort, wo Tallow sie am Vorabend niedergelegt hatte.

Eine Dachluke stand jedoch wie der Schnabel eines eben

flügge gewordenen, überraschten Vögelchens offen, als äffe sie Tallows Gesicht nach.

Er ging zur Luke und starrte hinein. Er sah nichts als Schwärze. Verzweifelt zwängte er sich durch die Öffnung, hielt sich mit den Händen fest, ließ sich fallen und landete auf nackten Brettern. In dem Zimmer war niemand. Er schlich zur Tür und öffnete sie. Niemand. Das Haus war besser gebaut als jenes, in dem er die Flucht begonnen hatte. Draußen war ein Treppenabsatz, und Stufen führten in die Tiefe. Er rannte zur Treppe, sprang die Stufen hinab, kümmerte sich nicht mehr um den Lärm, den er verursachte. Man machte keine Türen auf, starrte ihm nicht nach. Das Haus hätte ebensogut leer sein können. Tallow polterte hinab, und niemand schenkte ihm Beachtung.

Als er den ersten Treppenabsatz erreichte, sah er Mesmers' Gewand, das sehr schmutzig geworden war, im Ausgang zur Straße verschwinden. Er wagte nicht zu rufen, rannte ihm nach und erreichte ihn schließlich, als er um eine Ecke bog.

»Wieso sind Sie davon, Mr. Mesmers?« keuchte er.

»Ich möchte nicht, daß Sie wegen mir wieder sündigen, Tallow«, versetzte der Prediger, ohne dem kleinen Mann einen Blick zu gönnen oder seine Schritte zu verlangsamen.

»Aber, Sir, Sie brauchen mich doch. Sie brauchen mich. Wenn ich nicht wäre, hätte Florum Sie eingesperrt.«

»Ich brauche Sie nicht, Tallow. Sie haben sich lediglich mit Erfolg eingemischt.«

Tallow versuchte, die Bedeutung von Mesmers' Worten zu erfassen, und in seinem Kopf wirbelten verzweifelt Gedanken durcheinander.

»Dann bin ich es, der Sie jetzt braucht«, sagte er schlau und der Wahrheit gemäß. »Sir, ich brauche Sie. Verlassen Sie mich nicht so, nach allem, was ich getan habe, um Ihnen zu helfen. Helfen Sie mir jetzt, Sir. Helfen Sie mir.«

»Sie haben die Hilfe, die ich Ihnen geben kann, zurückgewiesen. Sie können bei mir bleiben, aber nur unter der Bedingung, daß Sie auf das hören, was ich sage. Mischen Sie sich nicht mehr in mein Schicksal ein.«

»Aber Ihr Schicksal ist mein Schicksal.«

»Das hätte sein können«, erklärte Mesmers mit Bedauern in der Stimme. »Das hätte gut sein können, früher einmal.«

»Was habe ich falsch gemacht? Sagen Sie es mir, und ich werde es wiedergutmachen, das schwöre ich.«

Mesmers blieb an einer Tür stehen. Tallow wußte, daß es eine ihrer Zufluchtsstätten war. Mesmers drehte sich um und blickte Tallow aus weisen Augen mitfühlend an.

»Ihre Gründe, mir zu helfen, waren nicht die rechten Gründe. Ich bin verantwortlich für den Tod eines Menschen, und zwar wegen Ihnen. Tallow, ich *brauche* Sie nicht. Unser Zusammensein wird weiter Gewalt erzeugen. Noch mehr werden sterben, und unglückliche Leute werden noch unglücklicher. *Ich* biete denen das Leben. *Sie* aber können ihnen nichts als Schmerz und Kummer bringen, Ihren eigenen Schmerz, Ihren eigenen Kummer. Können Sie das nicht begreifen?«

»Nein! Sie sind ungerecht.«

»Ich habe versucht, gerecht zu sein. Vielleicht haben Sie recht. Aber das glaube ich nicht. Ihre Sünden hängen wie eine graue Wolke über Ihnen.«

»Welche Sünden? Ich habe nie gesündigt. Wenn ich es getan hätte, würde ich es doch wissen. Ich weiß nichts davon.«

Mesmers seufzte und betrat das Haus. Tallow folgte ihm und klammerte sich an sein Gewand. »Ich weiß nichts davon«, wiederholte er, »und deshalb habe ich nicht gesündigt, oder? Wenn das stimmt, was Sie gesagt haben, daß jeder Mensch ganz tief im Innern weiß, daß er gesündigt hat, dann bin ich unschuldig.« Tallow fühlte ein bißchen Siegesfreude in sich aufsteigen.

Mesmers machte die Tür zu und sah tief in Tallows Augen, im Blick noch immer Mitgefühl, ein Mitgefühl ohne jede Hoffnung.

»Wenn Sie es nicht wissen, dann ist mein Glaube vielleicht falsch, was ich nicht hoffe. Aber wenn Sie es wissen, dann ist alles, was ich gesagt habe, doppelt wahr.«

Tallow fühlte sich plötzlich erleichtert, und seine Haltung änderte sich. Seine Neigung zu Mesmers, diese ihm fremde Selbstaufopferung hielten seine Beine schon zu lange mit Ketten gefesselt. Jetzt sah er einen Ausweg aus dem Zwiespalt. Es war der Wendepunkt; er könnte seine Freiheit zurückgewinnen.

»Narr!« höhnte er. »Verblendeter Idiot! Sie sind kein Seher! Sie sind nichts in dieser Stadt, Sie vergeuden Ihre Zeit mit anderen und werden dafür mit Haß verfolgt. *Sie* sind derjenige, auf den es ankommt, nicht die anderen, die Sie mit sich hinabziehen, und ich wäre Ihnen schon fast gefolgt. Gott sei Dank habe ich es endlich gemerkt.«

Mesmers stand stumm, sein altes Gesicht war voller Ruhe. Tallow wütete weiter, verdrängte das Gefühl der Bedeutungslosigkeit, das Mesmers' Blick in ihm auslöste, unterdrückte die Gefühle im Zorn. »Sie haben Ihr Schicksal verraten. Ich werde Sie verlassen, obwohl ich Sie gerettet habe.«

Er riß die Tür auf und lief auf die Straße hinaus.

»Jephraim, kommen Sie zurück«, sagte Mesmers plötzlich. »Man wird Sie fassen und erschießen, wenn Sie um diese Zeit ausgehen. Mann, kommen Sie zurück. Wenn Sie schon fort müssen, warten Sie wenigstens die Nacht ab.«

Tallow achtete jedoch nicht auf die Warnung des Predigers. Er marschierte auf den Fluß zu und wußte, daß es Wochen dauern würde, bis er die Barke eingeholt hätte. Er hatte nur diese eine Hoffnung.

Mesmers rief ihn noch einmal mit Nachdruck. Tallow überhörte den Ruf. Sein Schicksal lockte.

Zehntes Kapitel

Tallow bemerkte bald die Gefahr, und wieder einmal kam ihm sein berechnender Verstand zu Hilfe. Er benützte Nebenstraßen, folgte gewundenen Gassen, die zum Ufer führten, und wußte dabei nicht, wie er aus der Stadt herauskommen konnte, denn man bewachte jedes Tor.

Er schlich weiter, voller Zorn. Er wollte unbedingt die Tore erreichen und entscheiden, was zu tun war, wenn es soweit wäre.

Er brauchte zwei Stunden, mußte stehenbleiben, sich verstekken und sich weiterstehlen, bis er an die Stadtmauer kam. Er folgte ihr und erreichte schließlich ein Tor. Drei Wächter lehnten argwöhnisch und aufmerksam an der Mauer. Man hatte die Zahl der Soldaten erhöht, vielleicht wegen der Verfolgungsjagd des Vortages.

Er zog sich in die Schatten zurück, als sich einer umwandte und in seine Richtung blickte. Aber er war nicht schnell genug gewesen.

»He, du! Komm aus der Gasse raus und laß dich sehen!«

Tallow schluckte die Angst hinunter, die in ihm aufschoß, und rannte hastig den Weg zurück, den er gekommen war.

»Ich könnte schwören, das war der rothaarige Zwerg, hinter dem wir her sind«, hörte er den Wächter seinen Freunden zurufen. »Cript, komm mit. Auf seinen Kopf ist eine Belohnung ausgesetzt.«

Tallow bestand jetzt nur noch aus Furcht. Sie hüllte ihn ein, beherrschte ihn, trieb ihn rücksichtslos von den schreienden Wächtern fort. Er floh.

Er floh drei Tage lang und wurde unbarmherzig gejagt. Er wurde zu einem furchtsamen Tier, das sich duckte und ängstigte, er verbarg sich in Abwasserkanälen, versteckte sich in den Häusern der wenigen Menschen, denen er trauen zu können glaubte. Doch Verrat ließ ihn immer wieder auf und davon rennen. Drei Tage brachte er mit Laufen und Fliehen zu. Es waren beschwerliche Tage, da er sich nicht erlauben konnte, in Schlaf zu fallen. Der kecke, selbstsichere, selbstsüchtige Tallow lernte kennen, was es hieß, von anderen abhängig zu sein, einem glattzüngigen Spitzel zu trauen und zu entdecken, daß der Mann Soldaten zu seinem Versteck führte. Tallow vergaß bald alles, abgesehen von seinem Bedürfnis zu entkommen.

Eines Tages fand ihn dann Mesmers.

»Sie sind krank«, sagte Mesmers zu dem unrasierten, zitternden Elenden, der ihn anflehte. »Sie hätten mir zuhören sollen, mein Freund.«

»Ich werde Ihnen jetzt zuhören, ganz bestimmt. Retten Sie

mich, verstecken Sie mich, mehr will ich nicht, Sir. Retten Sie mich. Ich hätte auf Sie hören sollen. Man hat mich verfolgt und auf mich geschossen. Ich bin getäuscht und verraten worden. Sie hatten recht, Mr. Mesmers, ach, Sie hatten recht, Sir. Bitte, verstecken Sie mich jetzt.«

Mesmers runzelte die Stirn, mochte nicht, was aus Tallow geworden war, mochte nicht, was ihn zu dem Wesen gemacht hatte, das er jetzt war. »Ich werde Sie verbergen, bis Sie gefahrlos gehen können«, sagte er. »Sie werden dann die Stadt verlassen.«

»Aber wenn man mich dabei faßt? Man wird mich töten. Mein Blut wird auf die Erde fließen. Ich werde sterben. Die werden mich wegen Ihnen, Sir, foltern. Die werden wissen wollen, wo Sie sich aufhalten, und werden mich dazu bringen, es zu verraten. Das werden sie tun, Sir. Ganz bestimmt. Retten Sie mich.« Tallow schluchzte schrecklich und klammerte sich mit schmutzverkrusteter Hand an Mesmers' Gewand.

»Wir werden sehen«, sagte Mesmers. »Aber zuerst müssen Sie sich ausruhen.«

Ein paar junge Männer, Anhänger des Predigers, traten auf einen Wink vor, packten Tallow, um ihn von dem alten Mann fortzuschleppen.

»Bringt ihn zu Bett, meine Freunde«, murmelte Mesmers und sah Tallow an. »Er soll schlafen. Später werden wir versuchen, ihn hinauszuschmuggeln. Soviel bin ich ihm schuldig.«

Doch Tallow fiel es schwer zu schlafen. Mesmers oder einer seiner Anhänger blieb immer neben dem Bett Tallows und lauschte dem Stöhnen und Schreien, während Tallow die Schrecken der drei Tage in seinen Alpträumen noch einmal durchlebte. Tallow wachte manchmal kreischend und brüllend auf und mußte beruhigt werden. Unter Florums Herrschaft mußte man die Ruhe bewahren.

Mesmers versetzte Tallow mit seiner ruhigen Stimme und seiner überzeugenden Art in tiefen Schlaf. Mesmers verschaffte Tallow Heilung und verhalf dem kleinen Mann wieder zu ein wenig Selbstachtung, Selbstsicherheit. Mesmers baute wider besseres Wissen einen neuen Tallow nach dem Muster des alten auf, da er ohne neues Material keinen gänzlich neuen Tallow aufbauen konnte. Er gab Tallow die Keckheit zurück. Er gab Tallow das, was man ihm genommen hatte. Und er wußte, daß seine Gabe ein Samen war, ein Samen, der den Mann, den er jetzt rettete, beinahe zerstört hatte. Wäre Mesmers kein Optimist gewesen, er wäre der Verzweiflung anheimgefallen.

Tallow grinste bald wieder sein närrisches Grinsen, sein breitmäuliges, scharfzähniges Grinsen, sein Krokodilslächeln. Er setzte sich in dem Bett auf, in Mesmers' Bett, und reckte dem Prediger den Kopf entgegen.

»Ich danke Ihnen«, sagte er ohne Dankbarkeit. »Sie haben es gut verstanden, mich zu heilen. Jetzt sind wir quitt. Ich habe Sie gerettet, Sie haben mich gerettet. Ich mache mich auf den Weg, sobald ich mich noch ein bißchen ausgeruht habe.«

Mesmers nickte traurig und stand auf. Seine Augen waren dunkel umrandet und zeigten an, daß er noch weniger als gewöhnlich geschlafen hatte. Er entfernte sich müde von Tallow, und seine Schultern hingen herab. »Ich werde dafür sorgen, daß Sie sicher aus der Stadt kommen«, sagte er. »Und ich werde Sie nie wiedersehen, Mr. Tallow.«

»Leben Sie wohl«, grinste Tallow, verschränkte die Arme hinter dem Kopf und ließ sich zurück in die Kissen sinken. »Ich hoffe, Sie kommen klar.«

»Leben Sie wohl.« Mesmers ging langsam und war bald verschwunden. Tallow hörte die Außentür zuklappen.

Zwei Tage später schlurfte ein altes Weib in ein Tuch gehüllt vom Haus fort, in dem sich Tallow erholt hatte. Die alte Frau war Tallow.

Tallow hoffte, verkleidet die Kaianlagen erreichen und sich unter die Menschen mischen zu können, die sich dort jeden Tag versammelten, um sich die einlaufenden Schiffe anzusehen. Mesmers' Anhänger hatten gesagt, daß es dort möglich sein könnte, auf eines der auswärtigen Schiffe zu gelangen oder sich ein Boot zu stehlen.

Die Verkleidung war vollkommen. Tallow spielte seine Rolle

ausgezeichnet, am Arm einen abgenutzten Korb, ein Tuch über den Kopf gezogen, das Gesicht im Schatten des Tuches.

Niemand schenkte ihm auch nur einen Blick; in der Stadt gab es so viele arme alte Weiber. Als er die Hauptstraße erreichte, die zu den Kaianlagen führte, schloß er sich einer langsam gehenden Menge an, die dem Fluß zustrebte. Dort war ein Zaun, der die Hafengegend vom Rest der Stadt trennte, und der Zaun wurde bewacht. Man ließ jedoch die Menge durch. Tallow ging mit klopfendem Herzen an einem Wächter vorbei, den er wiedererkannte, doch der Wächter starrte einem Mädchen nach, das hinter seinem Vater ging. Tallow fing an, die Sache ruhiger zu nehmen. Er hatte es sich nicht so einfach vorgestellt, die Kais zu erreichen.

Große Schiffe kamen in Sicht, und Tallow wurde sofort von Sehnsucht ergriffen. Jedes Schiff bedeutete Entkommen und noch mehr. Jedes Schiff war ein Mittel, der goldenen Barke zu folgen. Zwischen den größeren Fahrzeugen tanzten auf den Wellen kleine Einmannboote von der Sorte, die Tallow vertraut war.

Er folgte der Menge, die an einem Kai zum Stehen kam. Männer waren damit beschäftigt, Schiffe zu entladen und zu beladen. Doch auch hier wimmelte es von Wächtern, die alles, was nicht normal war, mit argwöhnischen Augen betrachteten.

Tallow entspannte sich und wartete auf seine Gelegenheit.

Sie kam endlich, als am anderen Ende des Kais Unruhe entstand. Tallow wußte nicht, was der Grund war, doch die Aufmerksamkeit der Wächter war abgelenkt. Sie richteten die Gewehre drohend auf den Unruheherd, und Tallow hörte rauhe Stimmen, die irgend etwas forderten. Die Wächter bewegten sich auf den Lärm zu. Tallow begann zu rennen.

Er hetzte zum Fluß, hörte hinter sich einen Schrei. Ein Gewehr knallte ziemlich nahe, aber er lief weiter. Dann strömten Wächter aus allen Richtungen zusammen, und ein paar rannten los, um ihm den Fluchtweg zum Wasser abzuschneiden. Er blickte wild um sich und war von blitzenden Bajonetten umgeben.

Da zeigte er verzweifelt auf die Menge und rief: »Er ist dort, Mesmers ist in der Menge! Er befahl mir, loszurennen, damit er entkommen kann!«

Die Wächter waren unschlüssig.

»Es ist wahr!« schrie Tallow. »Er wird entkommen!«

Die Waffen richteten sich auf die Menge. Die Leute erkannten die Gefahr und versuchten zurückzuweichen. Ein Hauptmann bellte den Befehl: »Stehenbleiben! Keine Bewegung!«

Die Menge bekam es jetzt mit der Angst zu tun. Man begann zu rennen und stieß sich gegenseitig.

»Feuer! Feuer!«

Schüsse krachten, und zwei Männer stürzten nieder.

»Halt!«

Die Schüsse hatten aber die Menge in Panik versetzt. Sie lief in alle Richtungen über den Kai auseinander. Die Wächter feuerten blindlings auf die Leute und versuchten, sie vom Zaun fernzuhalten. Das Mädchen, das den Torwächter abgelenkt hatte, brach schreiend zusammen. Zwei Burschen stürzten zu Boden. Sie preßten die Hände gegen die Schenkel, um den Schmerz zu lindern, der durch ihre Körper fuhr.

Tallow riß sein Tuch ab und wandte sich zum Fluß. Er sprang ins Wasser und schwamm hin zu einem Motorboot, das in der Nähe festgemacht war. Zwei Wächter entdeckten ihn. Sie zielten auf ihn. Kugeln zischten um ihn herum ins Wasser, doch er konnte das Boot unverletzt erreichen.

Er schlüpfte in die winzige Kabine hinein und ließ den Motor an. Die Schraube wühlte das trübe Wasser des Flusses mächtig auf und trieb das Boot voran.

Tallow duckte sich, als noch einmal eine Kugel an ihm vorbeipfiff. Einige Soldaten rannten zu zwei größeren Booten, die nebeneinander festgemacht waren. Tallow fuhr schneller und ließ rasch die Kaianlage hinter sich, wobei er die ganze Zeit vor Erleichterung wie verrückt lachte.

Auf dem Kai rannten die Leute weiter, liefen jetzt zum anderen Ende, wo die erste Unruhe entstanden war. Es war, als seien sie Teilnehmer an einer makabren Hasenjagd, bei der sie eine

Spur blutiger Körper hinter sich zurückließen. Eine kleinere Gruppe, die stehengeblieben war und Tallow nachgestarrt hatte, während die größere Menge die Flucht ergriff, versäumte es auszuweichen. Die Menge erreichte sie und riß sie mit sich.

Zwei Mitglieder der Gruppe fielen tot zu Boden, als wieder Kugeln pfiffen und die Flüchtenden in panischer Angst aufheulten. Einige von ihnen erstiegen jetzt den Zaun, wurden aber zum Teil von Geschossen heruntergeholt. Ihre Körper hingen wie schmutzige Wäsche über dem Zaun. Dann blieb die Menge stehen und sah die Soldaten voller Furcht an.

Der Hauptmann schrie wieder: »Stehenbleiben, jetzt! Wir wollen alle überprüfen! Wenn ihr unschuldig seid, habt ihr nichts zu befürchten!«

Die Menge ergab sich eingeschüchtert.

Der Hauptmann ging mit zwei Leutnants an den Leuten vorbei und überprüfte jedes Gesicht.

Einer der Soldaten rief dem Hauptmann zu: »Sir, schauen Sie, er hatte recht!«

Er hatte einen dunklen Umhang von einem alten Mann in blauem Gewand fortgezogen. Von einem weißhaarigen Mann, dessen Augen starr blickten, von einem Mann mit bleichem Gesicht, dessen Haut Baumrinde glich, über die Blut rann, hundert kleine Bäche, vom Kopf, aus dem Mund und aus zwei Wunden am Körper.

»Das ist ganz bestimmt Mesmers, Sir. Ich sah ihn ein paarmal auf dem Marktplatz predigen. Wir haben ihn endlich erwischt, Sir.«

»Ja«, lächelte der Hauptmann sein Haifischgrinsen. »Das ist er. Unser kleiner Freund hat also nicht gelogen. Lebt der Prediger noch?«

»Ja, Sir, ich glaube schon.«

Ein Leutnant beugte sich zu dem alten Mann hinab, dessen Augen blinzelten.

»Ich glaube ... ich handelte falsch«, sagte Mesmers mit schwacher Stimme. »Ich hätte ihn nicht ... wieder ... aufbauen sollen. Ich ... wußte ... daß ... er mich ... zerstören würde.«

»Wovon redet er?«

»Weiß ich nicht. Wahrscheinlich von dieser kleinen Ratte, Sir. Diese Leute sind sich alle gleich. Sie verraten sich gegenseitig, um ihre eigene Haut zu retten. Ich schätze, daß der kleine Mann der rothaarige Zwerg war, der Mesmers in den letzten Wochen ein paarmal gerettet hat. Komische Sache das, ihn retten und ihn dann töten lassen.«

Sie starrten zu Mesmers hinab. Der Prediger starrte aus glasigen, seelenlosen Augen zurück. Mesmers war tot.

»Was für eine teuflische Sache!« murmelte der Leutnant und blickte den Fluß hinab. Tallows Boot war verschwunden, und die beiden größeren Boote nahmen die Verfolgung auf. »Was für eine teuflische Sache!«

»Kommen Sie, Leutnant«, sagte der Hauptmann ungeduldig. »Schaffen wir die Leiche ins Hauptquartier. Da sollte doch für uns alle eine Kleinigkeit herausspringen. Jetzt werden Sie in der Lage sein, Ihrem Mädchen den Ring zu kaufen, den es sich wünscht.«

Der junge Leutnant lächelte und war sofort wieder fröhlich. »Das werde ich tun, Sir«, sagte er. »Daran hatte ich noch gar nicht gedacht.«

Zwei Wächter hoben Mesmers' Leichnam auf und warfen ihn auf einen Karren. Der junge Leutnant blickte noch einmal den Fluß hinab. »Merkwürdig das . . .«, sagte er vor sich hin und folgte dem Hauptmann.

Inzwischen vergrößerte sich der Vorsprung Tallows, der von Mesmers' Tod nichts ahnte, vor den ihn verfolgenden Booten. Tallow blickte glücklich nach vorn und hoffte, einen Schimmer der Barke zu entdecken.

Elftes Kapitel

Miranda gefiel das Aussehen des Kapitäns nicht, doch blieb ihr keine andere Wahl, denn sein Schiff war das einzige weit und breit. Sie setzte ihre Tasche neben die Füße und blickte zu ihm hinauf. Seine Augen glitten über ihren Körper und wichen den ihren ein paar Sekunden aus. Sie zog einen Schmollmund.

»Wie weit fahren Sie den Fluß hinab?« fragte sie.

»Wie weit?« Er rieb sich mit einer Hand das stachlige Kinn und kratzte sich mit der anderen den Hinterkopf. »Vielleicht zweihundert Meilen, mehr oder weniger.«

»Gut. Genügt das als Bezahlung?« Sie zeigte ihm einen Beutel voller Münzen. »Sie sind aus Gold.«

»Ja«, sagte er. Seinen Augen war anzusehen, daß es mehr als genug war.

»Ich möchte eine Einzelkabine«, fügte sie rasch hinzu.

»Selbstverständlich.«

»Dann komme ich an Bord«, sagte sie mit einer Stimme, die härter als sonst klang. »Wann legen Sie ab?«

»Um vier Uhr«, antwortete er. »Sie haben noch eine Stunde Zeit.«

»Danke«, sagte sie.

Sie hatte die Vereinbarung so spät wie möglich getroffen. Der Mann, von dem sie das Geld erhalten hatte, hätte ihr folgen und verlangen können, daß sie zurückkehre. Nicht, daß sie etwa besonders unglücklich mit ihm gewesen wäre; es lag einfach daran, daß er nicht Tallow war. Ihre Suche nach Tallow, seine Verfolgung war zu einer Besessenheit geworden. Sie liebte ihn noch immer.

Die Kabine war einfach und sauber, wenn auch klein. Auf der Backbordseite befand sich eine Koje, gegenüber ein Schrank. Das war alles. Der Matrose, der ihr die Kabine zeigte, sagte: »Ich bringe Ihnen jeden Morgen um acht warmes Wasser zum Waschen, Madam. Ihr Frühstück werden Sie so gegen halb neun in Ihrer Kabine serviert bekommen.«

»Danke.« Sie lächelte. Der Matrose war groß und gutaussehend. Er sah sie scheu an, wie sie sich von manchen Männern gern anblicken ließ. »Die Reise wird sicher angenehm werden.«

»Hoffentlich, Madam«, sagte er.

»Ja, hoffen wir es.« Sie lächelte wieder, warf ihm einen auffordernden Blick zu. Sie konnte nicht anders. Es war eine ihrer Gewohnheiten. Auf jeden Fall, sagte sie sich einschränkend, ist mein Gefühl für Tallow nicht rein sexuell, sonst würde ich davon absehen, das zu tun, was ich eben mache. Ich werde ihm folgen, aber ich werde dem Dreckskerl nicht treu sein. Die tiefe, schmerzliche Sehnsucht, die sie für den empfand, der sie verlassen hatte, wurde bei diesem Gedanken ein wenig erträglicher. Sie lächelte ein drittes Mal, lächelte vor sich hin.

Sie hatte eine lange, beschwerliche Reise hinter sich. Als sie sich schließlich ans Ufer gekämpft hatte, mußte sie meilenweit laufen, bis sie auf eine Stadt stieß. Dort schloß sie rasch Freundschaften und landete schließlich in den Armen des Bürgermeisters. Von ihm hatte sie sich das Fahrgeld zur nächsten Stadt besorgt, denn sie mußte ganz plötzlich abreisen, als die Bürgermeisterin die Neigung ihres Gatten entdeckte.

Und so zog sie weiter, setzte sich in Bewegung, wenn sie konnte – oder wenn sie mußte. Sie hatte schließlich einen reichen Mann und ein Schiff gefunden, das ein gutes Stück fuhr. Die beiden zusammen waren ein außergewöhnlicher Glücksfall gewesen.

Sie wußte noch immer nicht, warum sie Tallow folgte. Er hatte sie widerwärtig behandelt, und doch wußte sie, daß er sie immer noch liebte. Ihr Ego war erschüttert worden, das war alles, und sie war nicht ganz glücklich mit der kalten Dusche und dem darauffolgenden Herumwandern. Ein Teil ihres Verstandes schwor sich boshaft, Tallow vor sich kriechen zu lassen, wenn sie ihn eingeholt haben würde. Und sie würde ihn einholen. Das stand fest.

Sie packte also ihre paar Habseligkeiten aus und konnte es kaum erwarten, bis das Schiff vom Kai ablegte. Wie sie ihren Tallow kannte, war der sicher nicht sehr viel weiter gekommen.

Zwölftes Kapitel

Tallow hatte die Barke eingeholt. Sie war nur noch etwa eine Viertelmeile von ihm entfernt. Aber das Wetter war schlecht. Der Wind heulte ihm um die Ohren, und der Fluß war hier breit und deshalb unruhig und gefährlich. Die wirbelnden Wasser und der Wind hatten nicht die geringste Wirkung auf die Barke. Sie zog zielsicher weiter; ruhig, heiter, unerschütterlich bewegte sie sich den Fluß hinab, als gäbe es kein stürmisches Wasser. Die Strömungen, die Tallow so zu schaffen machten, konnten dem stetig dahinziehenden goldenen Schiff nichts anhaben. Sie trieben es nicht einen Zoll vom Kurs ab, den es genau in der Flußmitte steuerte. Tallow war weder erstaunt noch verwirrt. Er hatte das so erwartet, sonst wäre es sinnlos gewesen, ihr zu folgen. Immerhin war er verärgert und regte sich über den plötzlichen Wetterumschwung auf, der in dem Augenblick eingetreten war, in dem er die Barke wieder sichtete. Es war stets das gleiche. Immer wenn die Möglichkeit bestand, sie einzuholen, trug sich etwas zu, das ihn ablenkte, ob es nun mit Menschen oder der Natur zu tun hatte. War er dazu verdammt, ihr ewig zu folgen, oder war es möglich, daß sie ihn irgendwohin führte? In diesem Augenblick kämpfte er mit den Elementen, aber irgendwie schien das nicht wichtig zu sein.

Vor ein paar Tagen, als er die Stadt in großer Eile verlassen hatte, war er in äußerster Bedrängnis gewesen, als er den Kanonenbooten und den Uferpatrouillen entkommen mußte, die ihn jagten. Jetzt jedoch hatten Florums Männer die Verfolgung abgeblasen.

Tallow bedauerte die Tatsache, daß er verantwortlich für den Tod einer Reihe von Bürgern war, aber er rechtfertigte sich mit der Überlegung, daß er Mesmers verraten hätte, wenn er gefangen und gefoltert worden wäre, und er bewunderte den Prediger noch immer, obwohl er von seinen Idealen nichts hielt.

Was für ein Gefährte auf einer Reise wie der meinen, dachte er. Sein Platz ist hier neben mir, um der Barke zu folgen. Er konnte aber das nagende Gefühl nicht aus dem Hinterkopf vertreiben, daß Mesmers vielleicht schon der Barke gefolgt war und ihr endgültiges Ziel entdeckt hatte. Hatte der alte Prediger nicht irgendwann einmal etwas Ähnliches gesagt? Er glaubte, schon. Er konnte sich jedoch nicht an den Augenblick erinnern. Vielleicht als er nach der schweren Feuerprobe so wütend geworden war. Nein, es war sinnlos. Tallow konnte es nicht mit Sicherheit sagen.

Aber angenommen, die Barke führte ihn zu diesen schrecklichen Selbstaufopferungen, deren Mesmers schuldig geworden war? Nein, er mußte sich sicher sein, daß die Barke einen zu seinem persönlichen Schicksal führte, das von diesem Menschen abhängig war. Wenn Tallow wirklich so stark war, wie er dachte, dann mußte sein Schicksal auch ebenso gewiß sein, nicht wahr?

Tallow sah, daß sein Boot auf ein Ufer zugetrieben wurde. Rasch korrigierte er den Kurs und segelte hinter der Barke her, die sich schnell von ihm entfernte.

Er fluchte und schäumte, aber es half nichts. Die Barke, die ihre Geschwindigkeit nicht verändert hatte, kam bedeutend besser voran als er.

Schließlich verlor er sie wieder einmal aus den Augen, und er gab die Verfolgung vorläufig auf. Es war nur eines zu tun: nämlich besseres Wetter abzuwarten und dann den Versuch zu unternehmen, an die Barke wieder heranzukommen.

Er lenkte das Boot ans Ufer und machte es an einem Baumstamm fest. Das Boot war mit Ausrüstung und Proviant wohl versehen, hatte sogar ein Zelt an Bord. Er wollte das Zelt am Ufer aufschlagen, schlafen und am nächsten Morgen weiterfahren.

Er vergewisserte sich, daß das Boot gut festgemacht war, warf das Zelt ans Ufer und setzte nach. Der Boden war feucht und quietschte unter seinen Füßen, als er durch einen stillen Wald ging, in dem das Wasser von den Zweigen troff. Der Wald erschien ihm friedlich im Vergleich mit dem strudelnden Wasser des Flusses. Ein guter Platz, um sich auszuruhen. Als er auf einer Lichtung die Zeltstangen zusammensteckte und die Seile prüfte, hörte er ein seltsames Wimmern hinter einem Erdhügel in der

Nähe. Neugierig ging er hin und fand ein Kleinkind.

Es war ein häßliches, ausgemergeltes Kind, etwa zwei Monate alt. Es lag in einem Körbchen aus geflochtenen Weidenruten und war in feuchte Decken gehüllt. Tallow beugte sich nieder, nahm die Decken fort und hob das Kind in die Höhe. Dann legte er statt der Decken seinen Mantel mit der Innenseite nach außen hinein.

Das Baby hörte auf zu wimmern.

Tallow nahm das Körbchen an sich und brachte es zu der Stelle, an der er das Zelt aufstellen wollte. Er errichtete das Zelt und setzte das Körbchen hinein.

Er kam zu dem Schluß, daß das Baby ausgesetzt worden war. Es gelang ihm, dem Kind ein wenig Milch, die er vom Boot holte, einzuflößen, dann kroch er in seinen Schlafsack und schlief die ganze Nacht, ohne sich vom gelegentlichen Wimmern des Babys stören zu lassen.

Am nächsten Morgen entfernte er sich vom Fluß, weil er den Menschen aufspüren wollte, dem das Kind gehörte. Er dachte sich, daß es in der Nähe sicher einen Ort geben müsse.

Er hatte recht. Als er an dem Morgen, der sonnig, hell und wolkenlos war, aus dem Wald trat, sah er in einiger Entfernung im Westen Rauch aus Schornsteinen aufsteigen. Das Körbchen mit dem Baby wurde ihm in den Armen schwer, aber er wollte nicht für den Tod des Kindes verantwortlich sein und wußte aus Erfahrung, daß die Menschen gewöhnlich weichherzig genug waren, ein Kind anzunehmen. Er wußte allerdings auch, daß er selbst nicht so weichherzig war.

Als er sich dem Dorf näherte, bemerkte er, daß die Felder in der Umgebung öd waren. Die Bäume waren verfault, und über der ganzen Gegend hing ein übler Geruch. Ab und zu kam Tallow an einem toten Tier vorbei, auf dem es von Fliegen wimmelte. Verwesende Kühe, Pferde, Schafe und Schweine waren über die Landschaft verstreut. Wild war auch zu sehen, Rehe, Kaninchen und Hasen, alle im selben Zustand wie die Haustiere.

Bald lagen die Kadaver in Haufen am Straßenrand, und ihre verfaulenden Häute wiesen die Merkmale irgendeines Aussatzes, einer Seuche auf. Und überall waren Fliegen, große, fette Fliegen, die sich auf den stinkenden Überresten gütlich taten. Es sah wie auf einem Schlachtfeld aus, auf dem die Kämpfenden nicht Menschen, sondern ritterliche Maultiere und stolze Schweine gewesen waren. Je weiter Tallow kam, und je mehr Kadaver sich türmten, um so größer wurde die Gefahr, daß er sich übergab. Ein- oder zweimal sah er auch menschliche Leichname.

Tallow fragte sich, ob es klug war, die Suche fortzusetzen. Einer Seuche, die so viele getötet hatte, sollte man lieber aus dem Weg gehen. Aber er fühlte sich jetzt für das Kind verantwortlich. Auf dem Boot wäre es eine Belastung geworden.

Vor Tallow lagen die grauen Strohdächer eines Dorfes, und darüber hing Rauch, der sich wie eine schauerliche Fledermaus in das Gelände verkrallt hatte. Eine Meile weit schien es nur verschiedene Töne von Grau zu geben. Aus dem Dorf war jede andere Farbe verschwunden. Je näher Tallow dem Ort kam, um so lauter wurde das Prasseln des Feuers, um so stechender wurde der Geruch verbrannten Fleisches.

Ihm fielen die Hexenverbrennungen seiner Kindheit ein. Ja, es roch so ähnlich. Aber es waren keine Schreie und kein Gelächter zu hören. Die Hexe war offenbar schon gebraten, wenn es das war, was da brannte.

Tallow versuchte durch den Qualm, der von Tod kündete, zu spähen, aber es war wenig zu erkennen. In der Düsternis konnte er nur flackerndes Feuer und ein paar hin und her laufende Gestalten ausmachen.

Dann erblickte er sie: zerlumpte Skelette, die sich wie eine Woge auf das Feuer zu bewegten und sich wieder zurückzogen. Sie warfen Bündel in die Flammen.

Tallow war entsetzt. Der Geruch des Todes hatte überall die Luft verpestet. Als Tallow sich den knochendürren Gestalten näherte, wandte sich eine von ihnen um und erblickte ihn. Ihm wäre fast übel geworden. Von dem Mann schien fast das ganze Fleisch abgefallen zu sein, und dennoch lebte er. Sein Gesicht war mit grünen, violetten und gelben Flecken übersät. Seine Au-

gen starrten aus dunklen Höhlen hervor.
»Was möchten Sie?« fragte der Mann mit hohler Stimme.
»Ich bringe ein Kind, das ich im Wald fand. Es ist dort ausgesetzt worden.«
»Bringen Sie es fort, gehen Sie, solang Sie noch dazu in der Lage sind.«
»Ich kann es aber nicht behalten.«
»Wir auch nicht.«
»Es gibt hier doch sicher eine Frau, die es an sich nehmen kann.«
»Nein.«
»Es muß eine geben.«
»Es gibt hier keine Frau, die genug zu essen hat, um ein fremdes Kind zu ernähren.«
»Sind Sie der Vorsteher des Dorfes?«
»Nein.«
»Dann möchte ich ihn sehen.«
»Er ist tot.«
»Ist er an der Seuche gestorben?«
»Nein, verhungert.«
»Wenn das Baby bei mir bleibt, wird es ebenfalls verhungern. Das wollen Sie doch sicher nicht.«
»Ich kann da nichts machen.«
Tallow zwängte sich an den Dorfbewohnern, die ihn starr anblickten, vorbei auf eine Frau zu. Sie sah ihn teilnahmslos an.
»Nehmen Sie das Kind?«
»Nein.«
Tallow sah sich verzweifelt im Kreis der Totenschädel um.
»Jemand *muß* das Kind nehmen!«
Keine Antwort.
»Wo ist das nächste Dorf?«
Ein Arm zeigte nach Westen.
»Fünf Meilen.«
»Ihr Lumpen, ihr herzlosen Scheusale! Möge euch die Pest verderben!«
Dann wandte sich Tallow nach Westen, rannte los, und das

Körbchen lag schwer in seinen Armen. Die Skelette sahen ihm nach, wie er sich entfernte, und eines von ihnen lächelte; der Mund war ein klaffender Spalt.

Tallow lief, bis er nur noch den langsam aufsteigenden Rauch über dem Dorf sehen konnte. Dann blieb er einen Augenblick stehen, bevor er mit großen Schritten weiter nach Westen eilte.

Er spürte die Galle in sich aufsteigen und dachte immerzu über die Sicherheit des Bootes nach, das er am Meilen entfernten Ufer des Flusses zurückgelassen hatte.

Er sah, daß es zum nächsten Dorf nicht mehr weit war. Der Rauch, der über einem Tal schwebte, zeigte ihm, wo es lag.

Es handelte sich um ein größeres Dorf, mit noch größeren Bränden und noch weniger Überlebenden. Auf Dächern tanzten Flammen, und Hütten stürzten ein. Zwei Pferde jagten vorbei, auf denen abgemagerte, nackte Reiter saßen. Sie hielten Fackeln in ihren Händen und legten Brände, wo sie vorüberkamen.

Bis auf die klappernden Hufe und das Prasseln des Feuers war nichts zu hören. Es war, als lege sich der Rauch wie ein Mantel auf alles und ersticke jedes weitere Geräusch.

Tallow wickelte das Kind aus der Decke und warf das Körbchen ins Feuer. Er hatte dadurch weniger schwer zu tragen und zog sich vom Dorf zurück, trottete auf die Hügel zu. Er war voller Verzweiflung und Zorn. Das Glück hatte ihn verlassen.

Das Kind erwachte und begann zu wimmern. Tallow brachte es auf die einfachste Art, die er kannte, zum Schweigen. Er legte ihm seine Hand auf den Mund. Das Wimmern war ihm wie ein Frevel erschienen.

Er hustete und spie den schlechten Geschmack aus. Er rannte weiter, und die zwei Reiter galoppierten an ihm vorbei, jagten die Hänge hinauf. In ihren Händen loderten noch immer die Fackeln, und ihre Rippen traten unter der bleichen Haut hervor.

Sie saßen geduckt auf ihren Rössern, erreichten den Hügelkamm und verschwanden. Tallow stolperte ihnen nach, hörte sich selbst, wie er ihnen vergebens nachschrie.

Den Rest des Tages suchte Tallow die Gegend ab, und überall sah er Rauch, manchmal auch Reiter, die sich aber um ihn nicht kümmerten. Er konnte das Baby nicht am Weinen hindern, und schließlich hörte er es schon gar nicht mehr.

In seiner Pein und Zerrissenheit verlor er jegliches Ziel aus den Augen. In seinem Kopf war Chaos, die Einsamkeit, die er zum ersten Mal spürte, war schrecklich. Das Ausmaß von Angst, von schleichendem Schrecken in der Welt war ungeheuerlich, und während er so dahinstolperte durch die gräßliche Landschaft, das Baby an die Brust gedrückt, meinte er, in der Hölle zu sein. Das Kind war auf verwirrende Art mit ihm verbunden, er konnte es nicht mehr loswerden. Niemand war da, der ihm half, keine Mutter, keine Miranda, kein Mesmers. Er war völlig allein und sah keinen Ausweg aus der Lage, in die er sich gebracht hatte.

Er hatte seine Mutter, seine Geliebte und seinen Lehrer verleugnet und, da ihm diese nun fehlten, eine Verantwortung für sich selbst übernommen, mit der er einfach nicht fertig werden konnte.

Zum ersten Mal glich das Zerrbild seinen Mitmenschen; das bewirkten die gesamten Einflüsse derer, denen er auf seiner Reise flußabwärts begegnet war. Wieder erlebte er geistige Furcht und persönliches Gefühl.

Die Furcht füllte ihn völlig aus.

Im Kreis qualmender Dörfer und des Schreckens der Hungersnot und der Seuche verlor er bald jegliche Orientierung.

Die Hügel waren atmende Wälle grünen Schlicks und warteten nur darauf, ihn zu ersticken. Die Täler waren klaffende Mäuler, die danach gierten, ihn zu verschlingen. Es gab keinen Ausweg, kein Versteck, kein Ziel.

Dann blinkte der Fluß vor ihm auf. Mit schluchzenden Dankeslauten lief er auf ihn zu, kam ans Ufer, benetzte seinen schmerzenden Kopf. Das Kind lag hilflos neben ihm im Gras.

Er rannte flußaufwärts, suchte aufgeregt das Ufer nach seinem Boot ab. Er fand es an der Stelle, an der er es verlassen hatte. Ein alter, weißhaariger Mann stand in der Nähe und betrachtete das Boot. Sein Gesicht lag im Schatten eines breitrandigen, zerbeulten Hutes, und er lächelte den näher kommenden

Tallow freundlich an. Als Tallow den Mann sah, fiel ihm das Kind ein, das er flußabwärts zurückgelassen hatte.

»Ein Baby«, sagte er, »dort unten.« Er zeigte in die Richtung. Aus der Nähe war zu sehen, daß die Güte und die Freundlichkeit des alten Mannes nur die äußeren Zeichen seiner Vergreisung waren. Er grinste lediglich und nickte.

»Verstehen Sie?« fragte ihn Tallow.

»Jawohl«, erwiderte der alte Mann mit feuchtem, faltigem, zahnlosem Mund.

»Werden Sie sich um das Kind kümmern?«

»Jawohl.« Er machte jedoch keine Anstalten.

»Sicher?«

»Jawohl.«

Tallow kletterte in sein Boot und machte die Leinen los. Der Mann am Ufer blieb still stehen, lächelte aus trüben, leeren Augen. »Sicher?«

Der weißhaarige Alte hatte sich umgedreht.

»Sicher?« rief ihm Tallow nach, aber der Greis hörte den Ruf nicht mehr.

Tallow ließ den Motor an. Die Schraube wirbelte das Wasser auf.

Nach ein paar Augenblicken war Tallow an dem wimmernden Kind vorbei, befand er sich wieder auf seinem Weg flußabwärts.

Dreizehntes Kapitel

Tallow blickte die Männer schicksalsergeben an.

Zwei Tage waren vergangen, seit er die Gegend mit den brennenden Dörfern verlassen hatte. Er nahm die Tatsache hin, daß er schon wieder aufgehalten wurde, und hoffte nur, daß es nicht lange dauerte.

Er war von den Wegelagerern überfallen worden, als er sich neben dem Boot am Ufer ausgeruht hatte. Sie trugen Bärte und hatten Reste von Uniformen an, die einst eine unauffällige Farbe gehabt hatten, nun aber völlig ausgeblichen waren. Ihre mageren

Hände umklammerten Pistolen und Gewehre.

»Was wollt ihr? Ich habe nichts Wertvolles bei mir, und das Boot brauche ich«, sagte Tallow bedrückt.

»Wir wollen dein Boot«, erwiderte der Anführer und grinste wölfisch. »Und Informationen.«

»Ich brauche mein Boot, und ich habe keine Informationen, die euch etwas nützen könnten.«

»Wo kommst du her?«

»Aus einer der vielen Städte flußaufwärts.«

»Wo willst du hin?«

»Das weiß ich nicht.«

»Das weißt du nicht? Du weißt nicht, wo du hinfährst? Warum bist du dann so erpicht darauf, dein Boot zu behalten?«

»Ich fahre hinter einem anderen Schiff her. Hinter einer großen goldenen Barke. Vielleicht habt ihr sie vorbeifahren sehen?«

»Wir haben kein Schiff gesehen, auf das deine Beschreibung paßt. *Wir* brauchen dein Boot. Zwing uns nicht, dich zu erschießen. Entweder du machst mit uns gemeinsame Sache, oder du stirbst.« Er rasselte den letzten Satz so herunter, wie ein hungriges Kind das Tischgebet herunterrasselt.

»Aber . . .«

»Du hast die Wahl, mein Freund. Wir haben nicht viel Zeit zu vergeuden.«

»Ich mache gemeinsame Sache mit euch«, sagte Tallow ergeben. »Aber mit wem mache ich gemeinsame Sache?«

»Mit Zhists Armee. Mit den Freiheitskämpfern.«

Tallow unterdrückte einen Seufzer. »Ich mache mit«, sagte er. »Ich schließe mich einer Armee von Männern an, die für die Freiheit kämpfen. Ja, die Aussicht läßt tatsächlich das alte Feuer in meinem Herzen wieder aufflackern. Was soll ich jetzt tun, Kamerad?«

Der Soldat grinste Tallow zynisch an. »Laß uns dein Boot benützen«, sagte er.

»Natürlich«, nickte Tallow. »Es gehört euch.«

»Richtig«, grinste der Soldat. Dann sagte er: »Du kannst uns helfen, die Kisten einzuladen.«

Tallow wurde tief in das Buschwerk hineingeführt. Dort befanden sich noch mehr Männer gleichen Aussehens. Sie saßen auf langen Holzkisten, die wie grobgezimmerte Särge aussahen. Sie alle wirkten wie Fleischfresser, die sich seit Monaten von Früchten ernährten. Sie waren mager, hatten Fuchsgesichter und waren halb verhungert. Einige von ihnen standen auf, als Tallow und die anderen die Lichtung betraten.

»Ein Neuer?« brummte einer von ihnen, auf Tallow zeigend.

»Ja, er macht bei uns mit. Er und sein Boot. Wir müssen ihn natürlich erst von Zhist auf Herz und Nieren prüfen lassen. Aber das eilt nicht. Inzwischen hilft er uns beim Einladen und steuert das Boot.«

»Sehr schön. Fangen wir an.«

Tallow hob ein Ende einer Kiste an, und der Sprecher packte das andere. Sie stolperten mit ihrer Last zum Boot. Der Mann wollte sie aufs Boot hieven, aber Tallow widersprach.

»*Ich* werde das Beladen lenken«, sagte er. »Wenn du etwas falsch machst, könnte das Boot kentern.«

Der Soldat blickte seinen Anführer fragend an. Dieser nickte. Tallow sprang an Bord und sorgte für das richtige Beladen.

Das Boot lag bald wegen der schweren Kisten tief im Wasser. Der Anführer gesellte sich zu Tallow in der kleinen Kabine. »Jetzt«, erklärte er, »steuerst du in die Richtung, die ich dir sage. Wir hatten Glück, daß du vorbeigekommen bist. Wir hätten Tage gebraucht, das alles über Land zu karren. Und wir haben keine Zeit zu verlieren.«

Es dauerte Stunden, und Tallow wurde gezwungen, sein Boot in einen kleineren Fluß zu lenken, der in den großen mündete und sich meilenweit ins Land hineinschlängelte.

Dann stiegen sie aus und bahnten sich ihren Weg durch dichte, beinahe tropische Vegetation. Tallow hatte bald jegliche Orientierung verloren, aber irgendwie schien der Anführer der Truppe, der Niko hieß, zu wissen, welche Richtung einzuschlagen war.

Als die Sonne unterging, kamen sie auf eine Lichtung. Auf ihr drängten sich Zelte und Baracken, und überall lagerten Leute an kleinen Feuern. Ein paar Männer standen beieinander und unterhielten sich. Schlampige Frauen kochten über Feuern, und überall waren Waffen gegen die Wände der Baracken und Zelte gelehnt.

»Hier lang«, sagte Niko und führte Tallow auf eine Hütte zu, die größer als die anderen war und in der Mitte der Lichtung stand. Er blieb stehen und klopfte an eine der Wände.

»Wer ist da?« Die Stimme, die aus der Tiefe der Hütte kam, war dunkel und befehlsgewohnt.

»Niko. Ich habe einen neuen Rekruten dabei, den Sie sich einmal anschauen sollten. Er heißt Tallow. Wir haben sein Boot requiriert, Oberst Zhist.«

»Kommen Sie herein!«

Im Inneren der Hütte war es dunkel, und es roch hauptsächlich nach schlechtem Pfeifentabak. Als sich Tallows Augen an die Dunkelheit gewöhnt hatten, sah er einen Mann, der nur sechs Zoll größer als er selbst war. Ein kleiner Mann mit einem dünnen Bart, großen braunen Augen, einem schmallippigen Mund und einer Adlernase. Zhist hatte einen hohen Schädel, und der Körper wirkte drahtig.

»Danke, Niko, Sie können gehen«, sagte Zhist und nickte seinem Leutnant zu. »Tallow ist hier fremd, nicht wahr?«

»Ja, Sir«, erwiderte Niko und ging mit eingezogenem Kopf aus der Hütte.

Als Niko verschwunden war, gab Zhist Tallow ein Zeichen, sich neben ihn zu kauern. Er zog an einer langen Pfeife und reichte auch Tallow eine, die schon gestopft war. Tallow zündete sie sich an, und der Rauch drang ätzend in die Kehle ein. Als das Zeug die Lungen erreichte, hustete er so sehr, daß der ganze Körper bebte.

»Offensichtlich unsere Waldmischung nicht gewohnt?« grinste Zhist.

»Nein«, sagte Tallow, durch Zhists freundliche Art beruhigt. »Was möchten Sie mich fragen?«

»Ich möchte herausbekommen, ob Sie ein Spion sind oder ob Sie für uns von Nutzen sein können. Und ob man Ihnen trauen kann.«

Tallow entschloß sich, das Risiko einzugehen, ohne Umschweife zu reden. »Ich bin kein Spion«, sagte er. »Ich weiß nicht, ob ich Ihnen von Nutzen sein kann, aber Sie können mir vertrauen, daß ich keinen Ihrer Pläne verraten werde. Sie können jedoch nicht von mir erwarten, daß ich nicht abhaue, wenn sich mir die Gelegenheit bietet. Ich habe etwas Wichtiges zu tun.«

»Recht und billig«, sagte Zhist. »Sie sind uns nichts schuldig. Lassen Sie mich aber ein wenig über das reden, wofür wir kämpfen. Vielleicht haben Sie dann mehr Verständnis für unsere Sache.«

»Gut«, erwiderte Tallow. »Aber ich sage Ihnen gleich, vieles von dem, was Sie mir erzählen werden, wird bei mir auf taube Ohren stoßen.«

»Das Risiko nehme ich in Kauf«, meinte Zhist ernst. »Wir sind Banditen, Abtrünnige, Guerillas, wie Sie wollen. Vor sieben Jahren wurde unser Herrscher, Fürst Gorjin, vom Volk abgesetzt. Ein schlechter Mensch war er nicht, es lag einfach daran, daß er ein Regierungssystem repräsentierte, das dekadent, unwirtschaftlich, ungerecht und überholt war. Wir änderten es also, verbannten Gorjin und errichteten ein neues Regierungssystem, das vorübergehend von dem Mann gelenkt wurde, der die Revolution angeführt hatte: General Damaiel Natcho. Muß eigentlich immer das gleiche geschehen? Natcho mißbrauchte das Vertrauen, welches das Volk ihm entgegenbrachte. Er regierte das Volk tyrannischer, als das Gorjins Minister je getan hatten, und da der größte Teil der Armee aus Männern bestand, die Natcho bewunderten und schätzten, gelang es ihm, das Volk zu unterdrücken. Unzufriedene erhoben sich, um ihn zu stürzen. Das klappte nicht. Eine Reihe von uns wurden verhaftet und erschossen, andere, wie ich, flohen in die Wälder. Seither bekämpfen wir Natcho, wann und wo es nur geht, und bauen unsere eigene Armee auf. Ich bin sicher, er weiß nicht, wie gut wir organisiert sind, sonst würde er uns längst schon mit einem genau geplanten Gegenangriff überzogen und uns vernichtet haben.

Wir sind ein Stachel in seinem Fleisch, aber einer, den er unterschätzt hat. Vor kurzem haben wir ein Waffenlager der Armee überfallen und fast alle dort gelagerten Waffen erbeuten können. Wir haben danach das Lager gesprengt, und wir sorgten dafür, daß es so aussah, als seien die Waffen dabei vernichtet worden. Wir sind jetzt gut ausgerüstet und bereit, Rimsho, die Hauptstadt, anzugreifen und Natcho abzusetzen.«

Conrad Zhist in seiner verdreckten Uniform, mit Mütze, mit wirrem Bart, hatte nicht viel an sich, das Männer zu begeistern vermochte. Jedenfalls nicht auf den ersten Blick. Während er gebückt in der düsteren Hütte saß und von seinen Plänen sprach, und warum er sie verfolgte, wurde Tallow klar, worauf dennoch die Wirkung des Obersts beruhte. Zhist war ein geborener Redner, der die Gabe hatte, Worte zu wählen, die allein schon in ihrem Klang auf die Gefühle der Männer abgestimmt waren. Er wurde nicht durch die klare Wahl seiner Sätze zu dem, was er war, es lag an seiner generellen lautmalerischen, flammenden Redekunst, an der rauhen, begeisternden Musik seiner Stimme. Tallow ertappte sich bald dabei, daß er mehr auf die Rhythmen als auf die Sätze achtete, daß die verschiedenen Gefühle von bestimmten Worten und Redewendungen ausgelöst wurden, die ihn in ihrer Gesamtheit empfinden ließen, daß er sich auf der ganzen Welt nur noch eines wünschte: ein Gewehr, um gegen den einzigen Feind Damaiel Natcho zu kämpfen.

Als Zhist zum Ende kam, überlegte Tallow, welche Mittel und Wege es gäbe, ihm zu helfen, und der frühere Drang, der goldenen Barke zu folgen, war vergessen. Zhist hatte das vermutlich schon von Anfang an gewußt, hatte sich auf seine Gabe verlassen, Tallow zum Verbündeten zu gewinnen.

Tallow sprach jetzt mit rascher, aufgeregter Stimme.

»Mit Hilfe meines Bootes werden Sie in der Lage sein, bessere Verbindung mit einer größeren Zahl Ihrer Männer herzustellen. Ich kann es steuern, und Sie können mit mir fahren. Wir können die Flüsse auf und ab kreuzen und Rekruten werben. Was sagen Sie dazu?«

»Der Vorschlag gefällt mir«, lächelte Zhist. »Sie sind, glaube ich, bereit, Ihre Worte von vorhin zu überdenken.«

»Ja«, sagte Tallow. »Ja, Oberst, Sie können mir vertrauen. Ich bin Ihr Mann.«

»Gut.« Zhist lehnte sich zurück und zog mit einem Ausdruck der Zufriedenheit an seiner Pfeife. »Ich werde Ihnen Quartier verschaffen und ein Gewehr.«

Tallow hatte keine Erfahrung mit Feuerwaffen, aber er freute sich, als ihn Oberst Zhist nach draußen führte, ein Gewehr nahm und es ihm überreichte.

»Wissen Sie, wie man abdrückt und wie man lädt?«

»Nein«, sagte Tallow.

»Ich beauftrage jemanden, es Ihnen zu zeigen. Passen Sie gut auf die Waffe auf, und verlieren Sie sie nie aus den Augen. Sie ist wichtig.«

»Ja«, versprach Tallow.

Zhist führte ihn an eines der vielen Lagerfeuer. Drei Männer lagerten dort, erhoben sich und salutierten, als er zu ihnen trat.

»Das hier ist Jephraim Tallow«, sagte Zhist zu ihnen. »Ich möchte, daß ihr ihm alle Kniffe beibringt. Er wird bei euch schlafen. Zeigt ihm, wie man mit dem Gewehr umgeht.« Er klopfte Tallow auf den Rücken und verließ die drei Soldaten, die den kleinen Mann belustigt und interessiert ansahen.

»Kamerad, das Gewehr sieht ein bißchen zu groß für dich aus.« Der kleinste der Soldaten, ungefähr fünf Fuß und sechs Zoll hoch, grinste.

»Ist es auch, mein Freund«, sagte Tallow, innerlich voller Argwohn, wenn er den anderen auch ruhig und selbstbeherrscht vorkam. »Aber ich werde mich bemühen.«

Die drei Männer lachten. »Nun«, sagte der größte, »da Zhist dich anscheinend mag, willkommen in unserem Lager. Ich zeige dir, wo unser Zelt steht.«

Tallow folgte dem Mann durch ein Labyrinth von Feuern und Baracken zu einem großen Zelt aus Segeltuch. In diesem lagen Decken, Stiefel, Rucksäcke, schmutzige Teller und andere Sachen durcheinander.

»Schaff dir Platz und leg dein Zeug hin«, sagte der Soldat.

»Ich heiße Jantor. Bleib hier, ich besorge dir einen Schlafsack.«

»Freundlich von dir«, meinte Tallow. »Vielen Dank.«

»Keine Ursache«, grinste Tallows neuer Kamerad und schlüpfte aus dem Zelt.

Tallow blickte angewidert auf den Plunder, der über den Boden verstreut lag, und stieß mit dem Stiefel Sachen beiseite, die nicht auf unsauberen Schlafsäcken lagen. Er schuf so eine rechteckige freie Stelle in dem Müll. Als er fertig war, kehrte Jantor mit einem zusammengerollten Schlafsack unter dem Arm zurück und ließ ihn fallen.

»Hier«, sagte er. »Wenn du dich eingerichtet hast, kannst du ja auf ein Kartenspiel zu uns kommen, wenn du Lust hast. Wir sind am Feuer.«

»Danke«, sagte Tallow. Er konnte keine Verbindung mit dem Mann herstellen, konnte ihn nicht nach Wunsch lenken. Das nahm ihn mit. Als er den Schlafsack aufrollte, beschloß er, nicht zum Kartenspielen zu gehen. Dabei entdeckte er, daß der kleine Hügel am Kopfende, den er als Kissen hatte benützen wollen, ein Ameisenhaufen war.

Tallow kroch seufzend in den Schlafsack und überließ sich dem Schlaf.

Tallow blieb drei Tage im Lager, lernte, mit einer Waffe umzugehen, und kam mit den Männern in Kontakt, die jetzt seine Waffengefährten waren.

Die Revolutionäre waren gute Gefolgsleute, jeder einzelne von ihnen. Die Augen blickten immer hell aus schlammbespritzten, bärtigen Gesichtern, und ihre zerlumpten Uniformen wurden von Lederstreifen zusammengehalten, an denen Waffen und Munition hingen. Sie kämpften zum größten Teil aus Verzweiflung. Anfangs hatten sie politische Gespräche geführt, hohe idealistische Reden geschwungen. Jetzt kämpften sie um ihr Leben, für ihre Familien, kämpften aber auch schon aus Gewohnheit. Sie krochen so lange auf ihren Bäuchen durch den Wald, bis ihnen das Kriechen, der Finger am Abzug, das Flüstern, das leise, vorsichtige Auftreten zur zweiten Natur geworden war. Und zur zweiten Natur war ihnen auch der Haß geworden. Sie haßten auch schon aus Gewohnheit, obwohl noch immer wirklicher Grund zum Hassen bestand, da Natcho sie vertrieben und ihre Träume zerstört hatte. Man konnte den Männern viel zerstören – Würde, Liebe, Treue, selbst ihre Seelen –, und sie fanden sich damit ab. Aber es war gefährlich, Träume platzen zu lassen. Die Männer meinten, daß Natcho das bald merken würde. In Gesprächen mit Zhist erfuhr Tallow, daß die Gemeinschaft, über die Natcho herrschte, eine Nation von sechs Millionen Menschen war. Benachbart war eine Monarchie, die größer war, aber über weniger Industrie verfügte. Sie war zum größten Teil ländlich, unterstand Freiherren und Herzögen, die ihrerseits einem König unterstanden, einem dumpfen, törichten Menschen, den seine Minister beherrschten. Die Minister, die Freiherren und Herzöge lechzten alle nach den Industrien des Nachbarstaates. Zwischen den beiden Ländern hatte es deshalb im Laufe der Jahrhunderte häufig schon Krieg gegeben.

Natcho hatte im Augenblick Sorgen. Der feindliche König, von seinen Ministern angestachelt, beschimpfte und bedrohte Natchos Land und erklärte, daß Natcho nichts von Herrschaft verstünde und er sich eines Tages für berechtigt halten würde, wieder einen Monarchen auf den verwaisten Thron zu setzen. Er äußerte sich nicht, welchen Monarchen er meinte. Krieg hing in der Luft, und Natcho mußte viel Zeit damit verbringen, mit Gesandten zu verhandeln. Seine Position wurde auch auf diese Weise geschwächt.

Zhist war sich darüber im klaren, daß er und seine Gefolgsleute, auch wenn sie Erfolg hatten und Natcho stürzten, sich vor einem Angriff vorsehen mußten.

Der Tag kam, an dem alle Revolutionäre an einen Platz beordert wurden, in Zhists Lager, in dem Tallow untergebracht war. Zhist suchte Tallow auf und bat ihn, ihm in sein Quartier zu folgen.

Wieder bot Zhist dem kleinen Mann Tabak an, und Tallow bediente sich. Tallow fühlte sich nicht wohl im Lager. Es war ihm unmöglich gewesen, mit seinen drei Kameraden Freundschaft zu schließen. Sie hatten ständig Bemerkungen über seinen

Zwergenwuchs und seine Ungeschicklichkeit gemacht. Zhists Bitte war ihm eine Erleichterung, und zum ersten Mal, seit er in das Lager gekommen war, gelang es ihm, sich ein wenig zu entspannen.

»Ich langweile mich, Oberst«, sagte Tallow. »Gibt es jetzt nicht endlich etwas für mich zu tun?«

»Ja«, versetzte Zhist, »es gibt etwas zu tun. Ich möchte, daß Sie mich flußabwärts fahren, zu einer Stelle, die ungefähr eine Meile von der Hauptstadt entfernt ist. Ich habe dort Späher und Spione, die mir die neuesten Meldungen über Natchos Bewegungen bringen. Machen Sie Ihr Boot fertig. Wir fahren in einer Viertelstunde.«

Tallow stand rasch auf. »Sie können sich auf mich verlassen«, versicherte er froh, als er aus der Hütte zum Fluß eilte.

Sie fuhren sicher den Fluß hinab, kamen ohne Zwischenfälle an. Am Ufer stießen sie auf einen Trupp Soldaten, unter ihnen Niko, der ihnen rasch an Land half.

»In der Stadt veranstalten sie ein Volksfest«, berichtete Niko mit leuchtenden Augen. »Alles prangt in roten, blauen und gelben Farben, und es gibt Karusselle und Schaubuden. Das erste Volksfest, das ich seit meiner Kindheit wieder erlebt habe.«

»Ein Volksfest in Rimsho? Was hat Natcho vor?«

»Ich würde sagen, er sieht Schwierigkeiten kommen und veranstaltet das Volksfest, um die Leute abzulenken. Die ganze Stadt ist auf den Beinen, alle eilen zum Festplatz. Die Schaubuden stehen am Stadtrand auf der großen Wiese, wo wir früher Sport trieben.«

»Ich kenne sie«, sagte Zhist. »Das ist die Gelegenheit für uns. Viele von uns können sich unter die Leute mischen und so leicht in die Stadt einsickern. Es sind Fremde in der Stadt, Zigeuner, und bärtige Gesichter dürften deshalb nicht weiter auffallen.«

»Sie glauben, Sie können Ihre Gefolgschaft als fahrendes Volk verkleidet in die Stadt einschleusen?« fragte Tallow entsetzt. »Aber wie wollen Sie Ihre Waffen verstecken?«

»Wir nehmen nur Pistolen mit«, teilte ihm Zhist mit. »Wir werden uns die Gewehre, die wir brauchen, von Soldaten der Armee Natchos besorgen.« Er klopfte Tallow auf die Schulter. »Tallow, mein Freund«, sagte er. »Das ist die Gelegenheit, auf die ich gewartet habe. Das Schicksal ist heute auf unserer Seite. Wir werden in der Lage sein, das Volk auf unsere Seite zu ziehen. Alle haben Natchos Herrschaft satt. Das Volksfest bringt ihnen natürlich eine Ablenkung, die aber nicht ausreicht, sie die Unterdrückung vieler Jahre vergessen zu lassen. Wir werden darauf sehen, unschuldige Leben zu retten, indem wir die, die nicht kämpfen können, auffordern werden, in den Häusern zu bleiben, bis der Friede wiederhergestellt ist.«

»Was soll ich tun?« fragte Tallow und hatte schon Angst vor der Antwort.

»Sie bleiben beim Boot und sehen zu, was sich in der Gegend hier tun läßt. Wenn die Stadt eingenommen ist, lasse ich Sie holen. Sie haben vielleicht nicht viel Ahnung vom Kämpfen, Tallow, aber Sie haben einen guten Kopf, und dazu noch etwas, das ich einmal selbst auch besaß und bis zu einem gewissen Grad verloren habe. Ich hoffe sehr, daß sich in der Zivilverwaltung ein Posten für Sie findet, wenn wir alles neu aufbauen. Das heißt natürlich, nur wenn Sie mögen. Wir werden rasch arbeiten müssen, da Hyriom schon jetzt bewaffnet an unseren Grenzen lauert und auf einen Bürgerkrieg bei uns und eine dadurch geschwächte Nation hofft.«

Tallow atmete erleichtert auf. »Dann warte ich hier also.« Er lächelte. »Viel Glück.«

»Danke«, sagte Zhist und führte seine Männer zurück in den Wald.

Vierzehntes Kapitel

Miranda war überrascht, als sie das geschäftige Treiben und den Tumult in der Stadt sah. Der Kapitän des Schiffes hatte sie gewarnt, sie werde die Stadt langweilig und freudlos finden. Rimsho schien aber im Gegenteil eine Stadt zu sein, die vor Leben barst. Leierkästen spien ihre blecherne Musik aus, Händler priesen ihre Waren an, Budenbesitzer brüllten, um Aufmerksamkeit zu erregen.

»Das ist also Rimsho«, sagte Miranda zu ihrem Begleiter, dem jungen Matrosen Cannfer. »Seit ihr das letzte Mal hier angelegt habt, muß es sich sehr verändert haben.«

»Allerdings, Schatz. Ich hätte nie gedacht, daß so etwas geschehen könnte. Der alte Dreckskerl, der die Stadt beherrschte, muß entweder tot oder abgesetzt sein.« Cannfer blickte den dicht bevölkerten Kai entlang. »Nein!« rief er überrascht aus. »Dort ist sein Bild, groß an die Mauer geklebt. Siehst du es?« Er zeigte hin.

Miranda sah das Konterfei eines gutaussehenden, grauhaarigen, militärisch wirkenden Mannes. »Sexy«, sagte sie.

Cannfer grinste. »Ich werde eifersüchtig«, sagte er. »Ehe ich mich's versehe, wirst du schon hinter dem her sein.«

Miranda erwiderte ernst: »Erinnere dich an das, was ich dir gesagt habe.« Sie runzelte die Stirn. »Denk dran, sei nie eifersüchtig. Eines Tages könnte ich meinen Geliebten Jephraim wiederfinden.«

Cannfer blickte zu Boden. »Ich werde es nicht vergessen.«

Miranda nahm ihn bei der Hand. »Komm.« Sie lächelte. »Machen wir bei dem Treiben mit.«

Zhist verbarg sich im Schatten einer rot und schwarz gestrichenen Bude und sah Miranda und Cannfer vom Schiff steigen. Er reckte den Hals, um zu sehen, ob noch andere an Land gingen, aber die junge Frau und der Matrose blieben die einzigen, die es taten.

Zhist hatte gehofft, daß die gesamte Mannschaft des Schiffes an Land gehen würde, dann hätten nämlich er und ein paar seiner Leute sich an Bord schleichen und alle Waffen stehlen können, die sie gefunden hätten. Obwohl er enttäuscht war, betrachtete er Miranda und ihren Begleiter mit Interesse. Da er immer begierig auf Informationen war, beschloß er, sich so bald wie möglich mit ihnen zu unterhalten. Sie mischten sich unter die Festgäste, und er schlüpfte aus seinem Versteck und folgte ihnen.

Tallow war zwar erleichtert, daß er den Gefahren in der Stadt entzogen war, empfand beim Warten jedoch bald Langeweile. In seiner Kabine fand sich ein Fläschchen Rum. Die Qualen der Langeweile minderten sich rasch, und dann verschwanden eigentlich alle Gedankenzusammenhänge. Tallow trank das Fläschchen leer und sank glücklich zu Boden. Er lag mit dem Lächeln eines Engels in seinem häßlichen Gesicht da, und er sah einem zufriedenen Krokodil sehr ähnlich.

Er schlief und träumte von einem Drachen mit hundert Augen, der sich unbarmherzig auf ihn zu bewegte. Er war mit einem grünen Schwert bewaffnet, das manchmal aufblitzte, weil in ihm ein Zauber schlummerte, der ihm Stärke und eine rätselhafte Größe verlieh. Der Drache stürzte sich auf ihn. Hinter ihm ragten riesige Bäume auf, deren oberste Zweige in einer dichten Schicht leuchtender, tiefblauer Wolken verschwanden. Die Bäume waren orangefarben und gelb, und der Drache war schwarz und hatte diamantene Augen. Er riß den Rachen weit auf, und die lange Zunge schoß hervor. Sie berührte Tallow, aber die Kraft des Schwerts durchströmte ihn und heilte die Wunde, die von der giftigen Zunge geschlagen worden war. Tallow hieb nach der Zunge, und das Ding platschte auf den Boden und ringelte sich ins Gebüsch hinein.

Dann wurde Tallow im Traum vom Drachen verschlungen. Der Drache atmete ihn ein, hinein in den Rachen, hinunter in den Magen, in dem Fackeln mit schwarzen Flammen brannten.

Das Schwert war Tallows schmerzender Hand entfallen, und er fuhr mit unglaublicher Geschwindigkeit tiefer in den Drachen hinein. Er flog so schnell dahin, daß alles um ihn herum verschwamm und vor ihm nur Dunkelheit gähnte. Er begann zu schreien und wachte auf.

Zhist und Miranda beugten sich über ihn. Miranda schien sich ein wenig unbehaglich zu fühlen, und Zhist runzelte die Stirn.

Tallow war sich sicher, daß er nicht aufgewacht war. Er meinte, jetzt nur einen anderen Traum zu träumen. Er lag auf dem Rücken und wartete, ob etwas geschehen würde.

Zhist brummte: »Damit hatte ich nicht gerechnet, Tallow. Ich glaube, die Dame hier kennt Sie.«

Tallow setzte sich mit Mühe auf.

»Ja«, sagte er und warf Miranda einen argwöhnischen Blick zu. »Wir kennen uns.«

»Ich habe dich gefunden, Jephraim«, sagte Miranda leise. »Ich freue mich. Tut mir leid, wenn das, was geschah, meine Schuld war. War es die deine, so verzeihe ich dir.«

»Danke.« Tallow verzog das Gesicht, als er auf die Beine kam. Sein Kopf tat ihm weh, und seine Hände zitterten. »Wie hast du mich gefunden?«

»Oberst Zhist erwähnte deinen Namen. Wir werden ihm helfen, seine Revolution zu gewinnen.«

»Wir?«

»Cannfer und ich. Keine Sorge, Liebling, er weiß von unserer Beziehung. Ich habe ihm gesagt, er soll nicht eifersüchtig sein.«

»Schön«, sagte Tallow und überlegte, wie er aus dieser Situation herauskommen konnte. »Wie wollt ihr denn Oberst Zhist helfen?«

»Ich werde Präsident Natcho verführen und ihn dadurch ablenken, während der Oberst die Stadt erobert.«

Tallow entschloß sich, das Fragen sein zu lassen. »Ich verstehe«, meinte er nach einer Weile.

»Kommen Sie, Jephraim«, sagte Zhist und machte eine knappe Bewegung. »Wir brauchen Ihre Hilfe. Wir gehen in die Stadt zurück. Der Kampf beginnt heute abend, und wir möchten, daß Sie und Miranda in Rimsho anlegen und versuchen, an den Präsidenten heranzukommen. Schicken Sie ihm eine Botschaft, daß Sie ein Mädchen zu verkaufen haben. Unter Natchos Regime kommt es häufig zu solchem Handel.«

Tallow konnte sich dem nicht verwehren. Er sagte: »Sehr wohl, Oberst. Wir machen uns jetzt auf den Weg, oder?«

»Ja«, antwortete Zhist. »Enttäuschen Sie mich nicht.«

»Keine Sorge, Oberst«, sagte Tallow, ließ den Motor an und half Miranda an Bord, ohne ihr in die Augen zu sehen.

Weder Miranda noch Tallow gaben sich Mühe, ein Gespräch zu beginnen. Die Fahrt nach Rimsho wurde deshalb schweigend zurückgelegt. Eine halbe Stunde, nachdem sie Zhist verlassen hatten, erreichten sie die Stadt und legten an. Tallow rief einen Burschen herbei, der die Beine über dem öligen Wasser baumeln ließ und klebrige Zuckerwatte aß.

»Verständige einen der Wächter des Präsidenten, daß ich eine Botschaft für Seine Exzellenz habe.«

Der Bursche blinzelte und eilte fort. Er tauchte bald wieder auf und führte einen Soldaten in brauner Uniform zu Tallow. Der Soldat trat an Tallows Boot und grüßte höflich.

»Sie haben eine Botschaft an Präsident Natcho?«

»Stimmt«, sagte Tallow und gab sich von oben herab. »Ich habe einen persönlichen Brief für ihn.«

»Ich werde ihn übergeben«, versicherte ihm der Soldat.

Tallow reichte ihm den Umschlag. Der Soldat grüßte wieder und eilte durch die Menge davon.

Tallow und Miranda mußten eine halbe Stunde warten, bis der Soldat zurückkehrte.

»Der Präsident hat mir befohlen, Sie zu seinem Palast zu begleiten«, sagte der Soldat.

Tallow und Miranda verließen das Boot und folgten dem Soldaten durch das Gedränge der Bevölkerung von Rimsho.

Tallow gefielen die Gesichter der Leute nicht. Ihr Grinsen war zu gezwungen. Hartes Lächeln und ungemütliches Lachen. Die Augen waren verwirrt und glasig. Sie waren zu lange von Natcho unterdrückt worden, um noch zu wissen, wie man richtig fröhlich sein konnte. Sie wußten, daß Freude und Spiel nicht lange währen würden. Das Fest war eine Atempause, keine Befreiung. Hinter ihnen lagen Verzweiflung und Finsternis, vor ihnen wieder Unterdrückung und Furcht. Die meisten von ihnen hatten zuviel getrunken, viele waren kurz vor dem Zusammenbrechen, aber sie tranken weiter, wagten nicht aufzuhören. Diese Leute waren bedauernswert, aber Tallow hatte nur Verachtung für sie übrig.

Er fühlte sich unbehaglich und wie betäubt. Sein Gehirn war von den Ereignissen der jüngsten Vergangenheit kaum berührt. Er erkannte nur vage, was er fühlte, und Mirandas Gegenwart wollte er nicht wahrhaben. Sie war neben ihm, und er wußte, daß er nicht träumte, dennoch konnte er sich ihr nicht nähern, es fiel ihm nichts ein, was er hätte sagen können. Er wünschte, er befände sich irgendwo anders, nur nicht hier in Rimsho mit Miranda an seiner Seite. Bald liefen sie durch ruhigere Straßen, vor ihnen ragte ein großes, finsteres Gebäude auf, das von breiten Wohnhäusern flankiert wurde. Oben auf dem großen Bau wehte eine Fahne, die Tallow als diejenige erkannte, welche ihm Zhist beschrieben hatte. Sie war grün und mit einem schwarzen Falken geschmückt. Natchos Fahne. Sie erreichten das Ende der Straße, schritten durch ein bewachtes Tor und betraten eine lange, breite Steintreppe. Der riesige Eingang war schwarz und abweisend. Sie gingen hindurch, und Miranda und Tallow wurden mitten in einem gewaltigen Korridor stehengelassen, während der Soldat einem Wächter einige Papiere vorwies und einige Minuten mit ihm sprach. Der Soldat kehrte zu ihnen zurück und gab ihnen ein Zeichen, ihm weiter den Korridor entlang zu folgen. Am Ende des Korridors stand ein zweiter Wächter, und der Soldat wies noch einmal seine Papiere vor und besprach sich flüsternd mit ihm. Der Wächter öffnete die Metallflügel einer großen Tür und sagte laut: »Gefreiter Blight und Begleiter.«

Eine schroffe Stimme, die von einem schwachen Echo etwas gemildert wurde, sagte: »Herein!«

Der Soldat führte Tallow und Miranda in einen großen, schmucklosen Saal, in einen nackten Saal, der nur mit einem riesigen Schreibtisch am anderen Ende ausgestattet war. Am Schreibtisch saß ein großer Mann, der älter als auf den Plakaten aussah, welche die Stadt schmückten, der aber offensichtlich Präsident Natcho war. Er hatte kleine Augen, und die Oberlippe ragte über die Unterlippe vor. Der Schnurrbart war grau und militärisch kurz geschnitten. Das Kinn sollte mit Hilfe von grauem, struppigem Haar stärker ausgebildet aussehen, und der Bart sollte auch das Doppelkinn verbergen, aber eigentlich wurden so nur Alter und Schwäche deutlicher sichtbar. Natcho trug eine schlichte braune Armeeuniform und auf dem Kopf eine Mütze. Die rechte Brusttasche seiner Uniformjacke war mit einigen Orden verziert. Er hatte die Hände vor sich gefaltet und starrte mit finsterem Blick seinen Besuchern entgegen.

»Sie können jetzt gehen, Blight«, sagte er.

Blight schlug die Hacken zusammen, wirbelte rasch herum, verließ den Saal und machte die Metalltür hinter sich zu.

»Ist das das Mädchen?« fragte Natcho zerstreut und betrachtete Miranda mit leidenschaftsloser Bewunderung, bei der ihr fast übel geworden wäre.

»Ja, Euer Exzellenz.«

»Wieviel?«

»Dreißig Goldstücke«, erklärte Tallow, der sich an den Betrag erinnerte, den Zhist ihm genannt hatte.

»Schön. Ich gebe Ihnen eine Notiz an meinen Sekretär mit. Er wird Ihnen das Geld auszahlen. Ist das Mädchen sauber?«

»Ja, Euer Exzellenz.«

»Das ist auch besser so«, knurrte Natcho. Auf seinem Schreibtisch standen Branntwein und ein großes Glas. Er goß sich ein und trank, verzog das Gesicht, drückte die linke Hand gegen den Magen. In seinen Augen zeigte sich Schmerz, als er Tallow mit einer Geste zum Gehen aufforderte.

»Die Notiz, Euer Exzellenz?«

Wut stieg plötzlich in die Augen, und Tallow bereute es, in so drängendem Ton gesprochen zu haben. Dann verschwand der böse Ausdruck im Gesicht des Präsidenten. Natcho öffnete eine Schublade, entnahm ihr Papier und Federhalter, kritzelte etwas nieder, faltete den Bogen zusammen und reichte ihn Tallow, der einen seltsamen Blick auf Miranda warf, rasch an ihr vorbeiging und den Saal verließ.

Draußen fragte er den Posten: »Wo finde ich den Sekretär des Präsidenten?«

»Oben«, antwortete der Posten. »Die erste Tür rechts.«

Tallow stieg die Treppe hinauf, die ihm der Wächter gezeigt hatte, und suchte die Tür. Er klopfte an. Eine gelangweilte und träge Stimme sagte: »Herein!«

Tallow betrat den Raum. Dieser war viel kleiner als der Saal, den er soeben verlassen hatte, aber fast ebenso kahl eingerichtet.

Bis auf einen Aktenschrank, der neben einem Fenster stand, einen Schreibtisch und einen Stuhl war nichts weiter an Möbeln zu sehen. Das Fenster ging auf einen Hof hinaus.

Ein eleganter junger Mann mit mildem Gesicht saß auf einer Ecke des Schreibtisches und zündete sich gerade eine lange Pfeife an. Er zog die Augenbrauen in die Höhe, als er Tallow sah, und blickte den kleinen Mann übertrieben amüsiert an. »Was kann ich für Sie tun, Sir?« fragte er in hinterlistigem Ton.

»Sind Sie der Sekretär des Präsidenten?« Tallow wurde es immer unbehaglicher.

»Der bin ich.«

»Ich habe eine Mitteilung für Sie.« Der träge Sekretär streckte die Hand aus, und Tallow schob ihm den Brief zwischen die Finger.

Der Sekretär legte die Pfeife vorsichtig in einen schmalen, länglichen Aschenbecher, staubte seine makellose Uniform mit zarter Hand ab und faltete die Notiz auseinander. Er sah sie sich einige Augenblicke an, faltete sie wieder zusammen, legte sie auf seinen Schreibtisch und stellte einen gewichtigen goldenen Briefbeschwerer darauf.

»Ist gut«, sagte er rätselhaft und sah Tallow nachlässig von oben bis unten an. »Warten Sie doch bitte hier.«

»Ja«, nickte Tallow und verschränkte die Finger, während Furcht in ihm aufstieg. Lange mußte er nicht warten. Der Sekretär kehrte bald mit zwei stämmigen Posten zurück. Er zeigte auf Tallow. »Führt ihn in den Gefängnisflügel!« befahl er. »Haltet ihn dort bis auf weiteres fest!«

Tallow wurde von panischer Angst erfaßt. »Was habe ich getan?« rief er und versuchte, sich aus dem Griff der Wächter zu befreien. »Weshalb verhaften Sie mich?«

»Befehl des Präsidenten, mein Lieber«, lächelte der Sekretär traurig. »Das steht in der Notiz, daß man Sie verhaften soll.«

»Aber weshalb?«

»Fragen Sie mich nicht«, antwortete der Sekretär neidisch, als wäre Tallow eine große Ehre zuteil geworden, nach der sich auch der Sekretär sehnte. »Sie werden es später schon herausbekommen.«

Tallow wurde unsanft aus dem Raum gestoßen und dann durch lange Korridore geführt, bis sie auf einen Flur stießen, der von vergitterten Türen gesäumt war. Eine derselben wurde geöffnet, und man stieß ihn in eine Betonzelle, die fensterlos war. Die Zelle wurde von einer Glühbirne erhellt. Der Raum war ohne jeden Schatten. An einer Wand der Zelle stand eine schmale Holzbank.

Tallow wurde also zum zweitenmal eingesperrt. Diesmal aber ließen ihn seine Kerkermeister nicht im unklaren über seinen Zustand.

Eine Stunde später tauchte Miranda in seiner Zelle auf. Der Wärter, der sie hereinstieß, hustete und sagte etwas Unverständliches.

»Was ist passiert?« fragte Tallow sie.

»Natcho wußte etwas von unserem Plan«, erwiderte sie geistesabwesend und starrte die Wand an. »Er wußte zumindest, daß du in Zhists Diensten stehst. Offenbar hatte er zu der Zeit, als du zu den Rebellen gestoßen bist, einen Spion im Lager. Der Mann konnte aber offenbar nur wenig erfahren. Es reichte freilich hin, um Natcho über dein Aussehen und die Umstände zu unterrichten, die zu deinem Zusammengehen mit Zhist führten. Er hat vor, uns foltern zu lassen, um mehr über Zhists Pläne in Erfahrung zu bringen.«

»Ich hatte das Gefühl, daß etwas nicht stimmt«, sagte Tallow niedergeschlagen. »Ich konnte nicht sagen, was, aber ich witterte Gefahr. Hat Natcho irgendeine Ahnung, wann die Revolution beginnt?«

»Nein, und er rechnet nicht so bald damit. Vielleicht haben wir noch eine Chance. Vielleicht befreit man uns, bevor sie zu foltern beginnen.«

»Hoffentlich«, sagte Tallow inbrünstig. »Ich bezweifle das allerdings. Ich habe gewöhnlich nicht viel Glück.«

»Stimmt.« Miranda dachte nach. »Du bist wirklich nicht vom Glück begünstigt. Dich umgibt irgendein Verhängnis, Jephraim, und ich kann nicht sagen, welches. Ich wollte, ich wüßte es, dann könnte ich dir vielleicht helfen.«

»Ach, ich möchte einfach in Frieden gelassen werden, damit ich meinem Schicksal auf meine Art folgen kann. Zu viele Leute haben sich schon eingemischt, und du am meisten, da ich deine Intervention anfänglich willkommen hieß. Ich wollte dich nicht so loswerden, wie es dann geschah, aber es mußte einfach sein. Wegen mir hauptsächlich, aber auch wegen dir. Mein Schicksal bringt nicht viel Glück, Miranda. In ihm ist nichts als Verhängnis. Aber ich werde dem Verhängnis entgegentreten, wenn es soweit ist. Ich möchte niemand anderen hineinverwickeln.«

»Aber angenommen, jemand möchte hineinverwickelt werden?« sagte Miranda leise.

»Dann werde ich ihn schließlich vernichten. Verstehst du, nicht weil ich ihn hasse, sondern weil es notwendig ist. Ich möchte nichts zerstören, aber es geht um mein Überleben. Ich kann mich nicht einengen lassen. Ich glaube, ich liebe dich noch, Miranda, aber das ändert nichts an der Tatsache, daß ich dich nicht mitnehmen kann. Du hast viel zu meinem Unglück beigetragen. Und ich zu deinem, nehme ich an.«

»Das kann jetzt nicht geändert werden, mein Liebling«, sagte Miranda. »Aber vielleicht erkennen wir, daß die Zukunft besser ist.«

»Wie kann ich das sagen? Ich kenne die Zukunft nicht. Ich habe meine Seele auf die Zukunft verpfändet, und ich kann das nicht teilen, was vor mir liegt. Ich jage etwas Unberührbarem nach, das ich noch nicht einmal fühlen kann, von einer Beschreibung ganz zu schweigen. Ich suche etwas, das mir fehlt, doch je länger ich suche, desto mehr verliere ich mich. Selbst diejenigen, welche ich zerstört habe, haben ihrerseits wieder einen Teil von mir zerstört. Sie haben meine Suche noch schwieriger gemacht. Ich habe nur noch schwache Hoffnung, meine Reise wieder antreten zu können. Ich muß herausbekommen, was ich suche, bevor ich sterbe, sonst bin ich verloren.«

»Du brauchst Hilfe«, sagte Miranda einfach und überzeugt. »Du brauchst meine Hilfe, Jephraim, und du brauchst die Hilfe von Männern wie Zhist.«

»Nein. Nur ich selbst kann mir helfen. Diejenigen, welche versuchen, mir zu helfen, quälen mich. Ich habe nie um ihre Hilfe gebeten, habe sie nie darum gefragt. Ich möchte allein gelassen werden. Ich wünsche mir meinen eigenen finsteren Frieden, nicht den schwarzen Schmerz, den Freundschaft und Verantwortung mit sich bringen. Ich werde zu oft gezwungen, Entscheidungen zu treffen, die eigentlich unnötig sind. Ich bin nicht wie andere Menschen, ich bin nicht größer als sie, aber auch nicht kleiner, ich bin von ihnen getrennt, und sie versuchen, mich zu einem der Ihren zu machen. Das ist unmöglich. Die Menschheit nimmt Tallow nicht in ihre Reihen auf, und Tallow hat keinerlei Ehrgeiz, sich zur Menschheit zu gesellen. Ich bin von ihr abgetrennt, wie ich das immer war. Wenn ich Menschen treffe, die ich mag, streite ich mich mit ihnen und ruiniere sie so, wie sie mich ruinieren. Für mich gibt es keinen Platz unter euch, und ich brauche keine Freunde, da sie nur meine Feinde werden, und ich der ihre. Ich kann nichts gegen sie sagen, ich kann sie nicht bekämpfen. Nur Menschen, die etwas gemeinsam haben, können so miteinander Konflikte haben. Ich habe nichts zu bieten, und sie können mir nichts geben.«

»Du redest von Seele«, sagte Miranda. »Wenn du eine Seele hast, hast du etwas Gemeinsames mit uns. Du hast diese Schranken errichtet, weil du uns fürchtest, du fürchtest unsere Menschlichkeit. Du weigerst dich, das zu sehen, und gehst so gegen dein Schicksal an. Es ist das Schicksal jedes Menschen, verschlungen zu werden, das zu verlieren, was ihn zu einer Persönlichkeit macht. Wenn er stirbt, wird sein Körper von der Erde verschlungen, seine Seele von den Myriaden Seelen der Welt aufgesogen. Du bist in diesem Augenblick nicht anders. Jephraim, zerbrich die Mauer, wenn es geht. Zerbrich sie, wenn du kannst, aber das wird deine völlige Vernichtung bedeuten. Du suchst etwas auf der Erde, das die meisten Menschen im Tod finden. Du suchst den Tod, nicht das Leben.«

»Du hast *unrecht*, ganz und gar unrecht! Was ich finden werde, wird mich den Tod erkennen lassen, und ich werde ihn nicht fürchten. Das macht mich anders, trennt mich von dir und den anderen.«

Tallow zitterte. Ihm war schwindlig. Er setzte sich zusammengekauert auf die Bank, die langen Finger ineinander verschränkt. Sein ganzer Körper war angespannt.

»Wo führt der Fluß hin?« fragte er sich selbst.

Miranda wußte, daß er die Frage nicht ihr gestellt hatte, aber sie antwortete dennoch: »Er führt zum Meer, und die Seelen von uns allen sind nur kleine Tropfen, die aus dem Meer kommen.«

Er hörte ihr nicht zu, wollte nicht auf sie hören. Er verschloß sich vor ihr, und sie wußte, es war sinnlos weiterzumachen.

Sie blieben still, bis einige Stunden später Wachen kamen und sie holten. Sie hatten noch keine Anzeichen der Revolution bemerkt, und Miranda war sich plötzlich bewußt, daß der Aufstand vielleicht schon fehlgeschlagen war. Bis zu diesem Augenblick hatte sie überhaupt nicht an ein Scheitern gedacht.

Schließlich empfand Tallow keinen Schmerz mehr. Natchos Folterknechte gingen nicht sehr feinfühlig vor. Sie vertrauten der Peitsche und der Streckbank und der Anwesenheit der schreienden Miranda. Sie wußten aus Erfahrung, daß man einem Mann die Zunge leicht lösen konnte, wenn man seine Frau vor ihm folterte. Sie kannten Tallow nicht.

Miranda war gepeitscht und ihr Körper war gestreckt worden, bis sie ein blindes Tier geworden war, ein rasendes Etwas, das nach Erlösung von der Pein heulte, die man ihr zufügte, und Tallow saß bewegungslos dabei und sah zu. Seine Augen waren voller Unruhe, aber gefühllos, was ihre Angst betraf. Wenn er schon seinen eigenen Schmerz kaum verstand, wie sollte er da den eines anderen begreifen? Selbst als man sich ihn vorgenommen hatte, *Peitsche, Frage, Peitsche, Frage,* hatte er den Schmerz eher dunkel gefühlt, begriff er nicht ganz, warum er ihn erleiden mußte. Nur das hatte ihn abgehalten, die Fragen zu beantworten. Er war nicht aus Mut stumm geblieben; er hatte die Fragen nicht gehört. Die kühle Stimme des Sekretärs war verschmolzen mit der Peitsche, war nur ein Teil von ihr, wie das Zischen, das vor dem Schlag kam.

Sein Rücken war rohes Fleisch, und seine Knochen taten furchtbar weh. Sein Körper zitterte, und er stöhnte in seiner Qual. Bald keuchte er bei jeder Bewegung, wenn die Peitsche niedersauste, und er keuchte, weil er wußte, daß sein Körper schmerzte, obwohl er den Schmerz nicht mehr wahrnahm. Schließlich wurden beide – Tallow und Miranda – ohnmächtig, und der Sekretär sagte voller Überdruß: »Schafft sie in ihre Zelle zurück. Ich wußte nicht, daß Menschen so zäh sein können. Sie könnten genausogut Tiere sein, unfähig, mit uns zu reden. Sie tun nichts als um Gnade winseln, und sagen uns nichts von dem, was sie wissen. Sie sind mir ein Rätsel.«

Er gab den Wachen angewidert ein Zeichen und verließ die Folterkammer. Dann tauchte er plötzlich noch einmal auf.

»Wenn ich es mir recht überlege«, sagte er, »lassen wir sie frei. Und wir lassen sie von unserem besten Spürhund beschatten. Vielleicht führen sie uns in einen der Schlupfwinkel ihrer Genossen. Je mehr uns ins Netz geraten, desto größer ist unsere Chance, etwas über ihre Pläne zu erfahren.«

Eine Wache mit dem Gesicht eines Elchs nickte und zog Tallow hoch. Tallow und Miranda waren nackt und blutüberströmt. Ihr Blut vermischte sich, und ihr Atem ging flach.

Der Elch brummte einen Befehl, und ein zweiter Soldat zerrte Miranda vom blutbespritzten Boden hoch und legte sie sich über die Schulter. Die beiden verließen den Raum durch eine Tür, die hinunter in einen dunklen, unbeleuchteten Tunnel führte. Sie stapften zwei Meilen weit durch diesen Tunnel, bis sie schließlich auf eine weitere Tür stießen, die auf einen Teil des Waldes hinausging, der vor der westlichen Stadtmauer lag. Das Waldstück war eingezäunt. Es war ein Gräberfeld. Man hatte Gräber ausgehoben und mit ungelöschtem Kalk gefüllt. In den Gräbern lagen ein paar verwesende Leichen. Die Wachen gingen an ihnen vorbei und schlossen eine kleine Tür im Zaun auf. Sie schleppten den Mann und die Frau ein Stück in den Wald hinein und ließen sie zu Boden fallen. Dann kehrten sie zurück und wischten sich gelassen das Blut von ihren Uniformen.

Miranda kam als erste im grauen Zwielicht zu sich und setzte sich unter Schmerzen auf. Tallow lag in der Nähe. Er war noch bewußtlos. Miranda kroch langsam auf ihn zu, und jede Bewegung sandte neue Wellen des Schmerzes durch ihren schrecklich zugerichteten Körper.

Die Bäume des Waldes in ihrer Nähe und über ihr schienen vor Wahrnehmungsfähigkeit, vor feindseliger Lebenskraft zu strotzen. Es waren die ältesten, größten Bäume, die sie je gesehen hatte, und ihre Stämme ragten zum Himmel empor und entzogen sich ihren Blicken. Tallow lag mit dem Gesicht im Moos und murmelte im Delirium leise vor sich hin. Miranda rollte ihn vorsichtig auf den Rücken und sah, daß seine Augen geweitet und leer waren, die Pupillen klein und daß sich die Augäpfel wild hin und her bewegten.

Ein leichtes Rascheln im Gebüsch hinter ihr erschreckte sie. Sie fuhr herum und zuckte zusammen, als ihr die jähe Bewegung neue Schmerzen bereitete. Sie starrte in die Düsternis, konnte aber nichts erkennen, von dem das Geräusch hervorgerufen worden sein konnte, das sie gehört hatte. Hinter der ersten Reihe von uralten Bäumen war nichts als Schwärze.

Sie wandte sich wieder Tallow zu, der sie jetzt verwirrt anblickte. »Miranda?« kam es mühsam über seine aufgedunsenen, blauen Lippen.

»Keine Angst, Liebling«, sagte sie. »Man hat uns anscheinend freigelassen.«

»Wir sind frei?«

»Ja, du Lieber.«

»Weshalb?«

»Weil wir ihnen nichts verraten konnten, nehme ich an. Wir müssen Wasser finden. Kannst du aufstehen?«

Tallow kam auf die Beine und schrie auf, weil die Wunden brannten, die ihm die Peitsche zugefügt hatte. »Gott«, ächzte er, »warum haben die das mit uns gemacht?«

»Weil sie uns zum Sprechen bringen wollten.«

»Aber wir haben ihnen doch alles gesagt, oder? Wie konnten wir das ertragen? Ich muß ihnen alles gesagt haben, was sie hören wollten.«

»Das hast du nicht, und ich weiß nicht, warum. Ich wußte nicht viel und sagte fast nichts, aber mein Grund war vermutlich Treue. Du bist niemandem treu, außer dir selbst.«

»Du hast recht.« Er versuchte zu gehen und krümmte sich zusammen. »Ich begreife es nicht. Ich muß zurück zu meinem Boot.«

»Noch nicht, Liebling, noch nicht. Wir müssen erst einen Bach finden und unsere Wunden waschen.«

Sie nahm ihn bei den Händen und führte ihn langsam durch den Wald. Griff, der Spürhund und Verfolger, der sich in den Schatten der großen Bäume verbarg, reckte seinen langen Hals und preßte stumm die Lippen aufeinander. Griff hatte scharfe Raubvogelaugen und glich ein wenig dem Falken, der Natchos Fahne zierte. Griff grinste vor sich hin. Es war nicht schwierig, den beiden zu folgen, da sie sich nur langsam fortbewegen konnten. Der Wald bot ihm die Deckung, die er brauchte, und noch mehr. Er schlich geräuschlos hinter dem Paar her, leise wie ein Aasfresser.

Dann verschwanden die beiden. Griff beschleunigte erstaunt seine Schritte und begann leichtfüßig durch den Wald zu rennen, konnte sie aber nicht mehr sehen und nicht mehr hören. Sie waren und blieben verschwunden. Griff war nicht abergläubisch, und seine Einbildungskraft war nicht stark genug, um das Übernatürliche zu fürchten. Vor einem Augenblick hatte er sie noch gesehen, dann waren sie plötzlich verschwunden. Griff fand ihre Spuren und ging, das Gesicht dicht über dem Boden, weiter und verfolgte die Fährte, bis auch diese ganz unvermittelt abbrach. Griff blickte zu den Kronen der Bäume hinauf, konnte aber auch nichts entdecken. Er suchte den Boden in der Umgebung der letzten Spuren ab und fand weder einen Tunnel noch eine Höhle, in die sie vielleicht gestürzt waren.

Tallow und Miranda fiel nichts Merkwürdiges auf. Sie hatten beide zuviel Schmerzen, um zu bemerken, daß der Wald heller geworden war und die Bäume ungewöhnliche Farben zeigten. Hand in Hand suchten sie einen Fluß und fanden schließlich einen, der klar und rein war. Miranda sank dankbar am Ufer nieder und tauchte Hände und Kopf ins Wasser. Tallow brach neben ihr zusammen und blieb schwer atmend auf dem Bauch liegen, den Kopf in die klauenartigen Hände gelegt.

Das Wasser war noch wohltuender, als Miranda erhofft hatte, und Tallow hatte dasselbe Gefühl. Nachdem sie aus dem Fluß getrunken hatten, fühlten sie sich kräftiger und weniger erschöpft. Inzwischen war es stockdunkel geworden, und sie konnten kaum mehr etwas sehen, nicht einmal den Himmel, der von einem dichten Gewirr von Zweigen und Blättern verdeckt war. Sie liefen eine Weile ziellos weiter, bis sie müde waren. Es handelte sich um eine Müdigkeit, wie sie durch Mangel an Schlaf entsteht, nicht um die schreckliche Erschöpfung von Körpern, die gefoltert worden waren. Sie schliefen ein, und als sie im fahlen Morgengrauen wieder erwachten, waren sie voller Staunen über das, was sie sahen.

»Sind wir gestorben?« fragte Miranda und blickte mit gerunzelter Stirn auf Bäume mit orangefarbenen Stämmen und violetten Blättern. »Oder sind wir ins Märchenland gelangt?«

»Wir sind nicht tot«, sagte Tallow überzeugt. »Das würde ich doch merken. Und da ich das Märchenland nicht kenne, kann ich nicht sagen, ob wir uns dort befinden oder nicht, obwohl ich es bezweifle. Die Färbung der Pflanzenwelt ist wirklich ungewöhnlich, aber es gibt wahrscheinlich eine wissenschaftliche Erklärung für die Erscheinung. Es gibt kein Gesetz, wonach Rinde braun und Blätter grün sein müssen, oder? Wir erwarten einfach, daß sie es sind. Wir wären nicht überrascht, wenn ein Bekannter, der sich normalerweise rot kleidet, eines Tages in gelben Kleidern erschiene. Warum sollen wir also überrascht sein, wenn Stämme orangefarben und Blätter violett sind?«

»Du bist zu logisch, Jephraim«, sagte Miranda langsam. »Viel zu logisch für einen Menschen, wenn es dir wirklich ernst mit dem ist, was du sagst. Es ist aber trotzdem beruhigend, deine Logik hier zu wissen. Hier ist alles sehr seltsam.«

»Ich bin froh, daß du mir etwas von dem zugestehst, was ich gestern sagte«, erwiderte Tallow. »Du sagst, ich bin viel zu logisch für einen Menschen. Von der Logik weiß ich nichts, aber du hast ungewollt zugegeben, daß ich nicht wie der Rest der Menschheit bin.«

»Um so mehr hast du Grund, dich anzustrengen, so wie wir zu sein.« Miranda legte die Stirn in Falten. Sie stand auf und war erstaunt, daß der Schmerz von gestern jetzt nur noch ein dumpfes Ziehen war. Tallows Rücken, der bis aufs rote Fleisch gepeitscht worden war, schien beinahe völlig verheilt zu sein. »Hier herrscht irgendein Zauber oder so etwas«, sagte sie leise.

»Unmöglich!« rief Tallow verärgert aus. »Der Bach, in dem wir badeten, kann voller natürlicher Salze sein, von denen wir noch nichts gehört haben. Ich glaube erst an Zauber, wenn ich jemanden sehe, der die Sonne anhält.«

Miranda sagte nichts. Sie ging zu einem der orangefarbenen Stämme und untersuchte ihn. Abgesehen von der Farbe glich er den Bäumen, die sie schon gesehen hatte. »Ich schlage vor, wir laufen lieber weiter«, sagte sie.

»Na schön«, stimmte ihr Tallow zu und sah sich den Baum auch an. »Welche Richtung?«

»Einfach weiter, meine ich. Wenn wir zurückgehen, nimmt man uns vielleicht wieder gefangen.« Sie ergriff ihn bei der Hand und führte ihn weiter über kurzes Gras, das leuchtend gelb war und sich unter ihren bloßen Füßen kühl anfühlte.

Auch im Wald war es kühl, obwohl die Sonne schon im Zenit stand und dort hereinschien, wo das Blattwerk nicht so dicht war. Über der Gegend lag ein Hauch von Zeitlosigkeit, von vorzeitlicher Stille. Tallow konnte die seltsamen Gefühle, die ihn überkamen, nicht logisch erklären, auch den Waldgeruch nicht, der anders als alle Gerüche war, die er kannte. Die Vogelrufe und die kleinen, goldenen Vögel, die er von Zeit zu Zeit sah, waren ihm ebenfalls fremd.

»Ich wollte, ich wüßte, wie lange wir bewußtlos waren«, sagte er. »Vielleicht wurden wir in ein fremdes Land gebracht, möglicherweise auf eine Insel. Ich weiß zwar nicht, warum sich Natcho diese Mühe machen sollte, aber es sieht so aus, als hätte er genau das getan.«

»Das ist die einzige Erklärung«, pflichtete ihm Miranda bei. »Aber die Gegend hat etwas Unirdisches an sich. Etwas so Ruhiges und Friedliches, daß man meinen könnte, wir befänden uns auf einem anderen Planeten.«

»Das geht ein bißchen zu weit«, sagte Tallow. »Das ist ja fast wie dein Einfall vom Märchenland.«

»Ich habe das nicht wörtlich gemeint«, erklärte Miranda ungeduldig. »Ich meinte nur, daß es so wie in dem Märchenland aussieht, von dem man mir als kleinem Mädchen erzählt hat.«

»Das dort scheint mit deinem Eindruck übereinzustimmen.« Tallow zeigte lächelnd nach vorn.

Miranda erblickte ein gewaltiges Kuppelgebäude aus herrlichem Marmor, mit blauen Mosaiken verziert. Es stand auf einer Lichtung mit gelbem Gras, und der Marmor schimmerte in der Sonne. Miranda seufzte. »Wir *müssen* einfach noch träumen«, sagte sie. »Anders ist es nicht zu erklären.«

Die beiden versuchten auf ihre Art, den Platz, an dem sie sich befanden, mit dem Verstand zu begreifen. Beide versuchten, ihn mit Dingen zu verbinden, die sie aus Erfahrung kannten. Das war aber im Grunde genommen unmöglich.

Sie näherten sich dem Kuppelbau und sahen, daß er von großen Marmorsäulen getragen wurde, die auf einer Terrasse aus milchigem Jade standen. In der Mitte der Terrasse schwang sich eine Treppe aus blauem Stein in die Höhe und verschwand in einer kreisförmigen Öffnung. In die Wand des luftigen Gebäudes waren weite Fenster eingelassen, aber Miranda und Tallow konnten nicht hineinblicken. Es waren keine Bewohner zu sehen, und dem Paar wäre es auch seltsam vorgekommen, hätten sich welche gezeigt. Sie überquerten die gelbe Lichtung und betraten die grüne Terrasse. Sie war warm, als habe die Sonne sie beschienen. Die nackten Füße waren eine Hilfe auf dem Weg zur Treppe. In Schuhen wären sie auf dem glatten Stein sicher ausgerutscht.

Sie erreichten die blauen Stufen, begannen, in die Höhe zu steigen, sahen aber noch immer nichts. Sie fragten sich gar nicht erst, warum sie mit solcher Sicherheit in das Gebäude eindrangen. Es erschien ihnen ganz natürlich, das zu tun. Es gab nichts anderes zu tun.

Drinnen war eine schattige, kühle Halle, in der sich weiche Dunkelheit und helles Sonnenlicht stritten, das durch die Fenster fiel. Der Boden war rosa wie Perlen, die Decke dunkelrot. Der Saal erinnerte Miranda an einen Schoß. »Wie wunderbar«, hauchte sie. »Herrlich.«

»Sehr angenehm«, bemerkte Tallow. »Mal was anderes, wenn man bedenkt, wo ich bis jetzt immer war. Ich frage mich, wer hier lebt.«

»Das werden wir wahrscheinlich sehen, wenn wir noch länger bleiben«, sagte Miranda. »Die Besitzer dieses Gebäudes haben vielleicht etwas gegen unser Eindringen.«

»Möglich«, nickte Tallow. »Aber da es keine Schlösser gibt, wäre ich überrascht, wenn sie nicht gewohnt wären, daß Leute hereinkommen.«

»Vermutlich hast du recht.«

Eine kleine Tür lag vor ihnen, dahinter Stufen.

Tallow sah Miranda fragend an. »Sollen wir weiterforschen?«

»Warum nicht?«

Sie stiegen die Stufen hinauf und kamen in einen Saal, der dem unteren glich, aber kleiner war. In diesem Saal befanden sich jedoch zwölf breite Thronsitze, die im Halbkreis in der Mitte standen. Vor der Wand neben der Tür befanden sich einige Sessel, die mit purpurnem Stoff überzogen waren. Die Thronsitze waren aus Gold und weiß gepolstert. Die Farben hatten nichts Barbarisches oder Geschmackloses an sich, sie waren unauffällig und paßten zueinander.

Hinter den Thronsitzen öffnete sich eine Tür, und ein großer, zart aussehender Mann erschien, gefolgt von anderen, deren Gesichter fast gleich waren. Nur an ihren Gewändern konnte man Unterschiede feststellen. Ihre Wangen waren bleich, fast weiß, die Nasen gerade, die Lippen schmal, aber nicht grausam. Die Augen, grün gefleckt und voller ruhiger Traurigkeit in die Ewigkeit starrend, waren keine Menschenaugen. Der Anführer der großen Männer blickte Tallow und Miranda an. Er nickte und winkte würdevoll mit bleicher, langfingriger Hand.

»Willkommen«, sagte er. Die Stimme war hoch und zart wie eine Frauenstimme, klang aber schön in ihrem Singsang. Die anderen elf Männer nahmen auf den Thronsitzen Platz, während der erste Mann, der sie angesprochen hatte, stehen blieb. »Setzt euch, bitte«, sagte er.

Tallow und Miranda setzten sich auf zwei der pupurnen Sessel.

»Wißt ihr, wie ihr hergekommen seid?« wollte der Mann wissen.

»Nein«, erwiderte Tallow. »Wir wissen nicht einmal, wo wir sind.«

»Das dachte ich mir. Eure Leute kommen selten her, und wenn, dann unbeabsichtigt.«

»Wo sind wir?« fragte Miranda, als sich der Mann auf den letzten Thron setzte.

»Dieser Ort befindet sich nicht *innerhalb* eures Raum-Zeit-Kontinuums, ist aber dennoch ein *Teil* von ihm. Es gibt starke Verbindungen, obwohl uns mehrere Dimensionen trennen. Einst war unser Land ein Teil der Erde, die ihr kennt, aber in dunkler Vergangenheit wurde es vom Mutterplaneten abgetrennt. Unsere Körper sind im Gegensatz zu euren unsterblich. Wir wollten es so, sind aber nicht so wie ihr an unser Fleisch gefesselt.«

»Ich verstehe nicht«, meinte Tallow mit gerunzelter Stirn, »was sagt Ihr?«

»Ich habe gesagt, was ich sagen kann, und zwar mit den einfachsten Ausdrücken, die euch verständlich sind. Wenn ihr dennoch nicht wißt, wovon ich spreche, kann ich es nicht weiter erklären. Einige eurer Leute, die von uns wissen, nennen uns die Hüter, obwohl wir nichts hüten. Wenn ihr wollt, sind wir Krieger, die Mächte bekämpfen, die euch so fremd sind wie wir. Wir hassen diese Mächte nicht, und es gibt auch weder materiell noch geistig etwas zu gewinnen. Wir kämpfen nur, um ein gewisses Gleichgewicht aufrechtzuerhalten.«

»Alles schön und gut«, sagte Tallow, »aber was hat das mit

uns zu tun?«

»Nicht viel«, gab der Mann zu. »Ihr seid absichtslos hergekommen. Wir werden versuchen, euch so rasch wie möglich in euer eigenes Kontinuum zurückzubringen. Inzwischen könnt ihr hierbleiben oder den Wald, der uns umgibt, erforschen, ganz wie ihr wollt. Ihr werdet keinen Schaden nehmen.«

»Danke«, sagte Tallow und blickte Miranda an. Aber die junge Frau wollte ihn nicht ansehen, hatte die Augen auf den großen Sprecher gerichtet.

»Können wir nicht hierbleiben?« fragte sie.

»Nein, das könnt ihr nicht. Eines Tages werden sich vielleicht viele von euch zu uns gesellen. Das wird an dem Tag sein, den ihr das Jüngste Gericht nennt, den Tag des Entscheidungskampfes. Wenn eure Leute bereit sind, nach vielem Sterben und Leben in der Zukunft eurer Ebene, werden wir uns alle hier versammeln, um gemeinsam den Feind zu bekämpfen, gegen den wir Hüter jetzt kämpfen. Wenn wir dann gewinnen, wird das Schicksal dieses Universums entschieden sein, werden neue Samen gesät werden. Wenn wir verlieren, bedeutet das Chaos und schließlich Zerstörung.«

Tallow entgegnete: »Ihr sprecht, als hätte die Welt ein gemeinsames Ziel. Aber jedes Individuum muß doch bestimmt sein eigenes Schicksal erkennen.«

»Gewiß«, erklärte der Hüter lächelnd. »Ich stimme dir zu. Aber keiner darf die Verbindung zu seinen Gefährten verlieren, sonst wird er vernichtet. Oder, was noch schlimmer für ihn ist, er stellt sich in die Reihen derer, die wir bekämpfen.«

»Ihr seid offenbar wahnsinnig«, sagte Tallow grob. »Ihr verkommt hier, während ihr eure eingebildeten Kämpfe ausfechtet. Wenn ein Mensch sein endgültiges Schicksal erkannt hat, den Sinn seines Lebens, dann braucht er keinen mehr. Er wird in aller Herrlichkeit allein sein.«

»Ich achte deine Ansichten«, lächelte der Hüter, »aber wenn du deine Suche zu Ende geführt hast, wirst du einsehen, was du verfehlt hast. Dann wird es jedoch zur Umkehr zu spät sein, um deinen Entdeckungen gemäß zu leben. Es ist immer zu spät. Ihr verbringt eure Leben damit, dem nachzujagen, was in euch selbst liegt, was ihr in jedem anderen Menschen finden könnt, aber dort wollt ihr es nicht suchen. Ihr müßt prächtigeren Wegen folgen, um eure Zeit zu vergeuden und zu entdecken, daß ihr eure Zeit vergeudet habt. Ich bin froh, daß wir nicht mehr so wie ihr sind, aber ich wünschte, es wäre gestattet, euch zu helfen. Das können wir jedoch nicht. Man wird es euch mitteilen, wann ihr gehen müßt«, schloß er plötzlich. »Wir müssen jetzt zu unserem Kampf zurück.« Er stand auf, verbeugte sich und ging, gefolgt von den anderen, durch die Tür wieder hinaus.

»Komm, Miranda«, knurrte Tallow und nahm sie an der Hand, »verschwinden wir aus diesem Irrenhaus.«

Miranda ging zögernd mit ihm, und noch einmal liefen sie über den kühlen gelben Rasen und betraten den Wald. Sie wanderten weiter und kamen aus dem dunklen Wald und standen am Ufer eines Meeres. Es war ein graues, wogendes, zeitloses Meer, ein rätselhaftes Meer, das sich in die Unendlichkeit erstreckte. Hinter dieser bewegten Wasserfläche konnten keine anderen Ufer mehr liegen. Keine anderen Länder oder Flüsse oder kühle, dunkle Wälder, keine anderen Schiffe. Es war ein Meer, das nirgendwohin führte.

Über diesem zeitlosen Ozean schwebte brütend eine ockerfarbene Sonne, die abwechselnd grüne und schwarze Schatten auf das Wasser warf. Die ganze Szenerie schien in einer riesigen Höhle zu liegen, denn der Himmel darüber war voller uralter zerklüfteter schwarzer Wolken. Und die ganze Zeit war vernehmbar das Krachen der Brecher, das an ein Verhängnis denken ließ, die einsame, schicksalhafte Monotonie der ewig sich aufbäumenden Wogen mit den weißen Schaumkronen, das Geräusch, das weder Tod noch Leben, weder Krieg noch Frieden bedeutete, sondern lediglich Dasein, dessen Harmonien wechselten.

Sie konnten nicht weiter. Tallow packte Mirandas Hand und bewegte sich auf den Ozean zu, aber Miranda hielt ihn zurück. Er sah sie an, und sein häßliches Gesicht war in schwarze und rote Schatten getaucht, die Augen blickten verwirrt. Miranda zog an seiner Hand und versuchte, sich zurück in den Wald zu bewegen. Er zauderte und hielt sie zwischen sich und den hohen Bäumen fest.

»Komm, Liebes«, grinste er mit schiefem Mund, »baden wir in diesem dunklen Meer. Vielleicht finden wir endlich, was wir suchen.«

»Nein, Jephraim, kehren wir um. Ich hasse diesen Ozean. Ich bin sicher, er ist es, den die Hüter bekämpfen. Laß uns zurückgehen, Jephraim.«

Aber er zog sie erbarmungslos weiter auf das bewegte Wasser zu. Sie riß sich los und rannte zum Waldrand zurück und rief nach ihm. »Geh nicht, Jephraim! Geh nicht unter!«

Tallow konnte ohne Miranda nicht weiterlaufen. Er stand mit einem Fuß auf dem Sand, der wie braunes, eingetrocknetes Blut aussah, mit dem anderen auf dem gelben Rasen und war unentschlossen und ängstlich. »Möchtest du, daß ich allein untergehe?« fragte er.

»Du hast doch gesagt, daß du das möchtest.«

»Nein, das habe ich nicht gesagt. Ich werde mein Schicksal allein vollenden, aber es ist nicht mein Geschick, ganz unterzugehen.«

»Dann komm zurück.«

Das Meer brüllte und toste, und der Lärm schwoll zu wildem Wüten an; er lockte Tallow näher zu kommen, hieß ihn willkommen, bot ihm Erfüllung, die Erfüllung des Todes. Er fuhr zusammen und rannte dann zum Wald zurück, spürte, wie das seltsame Meer den Strand hinauf zu ihm lief. Er blickte sich um und sah, daß es nicht angeschwollen war, daß die Brecher nicht mehr so wild waren, daß das Meer sich beruhigt hatte. Miranda packte seine Hand in einem Anfall von Angst und zog ihn an sich, als habe sie ihn aus einem Strudel gerettet. Er klammerte sich an sie, und ihre Körper atmeten im Gleichklang, sie umschlangen sich und wurden eins. Sie blieben lange Zeit zusammen, während das Meer Tallow rief und der Wind ihr Fleisch kalt streichelte. Tallow konnte das Meer aber nicht mehr hören und spürte nichts als Mirandas warmen Körper, der sich an seinen schmiegte. Ihre vereinten Körper leuchteten im öden Grau des fremden Strandes und unter einer Sonne, die nicht wärmte, die nur leuchtete wie ein Stern in der Nacht, und wieder einmal wußte Tallow, was Gemeinschaft in Wahrheit bedeutete, eine Wahrheit, die er fürchtete und haßte, während er Miranda und all das, was sie ihm schenkte, liebte. Selbst als sie in den Wald zurückkehrten und sich an einem orangefarbenen Baumstamm ins blaue Moos legten, selbst als er sie küßte und leise über seine Liebe sprach, hatte er Angst, quälten ihn ungewisse Gedanken an die Folgen seines Handelns.

Stunden später sagte Miranda: »Ich frage mich, ob die Revolution erfolgreich war.«

»Hoffentlich«, flüsterte er, »denn wenn wir zurück müssen, haben wir wenigstens die Möglichkeit, zu Freunden zurückzukehren.«

»Sehen wir nach, ob die Hüter bereit sind, uns nach Rimsho zurückzusenden?« schlug sie vor.

»Ja«, sagte er.

Sie suchten den Weg zurück zur überkuppelten Wohnstätte der zwölf zarten Männer. Als sie sie erreichten, wartete der Mann, der zu ihnen gesprochen hatte, schon auf sie.

»Geht in dieser Richtung weiter«, sagte er, »und ihr werdet zu dem Platz gelangen, an dem ihr unser Land betreten habt.«

Sie gingen schweigend an ihm vorbei über die Lichtung in den Wald. Sie überquerten den silbernen Bach und erblickten wieder goldene Vögel. Einige Zeit später kamen sie an eine Stelle, wo das Licht wie in der Hitze zu flimmern schien, und als sie an ihr vorüber waren, befanden sie sich in dem Wald, der im Westen Rimshos lag. Sie blickten sich um und sahen, daß die unirdischen Bäume verschwunden waren, daß sich hinter ihnen gewöhnlicher Wald erstreckte.

Über dem Pfad, den sie einen Tag vorher entlanggetaumelt waren, schwang etwas, das nicht hierhergehörte, hin und her. Sie näherten sich ihm und sahen hinauf und bemerkten, daß es ein Mann war, der da hing. Ein langhalsiger, falkenartiger Mann, dessen Name Griff gewesen war. Sein weißes, totes Gesicht zeigte einen Ausdruck des Staunens, und so hatte es schon ausgesehen, bevor die Männer gekommen waren, die ihn aufgehängt hatten.

»Irgend etwas muß passiert sein«, kommentierte Tallow trokken. »Entweder hat Natcho die Revolution erstickt und hängt alle auf, die er für Verräter hält, oder das ist einer von Natchos Männern, und Zhists Anhänger haben ihn aufgehängt.«

Miranda zitterte. »Gehen wir weiter«, sagte sie, »bis wir an ein Tor kommen.«

Sie fanden ein Tor, das von einem siegestrunkenen Mitglied der Freiheitskämpfer bewacht wurde. Er grinste Tallow an und warf einen lüsternen Blick auf Miranda, und sie wurden sich plötzlich bewußt, daß sie nackt waren.

»Wo habt ihr gesteckt?« lachte der Soldat, der Tallow erkannt hatte.

»Im Märchenland«, antwortete Tallow gutmütig, ging in die Stadt und ließ eine verblüffte Wache zurück.

Sie klopften an die Tür des erstbesten Hauses und liehen sich von der alten Frau, die ihnen öffnete, ein paar Decken aus.

Die Städter vergnügten sich jetzt wirklich, die glasigen Augen hatten sich aufgehellt, waren warm geworden. Überall sah man die Soldaten Zhists, welche die Gelegenheit nutzten, daß die Frauen von Rimsho sie wie Helden verehrten. Tallow fragte einen Soldaten, wo er den Oberst finden könne.

»Wo sonst als in Natchos altem Quartier?« lachte der Mann und wandte sich wieder seiner Flasche und seinem Mädchen zu.

»Das hätte ich mir denken können«, sagte Tallow, während er und Miranda würdevoll, in Decken gehüllt, durch die Straßen auf den Regierungspalast zuschritten.

Fünfzehntes Kapitel

»Ich fürchte, Cannfer ist im Kampf gefallen«, sagte Zhist bekümmert. Tallow freute sich nur ein kleines bißchen, weil das eine Komplikation weniger bedeutete. Zhist fuhr fort: »So wie viele andere mutige Männer. Er hörte, daß Sie und Miranda in einer gefährlichen Lage waren, und war der erste, der den Palast erreichte. Er wurde natürlich niedergeschossen. Was ist euch beiden zugestoßen?«

»Wir wurden gefoltert und in den Wald geschafft, weil man uns für tot hielt«, antwortete Tallow. »Wir wanderten im Fieberwahn einige Zeit umher, bis wir an einen Fluß kamen. Er hatte wunderbare Heilkraft. Schauen Sie, Sie können immer noch die Spuren der Peitsche sehen, aber sie sind jetzt völlig vernarbt.« Er ließ die Decke fallen und zeigte Zhist unaufgefordert den Beweis seiner schweren Prüfung.

»Ein Wunder!« rief Zhist aus. »Wir müssen bei Gelegenheit nach dem Fluß suchen. Ich nehme an, Sie haben keine Ahnung, wo er war?«

»Keine«, sagte Tallow wahrheitsgemäß. »Ich glaube, ich werde ihn nie wiederfinden.«

»Schade«, meinte Zhist. Das Essen, das er bestellt hatte, kam, und die drei setzten sich an den Schreibtisch, an dem Natcho damals Tallow und Miranda befragt hatte. Sie stürzten sich mit Heißhunger auf das Essen, da sie schon lange nichts mehr im Magen hatten.

»Hyriom macht wieder Schwierigkeiten«, bemerkte Zhist und biß in eine Semmel. »Die erzählen etwas vom Recht der Könige oder so ähnlich, sagen, daß das Land von Revolutionsgesindel überrannt worden ist. Jetzt haben sie den Vorwand, auf den sie lange gewartet haben. Sie können jeden Tag bei uns einmarschieren, wir müssen darauf vorbereitet sein.«

»Viel Glück«, sagte Tallow. Ihm war eben klargeworden, daß ihm Cannfer lebendig mehr genützt haben würde. Er hätte ihm Miranda abnehmen können. »Ich hoffe, Sie haben Erfolg. Ich muß morgen früh weiterfahren. Ich bin schon viel zu lange geblieben.«

»Sie können nicht fort, Tallow«, sagte Zhist. »Ich brauche Sie hier als meinen Sekretär.«

»Aber ich habe fast eine Woche verloren. Wenn ich mich jetzt nicht beeile, werde ich die Barke überhaupt nicht mehr einholen.«

»Schlagen Sie sich die Barke aus dem Kopf. Folgen Sie lieber mir. Sie werden in dieser Stadt ein angesehener Mann sein. Und was ist mit Miranda? Wegen Ihnen hat sie viel Mühsal auf sich genommen und ist schließlich gefoltert worden. Sie können Sie nicht schon wieder verlassen.«

»Er könnte es wohl«, sagte Miranda ergeben. »Und wahrscheinlich wird er es auch tun.«

»Aber du verstehst doch, nicht wahr, Miranda?« sagte Tallow erwartungsvoll. Er sah sich in einer Falle.

»Nein«, sagte sie. »Ich verstehe dich nicht ganz. Ich hätte gedacht, daß du bleiben würdest, vor allem jetzt. Aber ich fürchte, daß du ohne Rücksicht auf mich tun wirst, was du willst, ohne Rücksicht auf Oberst Zhist, ohne Rücksicht auf alle, die versuchten, deine Freunde zu sein und dir zu helfen.«

Tallow erklärte verbissen: »Miranda, ich habe es dir gesagt. Ich brauche weder Hilfe noch Freundschaft. Deine Art Hilfe behindert mich nur, und Freunde halten mich auf. Ich kann mir die Verantwortlichkeiten nicht leisten, die Freundschaft und sogar Hilfe erfordern. Ich bin ein Einzelmensch, ein einsamer Mensch. Mir behagt meine Einsamkeit.«

»Sie sind ein komischer Vogel, Tallow.« Zhist kaute verdrießlich auf seinem Essen herum. »Ein wirklich komischer Vogel. Ich werde aus Ihnen nicht schlau.«

»Ich möchte nicht, daß man aus mir schlau wird«, erwiderte Tallow ärgerlich. »Darauf will ich ja hinaus.«

»Und ich werde nicht aus Ihnen schlau«, wiederholte Zhist. »Es sieht so aus, als wären Sie nur sich selbst treu. Trotzdem haben Sie mich unter der Folter nicht verraten. Demzufolge, was Sie mir über Ihre Reise den Fluß hinab erzählt haben, versuchten Sie, mehreren Leuten zu helfen, und statt dessen ist es Ihnen immer nur gelungen, die Betreffenden zu ruinieren. Sie sind ein Mörder, und dennoch benehmen Sie sich nicht wie ein Mörder. Ich kann begreifen, daß Sie keinen Grund haben zu morden. Sie lieben Miranda, und sie liebt Sie. Und doch haben Sie sie verlassen und haben vor, es erneut zu tun. Was steckt dahinter, Tallow?«

»Mein Geist«, sagte Tallow. »Der steckt dahinter, nicht mein Herz. Die meisten Menschen werden von ihrem Herzen regiert. Sie benutzen ihren Geist, um ihre Gefühle rational zu erklären. Bei mir kommt erst der Geist, und dann die Gefühle, wenn überhaupt. Ich hatte keine Ahnung, was Gefühle sind, bis ich die goldene Barke zum ersten Mal über den Fluß ziehen sah. In dem Fall kam die Emotion irgendwie zuerst, das *Fühlen*, würden Sie sagen, und der Geist viel später, wenn überhaupt. Ich bin noch immer nicht daraufgekommen, was mir die Barke verspricht. Aber ich bin mir sicher, daß sie viel mehr als Freundschaft, Liebe, Ehre verspricht. Diese Dinge werden mich vernichten, werden mich zu einem Herdentier machen. Ich bin nicht für ein Herdenleben gebaut. Ich kann nicht unter Menschen sein, dazu fehlt mir der Verstand, der Körper, das Gesicht. Mir machen nicht dieselben Dinge Spaß, und ich kann nicht grundlos hassen. Manchmal hasse ich die Dinge, die sich mir in den Weg stellen, aber nicht lange. Miranda bietet mir Behaglichkeit und Seelenfrieden, geschlechtliche Befriedigung, eine Menge anderer Sachen, aber sie kann mir nicht das bieten, was mir die Barke verspricht, was immer das auch sein mag.«

»Vielleicht kann sie es, und Sie sehen es bloß nicht«, meinte Zhist.

»Streiten Sie sich nicht mit ihm«, sagte Miranda. »Versuchen Sie es gar nicht erst. Sie erreichen nichts damit. Ich weiß das.«

»Es ist nicht meine Schuld«, sagte Tallow stockend. »Es ist doch nicht meine Schuld, oder?«

»Ich bin sicher, wenn Sie bei den Menschen bleiben und sie begreifen, wenn die Menschen von Ihnen verstanden werden, so werden Sie finden, wonach Sie suchen«, sagte Zhist unbeirrt. »Sie sind aus dem Stoff, aus dem Idealisten gemacht werden, und zwar die falsche Sorte. Sie folgen ihrem persönlichen Stern und wollen die Welt verbessern, und am Ende klebt das Blut von Millionen an ihren Händen, oder sie haben den Kopf in einer selbstgeknüpften Schlinge stecken.«

»Ich weiß nicht, wovon Sie reden.«

»Hören Sie«, sagte Zhist, »diese Dinge, die Sie und noch ein paar andere suchen, liegen hier vor Ihnen. So viele Leute gehen durchs Leben und suchen etwas, suchen es im Geld, in der Macht, in sexuellen Erlebnissen zu finden, gelegentlich auch in der Malerei, der Musik, der Schriftstellerei. Sie wissen nicht, was sie suchen, und trotzdem scheint es ihnen etwas Fernes, Unerreichbares zu versprechen. Ich sage Ihnen eins. Ich biete es Ihnen, Miranda bietet es Ihnen. Das Baby, das Sie fanden, bot es Ihnen. Und Sie waren so blind, es nicht zu sehen. Sie sind vom gleißenden Gold der Barke geblendet und suchen etwas, in dem Sie dumpf die Wahrheit ahnen, das aber keinerlei Verantwortung mit sich bringt. Um das zu finden, was Sie, Tallow, suchen, müssen Sie Verantwortung übernehmen, müssen Sie Freundschaft und Liebe und selbst Ehre annehmen. Das alles bringt Verantwortung mit sich. Dieser Prozeß der Beteiligung wird Ihnen die Wahrheit zeigen, nach der Sie sich abmühen.«

»Warum sollte ich mich an alldem beteiligen? Warum? Wenn Sie und Miranda, wenn solche Leute wie Sie nicht gewesen wären, hätte ich die Barke jetzt schon erreicht. Muß ich denn immer von Leuten belästigt werden?«

»Sie sind ein Mensch«, sagte Zhist einfach. »Und ein Mensch hat eine Seele, eine Lebenskraft, nennen Sie es, wie Sie wollen. Es gibt Millionen von Seelen auf diesem Planeten. Wahrscheinlich viele andere Millionen im Universum. Der Boden selbst, auf dem Sie stehen, hat seine besondere Seele, ein Bewußtsein. Wir sind alle beteiligt, Tallow. Wir können der Tatsache nicht entkommen. Wir sind alle Teile von etwas Gewaltigem. Wir bewegen uns weiter, Tallow. Deshalb kämpfte ich auch für die Freiheit meiner Leute. Das war mein Anteil an etwas viel Größerem. Deshalb malen manche Menschen Bilder, deshalb ziehen manche Menschen in den Krieg. Sie wollen etwas für sich selbst, das alle Menschen haben sollten. Was werden Sie mit Ihrer ›Wahrheit‹ anfangen, wenn Sie sie gefunden haben? Was wird sie Ihnen sagen? Sie wird Ihnen sagen, was ich Ihnen gesagt habe. Werden Sie es dann abstreiten?«

»Unmöglich! Was ich will, hat keinerlei Beziehung zu dem, was Sie gesagt haben. Wenn ich überhaupt etwas will, dann das Gegenteil.«

»Ich kann Sie nicht überzeugen?«

»Nein.«

Zhist seufzte und blickte resigniert Miranda an. »Was sollen wir tun?« fragte er sie.

»Tun? Wir können nichts tun. Ich habe versucht, ihn zu überzeugen, und Sie haben es auch versucht. Eine Menge Leute haben es schon versucht. Wir können nur hoffen, daß er die Jagd sein läßt und schließlich zurückkehrt.«

»Die Jagd wird, je länger sie dauert, immer verzweifelter werden.« Zhist seufzte. »Er wird nicht zurückkehren.«

Tallow sagte: »Hört, ich bleibe noch ein paar Tage, aber dann werde ich fahren.«

»Wieso werden Sie jetzt weich? Sie sagten doch ganz überzeugt, daß Ihre Suche richtig ist?« Zhist stand auf und rollte seine Schultern, versuchte, seinen müden Körper zu kräftigen.

»Ich werde nicht weich. Nie und nimmer. Aber ich möchte mich eine Weile ausruhen und nachdenken. Ich möchte mein Boot überprüfen lassen und viel Proviant an Bord nehmen, bevor ich abreise.«

»Ich werde mich heute abend darum kümmern«, versprach Zhist. »Inzwischen sind Sie mein persönlicher Adjutant, und ich hoffe immer noch, daß Sie bleiben. Sie und Miranda, ihr könnt Natchos alte Zimmer haben.«

»Danke«, sagte Tallow. Er fühlte sich von der Stellung und auch von Miranda eingeengt. Einen Teil seines Kampfes hatte er schon verloren. Er war bedrückt und sah im Augenblick keine Möglichkeit, den Konflikt, den er haßte, zu lösen. *Sie sind fast so schlimm wie die Leute, die mich ›zu meinem eigenen Besten‹ einsperrten, dachte er. Es gibt verdammt viele Wohltäter, die mir schaden und dann selbst zu Schaden kommen.*

»Ich hoffe, ihr werdet mich wenigstens eine Weile in Ruhe lassen«, sagte er.

»Sicher. Ich sehe Sie morgen mittag, wenn das recht ist?«

Tallow nickte und verließ den Saal. Miranda folgte ihm in einigem Abstand. Sie lächelte Zhist zu und ging.

Tallow und Miranda schliefen nebeneinander, aber keiner von beiden hatte Lust zu lieben. Tallow machte sich zu viele Sorgen wegen seines Zwiespalts, und Miranda dachte voller Unruhe über die Zukunft nach. Sie schliefen nicht gut, und Tallow stand früh auf, zog die Sachen an, die Zhist ihm besorgt hatte, und spazierte durch die Straßen der Hauptstadt, die im hellen Morgenlicht lag.

Es war niemand zu sehen. Die meisten Bewohner hatten offenbar bis tief in die Nacht hinein gezecht und waren erst vor kurzem zu Bett gegangen. Tallows Stiefel lärmten über das Kopfsteinpflaster, und die Luft war kalt und klar. Die Luft half ihm aber nicht, den Kopf von den Gedanken zu befreien, die ihm Kummer machten. Er wollte gern leugnen, konnte es aber nicht, daß er von dem Gespräch des vergangenen Tages berührt worden war. Die Argumente Mirandas und Zhists hatten für ihn trotzdem nichts Konstruktives enthalten, sie hatten nur bewirkt, daß er sich verwirrt und verblüfft vorkam. Er glaubte, daß sein Weg der richtige sei, doch die dunkle Ahnung von anderen Pfaden, die am Ende genauso wirkungsvoll sein konnten, rief in ihm große Bestürzung hervor, und es war mit weiteren Verzögerungen zu rechnen.

Zerrissenes Fahnentuch lag auf den verlassenen Straßen, überall, an Gebäuden, Balkonen, Fenstern und Laternenpfählen, waren Flaggen aufgezogen. Sie flatterten matt in der erfrischenden frühmorgendlichen Brise. Aller mögliche Abfall hatte sich in den Gossen angesammelt. Eine Menge Flaschen lagen herum, viele davon waren zerbrochen. Dann sah Tallow den Jungen.

Das Kind lag eingerollt in dem Abfall, was ganz natürlich wirkte. Es sah überhaupt nicht fehl am Platze aus. Es war in seinen zerrissenen Sachen und mit seinem schmutzigen Haar selbst ein Stück Unrat. Es schlief, und das Gesicht war vom abgewinkelten Arm bedeckt. Ohne genau zu wissen, warum, ging Tallow langsam auf das Kind zu und stieß den mageren Körper mit der Stiefelspitze an. Das Kind bewegte sich, erwachte und sprang auf, blickte wütend aus gräßlich gelben Augen, die rotgerändert waren, zu Tallow auf. Die Augen waren ebenso wie die gewaltige, unförmige Nase zu groß für den Rest des schmalen, faltigen Gesichts. Der Hals war dürr wie der eines Reptils, die Haut trocken und schuppig wie abgestreifte Schlangenhaut. Der Junge sah genau wie eine Schildkröte aus, selbst sein gebückter, unbeholfener Körper glich dem runden Panzer einer Schildkröte, seine riesige Nase beherrschte das fliehende, unscheinbare Kinn, die großen Augen hatten den harten Ausdruck eines Reptils. Sprach er, so klang das heiser und belegt, die Stimme war unrein. »Was habe ich getan?«

»Ich wüßte nicht, was«, sagte Tallow. »Warum bist du nicht zu Hause?«

»Ich hab' kein Zuhause mehr.«

Tallow nickte stumm und wußte nicht, was er darauf antworten sollte. Er fragte sich, warum er das Kind gestört hatte, und zugleich versuchte er, sein Alter zu schätzen. Seiner Größe nach war es ungefähr neun oder zehn Jahre alt. Das Gesicht konnte das eines neugeborenen Kindes, eines erwachsenen Mannes oder eines Neunzigjährigen sein. Man konnte es nicht sagen.

»Warum sind Kisten immer eckig?« wollte der Junge plötzlich wissen.

»Das ist die einfachste Art, sie zu machen«, antwortete Tallow.

»Warum machen sie sie nicht in verschiedenen Formen? Das wäre besser.«

»Möglich«, sagte Tallow nachgiebig und wollte gehen. Der Schildkrötenjunge wandte sein häßliches Profil dem Himmel zu. Schweigend blickte er die Sonne an. Tallow war von ihm fasziniert. Ihm war nie eingefallen, daß Kinder so häßlich sein könnten. Gewöhnlich waren Kindergesichter undefinierbar, gelegentlich angenehm, gelegentlich schön. Gesicht und Körper des

Jungen waren insgesamt abstoßend, vor allem die gelben Augen, die sich jetzt bewegten, um Tallow anzusehen. Tallow starrte zurück, weil ihm nichts anderes einfiel. Sie standen in der Mitte der Straße und blickten sich in die Augen. Tallow fühlte sich seltsam verwandt mit dem reizlosen Kind und sagte schließlich gegen seinen Willen: »Wir sind Ausgestoßene, du und ich.«

Die Stimme des Jungen kam wie aus der Ferne, war schwerfällig und erinnerte an einen Traum. »Freunde«, sagte er. »Sind wir Freunde?«

»Nein, wir sind keine Freunde. Wir könnten nie Freunde sein. Sind die Hunde untereinander befreundet?«

»Die Hunde mögen mich nicht.«

»Ich mag sie auch nicht«, sagte Tallow unbestimmt und kam sich hilflos gefangen in dem Gespräch vor. »Du bist abstoßend.«

»Bedeutet das ›schlecht‹?«

»Nein.«

»Niemand mag mich. Meine Tante sagte, ich habe den bösen Blick. Ich kann so gut sehen wie meine Tante. Meine Mutter schmiß mich raus, als mein neuer Vater kam. Ich will nicht geliebt werden, aber es ist schwer.«

»Weiß ich.«

»Was soll ich tun? Ich finde mich nicht zurecht. Ich weiß nicht, was ich tun soll. Was soll ich tun?«

»Bleib hier. Dir geht's besser an einem Ort, den du kennst. Vielleicht wird alles leichter, wenn du älter geworden bist.«

Während sie redeten, blieben ihre Augen aufeinander gerichtet. Sie sahen sich an, als hätte jeder seinen vollkommenen Zwilling getroffen, den er noch nie gesehen hatte. Und doch gab es Unterschiede. Tallow wußte, daß das Kind ihm nicht genug glich, um ein Gefährte zu werden, aber ihm doch zu ähnlich war, als daß es übersehen werden würde. Er hatte nie gedacht, daß es jemanden geben konnte, der ihm so nahestehen würde. Er fragte sich, ob es noch andere gäbe, andere Ausgestoßene, Unangepaßte, die ziellos das Dasein durchwanderten. Wenn es sie gab, warum sollte er ihnen nicht von seiner Barke, seinem Ziel erzählen?

»Es gibt eine Barke, die den Fluß entlangfährt«, teilte Tallow dem Jungen mit. »Sie ist groß und golden, und die Strömung kann ihr nichts anhaben, auch der Wind nicht. Sie bewegt sich zielsicher. Sie fährt irgendwohin, und wenn du mit ihr am Ort ihrer Ankunft bist, kann sie dir helfen. Wenn du die Möglichkeit hättest, würdest du ihr folgen?«

»Nein«, antwortete der Junge ruhig. »Weshalb?«

»Weil du dann auch ein Ziel hättest. Begreifst du nicht, daß dir die Barke helfen würde?«

»Ich weiß nicht, was Sie meinen. Wie kann mir ein Schiff auf dem Fluß helfen? Wird meine Tante aufhören, mich zu beschimpfen, wird mich meine Mutter wieder zu sich nehmen, wenn ich das Schiff sehe? Was könnte es mir denn Gutes tun?«

»Wenn ich sie dir zeige, wirst du es wissen. Ganz bestimmt.«

»Sie sind ein Mann. Ich bin ein Junge. Das ist nicht dasselbe. Wir sind verschieden.«

»Nur dem Alter nach. Eines Tages werde ich dir die Barke zeigen. Wenn ich abreise, kommst du mit mir, und du wirst finden, was ich gefunden habe.«

»Aber was wird es mir nützen? Was hat das Schiff Ihnen genützt?«

»Noch nichts«, sagte Tallow traurig. »Noch nichts. Aber es wird etwas Gutes für mich tun. Kennst du noch andere, die so wie du sind?«

»Meine Schwester«, erwiderte der Junge. »Sie ist häßlich. Meine Mutter duldet sie bei sich. Meine Tante gibt ihr zu essen. Ich weiß, was Sie sind, häßlich.«

»Ich rede nicht von anderen, die so wie du aussehen. Gibt es andere, die so wie du fühlen?«

»Wie fühle ich denn?«

Tallow sagte vorsichtig: »Du fühlst dich allein. Ungeliebt. Unnütz. Du fühlst, daß du niemanden brauchst.«

»Ja, so fühle ich mich. Aber ich kenne niemanden, der so wie ich ist. Muß ich denn jemanden kennen?«

»Nein. Ich kannte auch niemanden.«

Tallow fühlte sich aus seiner Tiefe, aus seinem Element geworfen. Er suchte verzweifelt nach einem Schlüsselwort, das die Verbindung herstellen würde, etwas, das den Jungen begreifen ließe, daß er nicht mehr allein sei. Tallow fragte sich, ob er tatsächlich jemanden brauchte, ob der Junge jemanden brauchte, ob es nicht besser für beide wäre, allein zu sein. Der Junge wollte nichts von ihm und fing offensichtlich an, unruhig zu werden. Tallow sagte verzweifelt: »Komm jetzt mit mir! Komm mit mir zum Fluß!«

»Weshalb?« fragte das Schildkrötenkind starrsinnig.

Tallow packte es und umklammerte die Glieder, die um sich schlugen. Er hob den Jungen auf und begann zu rennen. Zu seiner Überraschung schrie der Junge nicht, trat aber weiter um sich und versuchte, sich aus Tallows Umklammerung zu befreien. Tallow rannte wie besessen rasch zum Fluß hinunter. Er hoffte, nicht gesehen zu werden, denn sein Verhalten konnte, ganz gleich, wie unerwünscht der Junge sein mochte, als Entführung angesehen werden.

Schließlich erreichte er ungesehen den Fluß. Sein Boot lag vertäut da und war halb mit dem Abfall gefüllt, der auch auf den Straßen lag. In der Nähe des Kais war der Fluß voller auf und nieder tanzender Flaschen und nasser, schlapper Papierfähnchen. Eine Hundeleiche, aufgedunsen wie eine Blase, schlug gegen die Längsseite des Bootes. Tallow sprang mit einem Satz an Deck und verdrehte dem Jungen den Arm, so daß er sich nicht bewegen konnte, ohne sich die Knochen zu brechen. Dann schaltete er die Zündung ein und gab Gas. Der Bootsmotor kam auf Touren, brüllte dann in voller Stärke auf und setzte das Boot in Bewegung, das aber noch vertäut war. Tallow löste das Seil und lenkte das Schiff auf den offenen Fluß hinaus. Er ließ das Kind los.

»Ich kann nicht schwimmen.« Der Junge rieb sich den schmerzenden Arm und blickte zurück auf die Stadt.

»Das brauchst du nicht zu können. Das Boot wird nicht untergehen.«

»Warum machen Sie das?«

»Um dir zu helfen«, antwortete Tallow und verschluckte gerade noch den Satz: ›Es ist zu deinem eigenen Besten.‹

Das Kind begann überraschenderweise zu weinen. »Bringen Sie mich zurück«, schluchzte es. »Bringen Sie mich bitte zurück. Ich habe Angst vor Ihnen. Ich möchte nicht fort.«

»Hör mal«, sagte Tallow mit Nachdruck. »Hör mich an, du Balg. Was ich tue, wird deinem Leben Sinn geben, du Scheusal. Ich nehme dich um deinetwillen mit und nicht, weil ich dich bei mir haben will. Verstehst du das?«

»Nein! Nein! Sie bringen mich von zu Hause weg. Ich kann nicht schwimmen. Ich habe Angst vor dem Wasser. Wir werden ertrinken.«

»Es wäre besser für dich zu ertrinken, als auf deine Art in Rimsho zu leben. Du wirst dort keine Freunde haben, du wirst nichts Nützliches tun. Du wirst größer werden, du wirst alt werden und sterben. Niemand wird von deinem Ableben Kenntnis nehmen. Hier gebe ich dir wenigstens etwas, für das sich zu sterben lohnt, einen Lebenszweck. Kannst du das nicht begreifen? Wirklich nicht? Du undankbares Geschöpf!« Tallow beruhigte sich etwas. »Wenn du die goldene Barke gesehen hast«, fuhr er mit beherrschter Stimme fort, »wenn du sie gesehen hast, wirst du wissen, daß das, was ich gesagt habe, wahr ist. Du wirst ihr ebenfalls so wie ich folgen wollen. Wir werden etwas lernen, von dem nur die wenigsten Narren in der Stadt je eine dunkle Ahnung haben werden. Sei jetzt still, weil ich schnell fahren muß. Ich habe schon zuviel Zeit verloren.«

Der Junge beruhigte sich, aber Tallow konnte ihn, als er sich auf das Gewässer vor ihm konzentrierte, noch immer schluchzen hören.

Vier Tage verstrichen, und das Kind Shoorom weigerte sich, mehr als nur die paar Brocken zu essen, die es am Leben erhielten. Wenn der Junge schlief, stöhnte er, und wenn er wach war, schwieg er. Tallow verbannte ihn bald aus seinen Gedanken und verwandte seine ganze Energie darauf, Geschwindigkeit aus seinem Boot herauszuholen, bis am vierten Tag die goldene Barke gesichtet wurde. Tallow sagte nichts, bis er der Barke noch viel näher gekommen war. Sie segelte so unerbittlich wie immer auf ihr rätselhaftes Ziel zu. Als sie dann voraus lag und den ganzen Fluß beherrschte, klopfte Tallow dem Kind auf die Schulter. Shoorom zuckte zusammen und sah Tallow aus seinen gelben Augen an. »Ja?« sagte er mutlos.

Tallow zeigte auf die Barke und grinste. Sein Mund klaffte weit auf. »Dort!« rief er. »Dort ist die Barke, Shoorom! Dort ist sie!«

Shoorom blickte unwillkürlich in die Richtung, die Tallow angab. Tallow hatte erwartet, daß Shooroms Augen einen neuen Ausdruck annehmen würden, aber dem war nicht so. Der Junge blickte zurück zum Heck des Bootes und starrte weiter auf das Wasser hinaus. Die plötzliche Abkehr verblüffte Tallow. »Nun?« fragte er ungeduldig. »Was hältst du von ihr?«

»Von was?«

»Von der Barke natürlich, von der goldenen Barke. Hab' ich nicht recht gehabt?«

Tallow begriff, daß die Barke wenig Eindruck gemacht hatte, und konnte das nicht verstehen. Er war sich sicher gewesen, daß Shoorom, nachdem er auch die Barke erblickt haben würde, zugeben würde, daß er, Tallow, recht gehabt hätte.

»Was für eine Barke? Ich sehe vorn und hinten nur den Fluß. Ich möchte nach Hause.«

»Schau noch einmal hin!« schrie Tallow verzweifelt. »Schau hin!« Der Junge wandte niedergeschlagen den Kopf und starrte noch einmal nach vorn. Er runzelte die Stirn und stierte auf die Barke und durch sie hindurch.

»Was hältst du von ihr?« sagte Tallow stolz mit der Miene eines Mannes, der einen ihm gehörenden Schatz zur Schau stellt.

»Bitte, Mr. Tallow, lassen Sie mich nach Hause. Ich kann überhaupt nichts sehen. Sie sind verrückt. Tun Sie mir nicht mehr weh. Ich möchte zurück.«

Tallow packte den Jungen an den Schultern und schüttelte ihn unsanft. »Du bist blind!« brüllte er. »Natürlich kannst du sie sehen! Warum quälst du mich so? Du kannst sie sehen, du mußt sie sehen! Ich bin nicht verrückt! Andere haben sie auch gesehen!

Ich bin nicht verrückt, andere haben mir von ihr erzählt! Hör auf, mich zu quälen! Hör auf damit, hör auf! Sag die Wahrheit, du Balg, du Scheusal! Sag mir, daß du sie sehen kannst!«

»Ach, ich kann sie nicht sehen, Mr. Tallow. Lassen Sie mich nach Hause, bitte.«

Tränen strömten aus Tallows Augen und rannen die Nase hinab. Er stellte den Motor ab, sank aufs Deck und legte den Kopf in die riesigen Hände. »Du bist sicher, daß du sie nicht sehen kannst?« flennte er. »Bist du dir sicher?«

»Ja, ich würde sie ja sehen, wenn ich könnte. Ich hab' ehrlich versucht, sie zu sehen. Aber ich kann es nicht. Fahren wir jetzt zurück?«

»Weshalb?«

»Ich möchte nach Hause.«

»Ich sollte dich über Bord werfen. Ich dachte, daß du wenigstens die Barke sehen würdest, wenn sie sonst schon niemand sieht. Bin ich wirklich verrückt?«

»Weiß ich nicht. Vielleicht können nur Erwachsene die Barke sehen. Vielleicht können Kinder sie nicht sehen, so wie Kinder Dinge sehen können, die die Erwachsenen nicht sehen. Werfen Sie mich nicht über Bord.« Der Junge zitterte vor Angst.

»Möchtest du, daß ich dich nach Hause bringe?«

»Ja.«

»Warum willst du die Barke nicht sehen? Das ist die letzte Gelegenheit in deinem Leben. Du hast durch mich die Gelegenheit, große Geheimnisse oder die Wahrheit kennenzulernen. Warum versuchst du nicht, sie zu sehen?«

»Ach, ich hab' es versucht, Mr. Tallow. Hab' ich Ihnen doch schon gesagt.«

»Du meinst, Kinder können sie nicht sehen. Du hast vielleicht recht. Aber ich dachte immer, daß Kinder mehr über solche Dinge wissen als Erwachsene. Ich habe mich getäuscht.«

»Vielleicht sehen die Kinder die Dinge anders.«

»Du möchtest nach Hause fahren? Na schön, ich bringe dich nach Hause. Ich weiß nicht, wieso, da du einen Traum zerstört hast und ich dich hassen müßte. Aber«, seufzte er, »ich bringe dich heim.«

Tallow legte acht Tage nach seiner plötzlichen Abreise wieder in Rimsho an. Der Kai war schwer bewacht, aber man erkannte ihn, und er kam ohne große Schwierigkeiten an den Wachen vorbei. Der Junge beeilte sich, von ihm fortzukommen, und verschwand in einer Nebenstraße. Tallow machte keine Anstalten, ihn aufzuhalten oder ihm Lebewohl zu wünschen. Er hatte schon lange das Interesse an dem Jungen verloren und war froh, daß er ihn loswurde. Er fragte sich, warum er sich die Mühe gemacht hatte, die ganze Strecke zur Stadt zurückzufahren, nachdem er der Barke doch so nahe gewesen war. Er begriff, daß er es nur für das abstoßende Kind getan hatte. Obwohl seine Hoffnungen zerstoben waren, konnte er nach allem, was er getan hatte, Shoorom nicht verlassen oder ertränken. Das einzige, was zu tun blieb, war, den Jungen zurückzubringen. Tallow wanderte mürrisch und freudlos langsam zum Präsidentenpalast.

Als er das Gebäude erreichte, gelangte er in seine Wohnräume, ohne jemandem zu begegnen, wenn man von ein paar Beamten und Soldaten absah. Es gab viele Leute, die hin und her eilten, und ihren Bewegungen war anzusehen, daß etwas Dringliches in der Luft lag. Viele hatten Papiere oder Akten bei sich, einige trugen zusammengerollte Karten unter den Armen. Offensichtlich stand der erwartete Angriff Hyrioms kurz bevor. In seinen Zimmern fand Tallow eine Nachricht vor. Auf sie war Wein vergossen worden, der jetzt eingetrocknet war. Die Nachricht war an ihn adressiert. Er öffnete sie mit gerunzelter Stirn.

LIEBER JEPHRAIM,

WENN DU ZURÜCKKOMMST, BLEIB BITTE HIER, BIS ICH KOMME.

Miranda

Tallows Stirn lag noch immer in Falten, als er die Nachricht in die Tasche schob. Aus Neugier blieb er zwei Stunden lang in der Wohnung, und dann kam Miranda.

»Hallo, Jephraim.« Sie lächelte und küßte ihn rasch, als habe sie ihn nur ein paar Stunden nicht gesehen. »Wann bist du zurückgekommen?«

»Gerade eben. Was bedeutet deine Nachricht?«

»Ach, die. Ich schrieb sie vor einer Woche. Oberst Zhist wollte dich sprechen. Es war damals dringend. Wo bist du gewesen?«

»Ich habe eine Reise auf dem Fluß gemacht. Ich habe wieder die Barke gesehen.«

Miranda war schlicht überrascht. »Warum bist du dann zurückgekommen?«

»Ich weiß es nicht genau.«

»Wolltest du mich sehen? Sag! Oder hat Zhist dich endlich überzeugt, und du bleibst? Ach, Jephraim, ich hoffe das wirklich. Wirst du jetzt bleiben? Ich bin sehr glücklich.« Sie strahlte, wie sie in den Monaten ihres Zusammenseins gestrahlt hatte. Er konnte ihr keine Antwort geben. Er wagte es nicht, denn er hätte ihr nur wahrheitsgemäß antworten können, und diese Wahrheit hätte sie in ihrer jetzigen Stimmung verletzt. Sie wollte so offenkundig glücklich sein. Er entschloß sich zu warten, bis sie sich in einer anderen Geistesverfassung befinden würde. Inzwischen konnte er sich genausogut damit beschäftigen, Oberst Zhist nach besten Kräften zu helfen. Das würde ihm die Mühe ersparen, Dinge erklären zu müssen, und würde ihn selbst, Tallow, davon abhalten, zuviel nachzudenken. Er nahm Miranda bei den Schultern, stellte sich auf die Zehenspitzen und küßte sie auf den Mund. Sie erwiderte seinen Kuß heftig und, wie immer, unersättlich.

Später fragte er sie: »Wo ist Zhist jetzt?«

Sie erwiderte: »Im großen Saal. Krieg steht bevor und damit Zhists Prüfung. Die Leute erwarten von ihm, daß er sie vor den Nachstellungen Hyrioms schützt. Wenn er Erfolg hat, ist er ohne jeden Zweifel ihr Held. Wenn er versagt, wird die Nation so oder so unterdrückt, und ihr Glaube an Zhist als Führer wird zerstört sein. Er wird dann keine Möglichkeit haben, sie um sich zu scharen. Ich möchte gar nicht daran denken, was dann geschehen könnte.«

Tallow hörte es sich ohne innere Anteilnahme an.

Bald begann ein widerlicher Plan in seinem Hirn Gestalt anzunehmen, und obwohl ein Teil von ihm den Gedanken erstikken wollte, sagte ein anderer Teil, daß er, wenn Zhist erledigt wäre, keinen Grund mehr hätte, in der Stadt zu bleiben. Niemand würde ihn dann mehr in seiner Gleichgültigkeit stören, keiner würde ihn mehr aufhalten. Er hoffte aber, daß Zhist irgendwie umkommen würde, daß der Krieg ihm, Tallow, einen Vorwand liefern würde. In dem Durcheinander würde er fliehen, und Miranda würde glauben, er sei tot. Er würde sich all dessen, was ihn behinderte, entledigen können. Alles das ging ihm durch den Kopf, während er Miranda zum Bett führte und anfing, ihr die Bluse aufzuknöpfen. Es war eine Entscheidung zu treffen, und jetzt glaubte er, sie getroffen zu haben.

Sechzehntes Kapitel

»Jephraim, ich bekomme ein Kind.« Miranda blickte Tallow lächelnd in die Augen. »Es ist von dir.«

»Wunderbar!« rief Tallow mit halbem Herzen. Neue Verwicklungen bahnten sich an, die ihn niederdrücken und seinen Lauf aufhalten würden. »Wann ist es soweit?«

»In vier Monaten.«

Tallow fielen die passenden Worte nicht ein. Während der letzten Tage hatte er sich ständig in sein altes, introvertiertes Ich zurückgezogen. Um ihn herum bewegten sich die Leute und redeten, waren finster, lachten. Aber er hatte sich von ihnen gelöst, wie ein Mann, der sich einen Film ansieht.

Tallow konnte nicht glauben, daß er ein Teil von alldem war, und wurde langsam ungeduldig. Ihm fehlten noch immer die Mittel, seine Pläne in die Wirklichkeit umzusetzen, und so konzentrierte er sich darauf, die geeigneten Umstände abzuwarten. Zhist sprach jetzt nur noch mit ihm, suchte ihn nur noch auf, wenn es unbedingt erforderlich war. Zhist fand keinen Zugang mehr zu ihm, und selbst Miranda wurde es langsam unbehaglich zumute. Sie bemühte sich, fröhlich zu sein, suchte sich einzureden, daß alles nach Wunsch ginge. Aber es war schwierig, mit einem Tallow umzugehen, dessen Augen leer blickten, der kaum sprach, mit einem Tallow, der wie ein Automat liebte und ihr nachts nichtssagende Koseworte ins Ohr flüsterte.

»Bist du zufrieden?« fragte sie.

»Ja, natürlich«, antwortete Tallow und fragte sich, ob er je aus den Fallen freikommen würde, die er sich selbst stellte.

»Wird es ein Junge oder ein Mädchen werden?« fuhr sie fort, und die Fröhlichkeit in ihrer Stimme wurde von nervöser Unsicherheit gestreift.

»Junge oder Mädchen. Schön.«

»Ein Junge?«

»Ein Junge. Schön.« Tallow wußte, daß der Krieg mit Hyriom nicht mehr lange hinausgezögert werden konnte. Höchstens noch ein oder zwei Wochen. Er hörte wieder Mirandas Stimme.

». . . nennen wir ihn . . .«

»Wie wir ihn nennen?«

»Ja, welchen Namen geben wir dem Jungen?«

»Nenn ihn den Verfluchten«, sagte Tallow in dumpfem Zorn. »Nenn ihn so, wenn er seines Vaters Sohn ist. Nenn ihn den Verfluchten und laß ihn in seines Vaters Fußstapfen treten.« Er lief aus dem Zimmer. Miranda blieb mit weit aufgerissenen Augen zurück, und aus den grünen Tiefen stiegen Tränen empor.

Sie machte keinen Versuch, ihm zu folgen. Sie blieb im Zimmer stehen, ließ die Arme schlaff herabhängen, war verletzt und voller Sorgen, und ihre selbstgesponnenen Träume fielen in sich zusammen, während sie gegen den Wahnsinn ankämpfte, der doch, wie sie wußte, unausweichlich war. Der Wahnsinn, der schließlich über sie kommen mußte, auf den sie warten mußte, gegen den sie sich nicht mehr wehren konnte. Sie hatte keine Waffen mehr.

Tallow wanderte durch die aufgeregten Straßen von Rimsho. Die Stadt bereitete sich auf den Krieg vor. Er wußte, daß ein bestimmtes Gasthaus am Rand der Stadt das Hauptquartier umstürzlerischer Politiker war. Diese Information hatte ihn in seiner Eigenschaft als Sekretär Zhists erreicht, und er hatte sie nicht weitergegeben, da die Männer, die Zhists Sturz betrieben, ganz gleich, aus welchen Gründen, ihn, Tallow, vielleicht mit seinen Plänen weiterbringen konnten.

Es war jetzt unmöglich, einfach aus der Stadt zu fliehen, wie er früher aus anderen Städten geflohen war. Er hätte es nicht tun können. Er brauchte einen Grund, die Stadt zu verlassen, etwas, das er, abgesehen von der Notwendigkeit, der Barke zu folgen, noch nie gespürt hatte. Er tat sein Bestes, einen Grund zu erfinden. Er wußte das irgendwie, wagte aber nicht, nach dem Warum zu fragen. Hätte er es getan, wäre mit neuer Unentschlossenheit zu rechnen gewesen. Welche Kraft Tallow auch antrieb, sie lag wenigstens außerhalb seiner Macht, und er hielt unerschütterlich an einer Entscheidung fest, die Verhängnis und finsteren Verrat mit sich bringen würde. Er wußte sich nicht zu helfen. Er sah jetzt ein, daß er es immer schon gewußt hatte. Es war zu spät, noch etwas zu ändern, zu spät, etwas zu unternehmen. Er konnte nur dem Weg folgen, den er gewählt hatte, denn wenn er jetzt von ihm abwich, bedeutete das kicherndes, brüllendes Chaos, und dagegen mußte er ankämpfen, wenn ihm diese Barke das Wissen bringen sollte, nach dem er sich sehnte. Duldsamkeit gehörte nicht mehr zu seinen Charaktereigenschaften. Man hatte seine Pläne nicht tolerieren wollen, daraus lernte er, daß Toleranz den meisten Menschen fremd war und daß man ihre Intoleranz nur mit der gleichen Waffe bekämpfen konnte. Tallow ließ den Entschluß, zu leben und leben zu lassen, fallen und entschied sich in tiefem Zorn, es jenen heimzuzahlen, die ihn zu der Entscheidung gedrängt hatten. Er wollte es ihnen mit einer Probe ihrer eigenen Philosophie heimzahlen. Seine Gedanken verwirrten sich, sein Körper gehorchte träge den Befehlen seines chaotischen Gehirns, und er lief verbissen auf das Gasthaus zu. Er wußte nicht, was er dort machen würde, war sich aber sicher, daß alles, ganz gleich, was geschehen würde, eine Hilfe für seine unklar gefaßten Pläne sein würde.

Das Gasthaus schien nicht der rechte Zufluchtsort für umstürzlerische Politiker zu sein. Es war groß, hatte Zimmer zu vermieten, verfügte über ein Restaurant, war von gepflegtem Rasen umgeben. Tallow fiel der Name wieder ein. ›Zum schwarzen Wirt‹. Die reichen Leute von Rimsho fanden sich gern dort ein. Die Verschwörer dachten sich wahrscheinlich, daß man die Besucher des ›Schwarzen Wirts‹ über jeden Verdacht erhaben fand.

Als Tallow das Gastzimmer der Wirtschaft betrat, wurde er von mehreren Gruppen begrüßt. Er erntete freundliche Zurufe, grüßte höflich lächelnd zurück und wußte, daß die Rufe unecht waren, denn die Männer und Frauen winkten deshalb, weil sie dachten, sein Ohr zu haben sei das gleiche wie Zhist zum persönlichen Freund zu haben. Tallow konnte nur schwer begreifen, daß er in Rimsho eine wichtige Persönlichkeit geworden war. Er war der Meinung, es werde nicht einfach sein, mit den Verschwörern Verbindung aufzunehmen, weil die ihn für den letzten hielten, der den Oberst verraten würde.

Tallow zuckte in Gedanken die Schultern und gesellte sich zu einer der Gruppen.

Mr. Slorm, der Inhaber des gutgehenden ›Schwarzen Wirts‹, war verwirrt. Er hatte Tallow eintreten sehen und ihn erkannt, obwohl sich Zhists Sekretär noch nie im Gasthaus hatte blicken lassen. Mr. Slorm war auch deshalb beunruhigt, weil er zu den Königstreuen gehörte. Als ein König das Land regierte, hatte Slorm wesentlich bessere Geschäfte gemacht. Slorm gaukelte sich selbst nichts vor und kannte seine Motive. Oben, in einem der Hotelzimmer, zettelten andere Königstreue eine Verschwörung an. Und unten war Tallow. Hatte man sie verraten? Slorm zupfte geistesabwesend an seinen langen Schnurrbartenden. Die dichten Augenbrauen zogen sich zusammen, bis sie über den tiefliegenden Augen eine durchgehende Linie bildeten. Weshalb war Tallow hier?

Slorm war es gewöhnt, auf viele seiner Fragen keine Antwort zu finden. Es lag in seinem Wesen, die Dinge zu nehmen, wie sie kamen, und obwohl ihm eine Monarchie lieber war, hätte er sich nie die Mühe gemacht, die Lage zu ändern, wenn sich nicht Largek und dessen Freunde an ihn gewandt hätten. General Largek gehörte zu den wenigen Militärs, die dem verbannten König gedient und Natchos Regime überlebt hatten. Der General rechnete sich jetzt eine Chance aus, die Monarchie wiederherzustellen. Slorm begrüßte diese Entwicklung und hatte das Risiko auf sich genommen, dem General das Hotel als Treffpunkt zur Verfügung zu stellen. Tallows Anwesenheit konnte bedeutungslos sein, sie konnte aber auch das Ende von Slorms Wohl bedeuten.

Slorm entschloß sich, den General zu warnen.

Tallow wußte, daß Slorm ein Königstreuer war, und als er sah, daß der Wirt hastig die Treppe zu den Hotelzimmern hinaufeilte, beschloß er, ihm zu folgen. Er murmelte eine Entschuldigung, verließ die Gruppe und eilte dem Wirt hinterher. Er sah ihn hastig an eine Tür klopfen und eintreten. Tallow sprang ihm mit seinen langen Beinen nach und war an der Tür, als sie eben zufiel. Er lauschte. Bis auf das aufgeregte Gemurmel Slorms war nichts zu hören, und dann antwortete die brummige, ruhigere Stimme des Mannes, zu dem Slorm gesprochen hatte.

Tallow nahm vorsichtig den Türgriff in die Hand, setzte sein Leben und seine Hoffnungen aufs Spiel, trat in das Zimmer, machte die Tür hinter sich zu und lehnte sich mit einem irren Grinsen an den Türpfosten.

»Meine Herren«, lächelte Tallow und verbeugte sich, »Ihr Diener.«

Tallow hatte ein großes Glas Wein hinuntergestürzt, und das tat seine Wirkung. Ihm war jetzt alles egal. Er bemerkte das Erstaunen auf den Gesichtern der versammelten Verschwörer. Er bemerkte es mit Entzücken, mit Begeisterung, und er erkannte General Largek.

»Guten Abend, General«, lachte er. »Einen schönen guten Abend, Sir. Guten Abend. Sehr erfreut, Sie hier zu sehen.«

»Was möchten Sie, Mr. Tallow?« fragte Slorm nervös.

»Sir, was suchen Sie hier?« wollte der General in rasch gespielter Entrüstung wissen. »Gibt es in Rimsho keinen Ort, wo man sich ungestört treffen kann, wenn einem danach zumute ist?«

»Natürlich gibt es einen, General. Natürlich gibt es diesen Ort, und er heißt ›Zum Schwarzen Wirt‹ und ist der Schlupfwinkel der Königstreuen.«

Der General fluchte und wollte seine Pistole aus dem Halfter reißen.

Tallow hob eine Hand. »Bitte, General, warum so dramatisch? Die reine Zeitverschwendung. Sie kommen Ihrem Ziel nicht näher, wenn Sie mich erschießen.«

»Was soll das heißen, Sir?«

»Das heißt, daß ich Ihnen helfen will.«

»Wie das? Sie sind Zhists rechte Hand!«

»Die rechte und die linke, mein lieber General«, verbesserte ihn Tallow. »Außer mir hat er keine. Und so weiß die Rechte recht gut, was die Linke tut. Glücklicherweise ahnt aber Zhist nichts von Ihren Umtrieben. Sie sind nicht in Gefahr. Und ich werde Sie nicht verraten. Die Gelegenheit dazu hatte ich. Wie wäre ich sonst heute abend hier?«

»Mr. Tallow, was führen Sie im Schilde?«

»Dasselbe wie Sie, Sir, bis zu einem gewissen Grad. Ich habe Ihnen gesagt, daß ich Ihnen helfen will. Nur Zhist selbst könnte Ihnen noch mehr helfen als ich.« Tallow hatte Spaß an seiner eigentümlichen Betrunkenheit. Die Worte kullerten in beinahe spöttischem Ton aus seinem Mund.

»Sie sind hier, um uns zu helfen?« Die Miene des Generals verriet schieren Unglauben.

»Genau, Sir.«

»Und warum? Ist das eine Falle? Ein Plan, um uns aus der Deckung zu locken? Weshalb sollten Sie uns helfen? Wir haben von Ihnen gehört, Mr. Tallow. Wir wissen, daß Sie geschickt sind. Sie halten sich abseits, aber es gibt manche, die meinen, Sie wären die treibende Kraft hinter Zhist.«

Tallow fand den Irrtum lustig und lachte wie ein Verrückter, sackte in sich zusammen, bis er schließlich mit dem Rücken an der Tür auf dem Boden saß. Das, was er gehört hatte, war verblüffend, und er hatte es zum ersten Mal gehört. Auf jeden Fall würde es nichts einbringen, den General zu korrigieren. Wenn der Mann der Ansicht war, Tallow regiere Rimsho, um so besser für die Pläne Tallows.

»Wie dem auch sein mag«, sagte Tallow und kicherte wieder los, unfähig, diese Regung zu unterdrücken, »ich will Ihnen helfen. Dabei ist mir egal, was Sie anstreben. Es muß nur Zhist verschwinden. Am liebsten wäre mir, er würde verbannt.«

»Machen Sie es doch selbst. Warum fädeln Sie das Ganze nicht ein?«

»Ich brauche einen guten Vorwand. Ich bekomme das nicht hin. Zu viele Militärs stehen auf seiner Seite. Ich brauche Sie, meine Herren, und Sie brauchen mich.«

»Stimmt.«

»Stimmt genau. Ich liefere Ihnen den Vorwand, das Volk gegen Zhist aufzustacheln, und Sie erledigen den Rest. Sind Sie einverstanden?«

»Unter gewissen Bedingungen«, sagte der General vorsichtig, weil er sich auf Tallows Verhalten keinen Reim machen konnte.

Tallow bemerkte, wie ihn die alten Augen des Generals musterten, und fing wieder an zu lachen. Das Kichern war unbezähmbar, und er stand auf, um sich in den großen Sessel fallen zu lassen, aus dem sich der General erst kurz zuvor erhoben hatte.

»Unter welchen Bedingungen?« brachte er mühsam hervor, während er in dem Sessel versank.

»Wie sollen wir wissen, ob wir Ihnen vertrauen können?«

»Nun, Sie vertrauen mir nicht, Sie trauen mir nicht, General. Und ich weiß auch nicht, warum Sie mir jetzt trauen sollten. Die Sache ist, ich brauche Ihre Hilfe und Sie meine.«

»Diese Art zu denken gefällt mir, Mr. Tallow. Wenn Sie gesagt hätten, Sie seien ein Königstreuer, hätte ich Ihnen wahrscheinlich keinen Glauben geschenkt.«

»Ich hätte mir selbst keinen Glauben geschenkt, General. Auf jeden Fall wollte ich überhaupt nicht in die Revolution verwikkelt werden. Zhist hat mich gezwungen, gemeinsame Sache mit seinen Männern zu machen.«

»Ja, ich habe davon gehört. Aber warum sind Sie bei ihm geblieben?«

Tallow überlegte, daß die kleine Lüge, die er sich ausgedacht hatte, dem General gefallen könnte. Er sagte: »Meine . . . hm . . . Frau ist plötzlich aufgetaucht. Sie hat sich in Zhist verliebt. Ich bin geblieben, weil ich versuchen wollte, sie zurückzugewinnen. Vergebens. Wenn Zhist stirbt oder außer Landes gehen muß, kann ich sie vielleicht davon überzeugen, daß sie irrt, wenn sie glaubt, ihn zu lieben.«

»Aha«, sagte der General mit Kennermiene, »aha, die Eifersucht, was, Mr. Tallow? Jetzt begreife ich . . .«

Tallow warf ihm einen unbehaglichen Blick zu, der gespielt war. »Darüber reden wir aber nicht mehr, General«, murmelte er. »Können Sie die Menge aufstacheln?«

»Ich glaube schon, aber mir gefällt die Idee nicht.«

»Sie müssen sich die Methoden des Feindes zu eigen machen«, sagte Tallow eifrig. »Ich sorge dafür, daß Zhist bei gewissen Leuten unpopulär wird. Sie stacheln die Menge auf. Der Rest wird sich ergeben. Verstehen Sie?«

»Ganz und gar.«

»Schön«, sagte Tallow und lachte wieder los, weil sich der General so ernst gab. »Schön, meine Freunde.« Er stand auf und verbeugte sich vor den verwirrten Zivilisten und den Offizieren der Armee. Einige von ihnen antworteten ebenfalls mit einer Verbeugung. Tallow hüpfte erfreut aus dem Zimmer. »Ich werde über Mr. Slorm mit Ihnen in Verbindung bleiben, General!« rief er zurück, als er durch den Flur und die Stufen hinunterging.

Auf seinem Weg nach draußen hörte er das Geschnatter der Gäste. Er winkte zum Abschied und sprang zur Tür.

Ihm fiel ein, wie weit der Weg zum ›Schwarzen Wirt‹ gewesen war, und er beschloß, seine Macht auf die Probe zu stellen. »Kann mich jemand fahren?« rief er plötzlich.

Zahlreiche Stimmen riefen im Chor, daß man ihn nach Hause bringen wolle. Er wählte den Besitzer der lautesten Stimme, stieß die Tür auf und trat in die Nacht hinaus, während der Mann ihm folgte.

Der Mann war groß und schwer und trug den teuren Mantel eines Bankiers. Er sprach die ganze Zeit, und Tallow verstand genug von dem Geschwätz, um hin und wieder höflich zu nikken. Die Kutsche wurde von zwei Pferden gezogen. Der Bankier versuchte offenbar, Tallow für ein Projekt zu interessieren, das ihm und Tallow genug Geld einbringen, aber für das Land nicht ganz so nützlich sein würde. Als Tallow den Sinn des Gesprächs erfaßt hatte, machte er ein zutiefst empörtes Gesicht, murmelte Worte wie »Verrat« und »erschießen lassen«, was den Mann für eine Weile erschrocken verstummen ließ. Er fing gerade an, Tallow zu bitten, das Angebot zu vergessen, als die Kutsche vor dem Palast anhielt. Tallow stieg aus, dankte dem Bankier, maß ihn mit stählernem Blick und schlüpfte durch einen Hintereingang in den Palast.

Am nächsten Morgen erwachte Tallow mit dumpfem Kopfweh, fand sich wieder grüblerisch und nach innen gekehrt und brachte es fertig, aufzustehen und in seine Dienstuniform zu schlüpfen, ohne die bleiche, verspannte Miranda zu stören.

Er hatte nachts noch einen Plan entworfen und wußte jetzt, wie er Largek und seinen Freunden helfen konnte, wie er die Umstände herbeiführen konnte, die, wenn sein Plan Erfolg hatte, ihm die Freiheit bringen würden. Er mußte ihn nur rasch in die Tat umsetzen.

Zhist war wie gewöhnlich schon in seinem Büro tätig, wo er Karten anstarrte und sich Sorgen machte.

»Guten Morgen«, sagte Tallow und ahmte die Fröhlichkeit des vergangenen Abends nach. »Wie geht es Ihnen?«

Zhist war einigermaßen überrascht und antwortete: »Guten Morgen, Tallow. Es geht Ihnen besser?«

»Ja, Oberst.«

»Das freut mich. Die letzten paar Tage bin ich aus Ihnen nicht schlau geworden.«

»Entschuldigen Sie, aber ich habe mir Sorgen gemacht.«

»Das dachte ich mir. Wo waren Sie übrigens gestern abend?«

Tallow hoffte, daß ihm Zhist nicht mißtrauen werde, und sagte die Wahrheit. »Im ›Schwarzen Wirt‹. Ich hatte von Verschwörern, von Königstreuen gehört. Ich ging der Information nach und fand heraus, daß die ›Königstreuen‹ drei oder vier harmlose alte Männer sind. Es wird keine Schwierigkeiten geben. Sie zu verhaften wäre für uns nur mit unliebsamem Aufsehen verbunden. Die Freunde von denen würden etwas dagegen haben, und das Ganze wäre nur Wasser auf die Propagandamühlen der Monarchisten.«

»Stimmt«, nickte Zhist.

»Ich habe jedoch etwas viel Schwerwiegenderes entdeckt«, fuhr Tallow fort. »Ich habe entdeckt, daß ungefähr zwanzig Ihrer Offiziere zum Feind überlaufen wollen.«

Zhist sah ihn einen Augenblick lang erstaunt an, dann fragte er ruhig, mit einem Beiklang von Härte in der Stimme: »Wie haben Sie das herausbekommen?«

»Ich hab's von den Königstreuen selbst. Ich tat so, als wäre ich auch auf ihrer Seite, und sie nannten mir die Namen der Offiziere, von denen sie sich Unterstützung erhoffen. Natürlich wären sie noch schlechter dran, wenn Hyriom den Krieg gewinnen würde, denn sie würden ihren König nie wieder auf dem Thron sehen. Die armen alten Narren begreifen das nicht. Ich glaube, die Neuigkeiten erfordern harte Maßnahmen, und zwar sofort.«

»Sie haben recht. Aber sind Sie sicher, daß die Information stimmt?«

»Ja. Ich habe sie überprüft. Sie werden überrascht sein, wenn Sie erfahren, um wen es sich da handelt.«

»Um wen?« fragte Zhist düster.

Tallow zählte eine Reihe von Namen auf, und er war so vorsichtig, fünfzehn zu nennen, die zu den unzuverlässigsten Männern in der Armee gehörten, dazu fünf verläßliche und sehr beliebte Offiziere Zhists. Abschließend sagte er: »Deshalb habe ich mir zuletzt Sorgen gemacht. Ich hatte Gerüchte gehört, mehr aber nicht. Was die Königstreuen aber gestern abend sagten, bestätigte die Berichte.«

»Haben Sie eine Vorstellung, was wir tun sollen?« fragte Zhist erschüttert. »Von einigen der Männer, die Sie mir genannt haben, hätte ich das nie gedacht.«

»Ich auch nicht«, sagte Tallow in aller Aufrichtigkeit. »Aber die Tatsache bleibt.«

»Wir holen diese Offiziere besser her und hören uns an, was sie zu sagen haben. Kümmern Sie sich doch darum, Tallow. Der Krieg steht vor der Tür, und wir können uns nicht erlauben, Verräter frei herumlaufen zu lassen. Das wird für Unruhe unter den

Männern und auch unter vielen Bürgern sorgen, aber wir können es nicht vermeiden.«

»Ich kümmere mich darum«, versprach Tallow und ließ Zhist mit seinen Karten allein.

Er begab sich in sein Büro und schrieb dort Dienstgrad und Namen der Männer auf, die er genannt hatte. Soviel er wußte, war jeder einzelne von ihnen unschuldig und hatte weder Verrat noch sonst etwas im Sinn. Tallow läutete, und eine Ordonnanz betrat den Raum. Tallow faltete das Papier zusammen, steckte es in einen Umschlag, versiegelte ihn und gab ihn der Ordonnanz.

»Bringen Sie das dem Kommandanten Partoc«, sagte er. »Und Sie geben es nur ihm und keinem anderem.«

Kommandant Partoc war der Befehlshaber der Militärpolizei.

»Ja, Sir.« Die Ordonnanz salutierte und ging.

Tallow lehnte sich im Stuhl zurück. Er fühlte nichts, nicht einmal Befriedigung. Aber ein Teil seines Planes war schon in die Tat umgesetzt. Er sah nicht ein, warum der Rest nicht auch funktionieren sollte. Er mußte jetzt ein paar Stunden warten. Tallow wartete geduldig.

Knapp zwei Stunden, nachdem er die Order an Kommandant Partoc geschickt hatte, kehrte die Ordonnanz zurück. Der Soldat grüßte und überreichte Tallow eine versiegelte Meldung. Tallow entließ die Ordonnanz mit einer Handbewegung und öffnete das Schreiben.

In ihm stand, daß die zwanzig Männer verhaftet worden seien und daß zwei Widerstand geleistet hätten. Ohne Umschweife hieß es weiter, daß sich in der Truppe Unruhe breitgemacht hätte. Der Brief war von Partoc unterzeichnet.

Tallow läutete, und die Ordonnanz trat wieder ein. »Ich lasse Kommandant Partoc zu mir bitten«, sagte er.

Eine Viertelstunde später stand Kommandant Partoc vor Tallow. Tallow sagte: »Diese Offiziere, die Sie verhaftet haben ... Oberst Zhist möchte, daß sie erschossen werden.«

»Der Truppe wird das nicht gefallen.«

»Lassen Sie sie erschießen, Kommandant. Mir gefällt das auch nicht, aber Befehl ist Befehl.«

»Nun gut, Sir.« Der Kommandant grüßte und verließ das Büro mit hartem, bleichem Gesicht.

Eine Stunde verstrich, und der Kommandant kam zurück. Zwanzig Männer waren an der Wand gestorben. Tallow nickte. »Gut«, sagte er. »Sehr gute Arbeit, Kommandant. Ich werde es Oberst Zhist berichten. Sie brauchten Mut, diesen Befehl auszuführen.«

»Jawohl, Sir.«

Eine weitere Stunde verging, und die Ordonnanz meldete sich wieder bei Tallow. »Sir, die halbe Armee steht wegen der heutigen Hinrichtungen vor der Meuterei.«

»Ach ja«, sagte Tallow, versiegelte wieder einen Umschlag und gab ihn der Ordonnanz. »Bringen Sie das Mr. Slorm im ›Schwarzen Wirt‹. Kennen Sie das Gasthaus?«

»Ja, Sir.«

Die Ordonnanz verschwand, und Tallow lehnte sich zurück und wartete. Diesmal wartete er vier Stunden, und dann, als ihn Zhist eben holen ließ, hörte er draußen auf den Straßen den Mob.

Zhist war wütend und voller Sorge. Er ging in seinem riesigen Büro mit großen Schritten auf und ab. Als Tallow eintrat, drehte er sich unvermittelt um und zeigte mit dem Finger auf ihn. »Haben Sie den Befehl gegeben, daß diese Männer zu erschießen sind?« fragte er vorwurfsvoll.

»Ja, Oberst, das habe ich«, erwiderte Tallow hart. Er war sich jetzt sicher, daß Zhist verloren war. »Ich dachte, das wäre das beste. Es war eine schnelle und saubere Maßnahme.«

»Eine verdammt schnelle, verdammt saubere, und jetzt erhebt die halbe Stadt die Waffen gegen mich. Sie haben größeren Schaden angerichtet, als ihn die zwanzig Männer zusammen hätten anrichten können.«

»Tut mir leid, Oberst. Ich tat das, was für mich das Beste war.«

»Das Beste? Wegen dieses wahnsinnigen Befehls ist das Land jetzt am Ende. Ohne Vertrauen in ihre Führung werden sich die

Leute nie gegen den Feind zusammenschließen, um ihm zu widerstehen.« Zhists Stimme bebte vor Zorn und Entsetzen. »Alles, wofür ich gekämpft habe, wird sich in wenigen Tagen auflösen, und zwar wegen Ihnen!« Er hatte offenbar Tallows letzte Worte nicht genau gehört.

»Na und?« grinste Tallow gemein. »Was macht das schon?«

»Sie haben das *absichtlich* getan?« Zhists Stimme klang ungläubig. »Sie haben es *geplant*?«

»Ja.«

»Sie wußten, daß man mir die Schuld geben würde?«

»Ja.«

»Warum, Tallow?« Zhists Stimme klang jetzt flehend. In seinen Augen standen Tränen, und Tallow wußte nicht, ob sie der Zorn oder der Kummer aufsteigen ließ. »Weshalb haben Sie mich hintergangen?«

»Sie haben selbst gesagt, daß ich Ihnen keine Treue zu halten habe.«

»Aber so weit hätten Sie doch nicht gehen dürfen.«

»Doch, obwohl Sie nie begreifen werden, warum. Ich habe versucht, mit Ihnen vernünftig zu reden. In gewisser Hinsicht haben Sie es sich selbst zuzuschreiben.«

»Wie meinen Sie das?«

»Ich kann es nicht noch einmal erklären.« Tallow hatte nicht gedacht, daß die Unterredung so schwierig werden würde. Er ertappte sich bei dem Versuch, sein Handeln zu rechtfertigen. Was war an dem fanatischen kleinen Armeeoffizier, das in ihm Gefühle aufsteigen ließ, die er nicht mochte?

»Wenn Sie mich so haßten, daß Sie das tun konnten, was ist dann mit all den unschuldigen Menschen, die leiden werden?«

»Die verdammten Leute. Auf sie kommt es mir nicht an. Es ist unwichtig, ob sie jetzt oder in ein paar Jahren sterben.«

»Ich mache mir nicht Sorgen wegen ihres Lebens. Es geht um ihre Freiheit, um die Freiheit ihrer Kinder. Begreifen Sie das nicht? Sie haben ein Recht auf Freiheit. Sie haben ein Recht darauf, freie Individuen zu sein.«

»Wer gab ihnen diese Rechte?«

»*Ich* wollte ihnen diese Rechte geben.«

»Haben sie Sie darum gebeten? Haben sie Sie darum gebeten? Haben sie das?«

»Nein, aber . . .«

»Sehen Sie. Das Volk verlangt Essen, Luft und Sex. Mehr will es nicht. Sie – und Männer wie Sie – bestimmten, daß die Leute diese formlosen Rechte wollten. *Sie* haben sich eingemischt, nicht *ich*.«

»Tallow, jeder Mensch hat das Recht, so zu leben, wie es ihm gefällt.«

»Genau. Und Sie sorgen nur dafür, daß er auf andere Art lebt. Sie lassen ihn nicht leben, wie es ihm gefällt. Ein Mensch lebt, wie er leben *muß*.«

»Ihre Einwände spielen keine Rolle. Wie soll ich die Leute von etwas abhalten, das sie bedauern werden?«

»Die Taten von denen spielen keine Rolle. Sie bedauern schon, den König und Natcho abgesetzt zu haben. Sie werden bedauern, Sie abgesetzt zu haben, wenn ihnen ein Eroberer im Genick sitzt.«

Zhist schüttelte den Kopf und wandte Tallow den Rücken zu.

»Ich kann Sie nicht verstehen, Tallow. Ich kann es nicht. Ich versuchte, Ihnen zu helfen.«

»Sie haben versucht, zu vielen Leuten zu helfen, Oberst Zhist. Viel zu vielen. Da draußen hören Sie deren Dank.«

Der Mob tobte. Er stürmte die Tore des Palastes. Ein paar Wachposten leisteten halbherzigen Widerstand, es war offenkundig, daß sie zwischen ihrer Pflicht und ihrer Neigung hin und her schwankten.

»Sie sagten, Sie wollten ein tolerantes Regime«, fuhr Tallow fort. »Und Ihre ganzen Voraussetzungen beruhen auf Intoleranz. Intoleranz Natcho gegenüber, Intoleranz einem politischen System gegenüber. So hat die ganze Sache begonnen. Sie waren einem ziemlich harmlosen System gegenüber intolerant. Sie sagten selbst, daß es harmlos war. Sie sagten, der Fehler lag darin, daß es ›überholt‹ war. Duldsamkeit ist schön, wenn sich jeder daran hält, so wie ich hoffte, mich daran zu halten. Wie ich mich einst daran gehalten habe. Nichteinmischung. Nennen Sie es, wie Sie wollen. Wenn Sie Ihr harmonisches Utopia wünschen, können Sie nicht Politiker sein. Sie müssen lernen, ganz und gar tolerant zu sein, und dabei hoffen, daß es funktionieren wird, und zwar Schritt für Schritt. Sie können die Toleranz nicht *erzwingen*, Oberst.«

»Ich *liebte* doch diese Leute.«

»Ich habe sie nie geliebt und auch nie gehaßt, Oberst. Ich bin nicht fähig zu lieben oder zu hassen. Oberst, ich habe eben erst begriffen, daß ich mehr als Sie *zu* diesen Leuten gehöre. Ich vertrete die ›Masse‹, Oberst. Ich *will* nicht, daß man mir hilft. Ich möchte einfach mein Leben ohne Einmischung leben, wenn irgend möglich. Sie beschlossen, mir zu helfen. Hat Sie Ihre Liebe zu mir zu dieser Entscheidung gebracht?«

»Nein – ach, ich weiß nicht, was mich dazu gebracht hat. Ich bin kein schlechter Mensch, Tallow. Ich habe diesen Verrat nicht verdient.«

»Ich stimme Ihnen zu, daß Sie kein schlechter Mensch sind, Zhist. Aber Sie haben das hier verdient und noch viel mehr. Ich glaube, Sie oder Miranda sagten, ich betrachte die Leute als ›sie‹ und nicht als ›wir‹. Ich denke, ich habe Ihnen zugestimmt. Jetzt stimme ich Ihnen nicht mehr unbedingt zu. Ich glaube, ich gehöre mehr zu dem ›wir‹ als Sie oder irgend jemand, der mir das vorwarf. Ich bin ›wir‹, weil ich daran nicht denke. Ich bin ›wir‹, weil ich nicht versuche, jemandem zu helfen. Ich bin sicherlich ein Individuum. So wie jeder, der in der ›Masse‹ enthalten ist, ein Individuum darstellt, bis er von den Politikern und den Mystikern und den Weltverbesserern bearbeitet wird. Sie sind Individuen, weil sie nicht stehenbleiben und denken: ›Ich bin ein Individuum.‹ Suchen Sie mir jedoch einen Menschen, der zugibt, einer der ›Masse‹ zu sein. Wenn Sie ihn finden, Oberst, werde ich vielleicht einräumen, daß Sie ein klein wenig recht haben, und zwar weil Sie die Fähigkeit besitzen, den Geist eines Menschen umzugestalten. Oberst, ich glaube, ich hasse Sie auf meine Art, nicht, weil Sie etwas Bestimmtes sind, sondern weil Sie für etwas stehen.«

»Tallow, auch Sie haben nicht recht. Sie wissen, daß Sie unrecht haben.« Zhist war über seinem Schreibtisch zusammengebrochen. Der Mob strömte jetzt über den Platz draußen und war durch die Tore gekommen.

»Kann sein, aber ich glaube das nicht, Oberst.«

»Tallow, Sie vergessen Ihre Pflichten. Ich räume ein, daß Sie vielleicht keine Rechte haben, aber Sie haben Pflichten, und diese Pflichten müßten schließlich zu Rechten führen. Diese fangen wahrscheinlich als Pflichten an und werden schließlich zu Rechten. Sie haben Ihren Mitmenschen gegenüber Pflichten. Sie haben Verantwortung. Mit Ihrer Philosophie der Nichteinmischung schaden Sie vielleicht zahllosen Menschen. Wenn Sie statt dessen versuchen, denen zu helfen, tun Sie ihnen nicht so weh. Ich glaube, ich bin kein so großer Schurke wie Sie, Tallow.«

»Aber wo soll das enden, Oberst? Wo liegt die Grenze zwischen der Hilfe für die wenigen und der Hilfe für die vielen? Wo hören Sie auf, Ihre ›Pflichten‹ zu erkennen, und wo fangen Sie an, neue aufzubürden? Wo endet es?«

Zhist stieß einen tiefen Seufzer aus. Er sagte: »Vielleicht haben Sie recht. Vielleicht liegt darin das ganze Problem des Lebens und der Philosophie. ›Wo endet es?‹ Ich glaube, wir beide sind Extremisten, Tallow. Wir haben verschiedene Richtungen eingeschlagen, und beide sind richtig, bis zu einem gewissen Punkt. Extreme sind gefährlich, und Extremisten sind unglückliche Menschen. Sind wir nicht unglücklich, Tallow? Aber gibt es denn eine Richtung, die stimmt und die uns nicht zu weit führt, oder gibt es so viele Richtungen, daß wir uns nicht entscheiden können? Es gibt so viele Richtungen, Tallow.«

»Das stimmt«, pflichtete ihm Tallow bei, »aber ich habe die wahre gefunden.« Seine Stimme stockte, und er wehrte die nagenden Zweifel ab, die wieder einmal seinen Geist überschwemmten.

»Aber wir können diese kleine Wendung im Lauf der Ereignisse jetzt nicht ungeschehen machen, Oberst«, fuhr er rasch fort. »Vielleicht würde ich es gern tun, vielleicht auch nicht, aber ich habe die Richtung bestimmt, ich habe die Wendung herbeigeführt. Ich muß das Ganze zu einem Ende bringen. Das begreifen Sie doch?«

»Ich begreife es. Das gleiche gilt auch für mich. Wenn ich Sie nicht gezwungen hätte – und ich glaube, ich habe Sie gezwungen, mit mir zu ziehen –, wäre ich nicht von Ihnen verraten worden. Wir alle setzen ein Rad in Bewegung, Tallow. Wir versetzen es in Drehung und müssen uns, solange wir leben, mit ihm drehen. Ich werde Fatalist, mein Freund, und Sie sind, glaube ich, auch einer.«

»Möglich.« Tallow lächelte boshaft. »Aber an diesem Wendepunkt bin ich der Gewinner, und ich will es bleiben, solange ich kann.« Während des Sprechens bedauerte er schon die Kleinlichkeit der Worte, aber dann tat er etwas, das noch kleinlicher war. Er hatte sich jetzt in der Sache verfangen. Er zog seinen Revolver aus dem Halfter und zielte auf den Oberst.

»Sie sind mein Gefangener, Oberst.«

Zhist zuckte die Schultern. »Bitte.« Er lächelte schmerzlich. »Ich werde Ihnen keine Schwierigkeiten machen. Werden Sie mich töten oder am Leben lassen?«

»Was ziehen Sie vor?«

»Ich glaube, ich möchte lieber weiterleben. Ich hätte gern etwas Zeit, um über unser Gespräch nachzudenken, über die Ereignisse, die zu ihm führten. Ich fürchte mich aber nicht vor dem Tod«, schloß er trotzig.

»Ich werde versuchen, dafür zu sorgen, daß man Sie in die Verbannung schickt«, versprach Tallow aufrichtigen Herzens.

»Wenn Sie wollen, können Sie mich auch einsperren. Es wird mir nichts ausmachen.«

»Wir werden sehen.«

Drei Soldaten platzten in den Raum. Sie trugen Gewehre. Es waren Meuterer. Tallow sagte rasch: »Der Oberst ist mein Gefangener. Schafft ihn in eine Zelle! Daß ihm aber dabei nichts zustößt!«

Die drei Männer sahen sich an.

»Tut, was ich euch sage!« stieß Tallow scharf hervor. »Im Augenblick habe ich hier die Befehlsgewalt. Ihr verliert nichts, wenn ihr ihn einsperrt.«

»Die Leute wollen sein Blut, Mr. Tallow. Sie wollen ihn lynchen.«

»Was werden sie damit erreichen? Sie haben seit der Revolution so viele Menschen gelyncht.«

»Sie wollen ihn haben, Sir.«

Tallow wandte sich um und sah Zhist an. Der Oberst zuckte wieder die Schultern. Tallow sagte: »Na schön. Sollen sie ihn haben.« Er sah Zhist nicht noch einmal in die Augen. Er steckte die Pistole zurück in das Halfter, und die drei Soldaten packten Zhist und trieben ihn aus dem Raum. Als der Oberst ging, war er immer noch voller geschmeidiger animalischer Lebenskraft. Er sprach kein Wort mehr mit Tallow, und wenn sein Geist vielleicht die Lage auch schon akzeptiert hatte, sein Körper hatte das noch nicht getan. Er steckte noch voller Energie, voller Kraft. Tallow wurde kurz vom Kummer gestreift, und dann verschwanden die Männer, und er schloß hinter ihnen die große Tür. Er ging an ein Fenster. Der Mob kochte, eine graue, unvernünftige Masse Protoplasma, die von einem einzigen Gedanken beherrscht war - Zhist zu töten. Largek und seine Leute hatten gute Arbeit geleistet. Tallow hätte nie gedacht, daß sie die Menge durch Reden so sehr aufstacheln könnten. Jetzt war es an Tallow aufzuseufzen. Er war erschöpft, da ihm Zhists Vitalität fehlte.

Miranda kam in den Raum. Sie raste vor Wut.

»Was hast du getan?« zischte sie. »Was hast du jetzt getan, Jephraim? Du vergiltst Zhist alles mit Verrat? Ich dachte, du hättest dich geändert. Und jetzt das!« Ihr Gesicht war in der Wut abstoßend. Die Stimme war hysterisch, und der ganze Körper verkrümmte sich in einer Wut, für die sie keine Worte fand. Sie holte aus und schlug ihm ins Gesicht. Sie schlug weiter zu, aber er spürte es kaum. Er stand einfach da und blickte aus dem Fenster, bis sie schließlich aufhörte. Sie folgte seinem Blick. Der Mob hatte sich auf Zhist gestürzt. Man hatte ihm fast alle Kleidungsstücke vom Leib gerissen, und er stand in zerfetzter Unterwäsche da, die nicht zu den Stiefeln passen wollte. Er blutete, war aber noch bei Bewußtsein. Man warf ein Seil über einen Wasserspeier, der aus der Wand ragte. Eine Schlinge.

»Nein!« schrie Miranda. »Nein! Das können sie nicht tun!«

Tallow lachte, auf unangenehme, humorlose Art. »Sie tun es aber«, sagte er.

»Warum läßt du es zu?«

»Mir blieb keine andere Wahl.«

Man hatte Zhist jetzt die Schlinge um den Hals gelegt. Männer zogen am anderen Ende des Seiles und hievten die schwankende Gestalt in die Höhe. Der Körper wand sich viele Sekunden lang, und dann schlugen die Stiefelabsätze in einem militärischen Gruß dreimal zusammen. Zhist sagte Lebewohl und starb. Zuckend hing er dort, das Gesicht war verzerrt, entstellt durch das würgende Seil, der Körper war steif, bis zum Ende soldatisch.

Miranda fing an zu schluchzen.

Tallow wäre es lieber gewesen, wenn er sich von Miranda hätte trennen können, bevor seine Pläne in die Tat umgesetzt wurden. Dazu war es jetzt zu spät. Er bemerkte, daß sie dicker geworden war, daß ihr Leib anscheinend an Umfang zugenommen hatte. Zum ersten Mal begriff er voll und ganz, daß sie schwanger war, mit seinem Kind. *Das Kind unserer Liebe,* dachte er zynisch und bitter zugleich. *Was soll ich tun?* Plötzlich bedauerte er, was er gemacht hatte. Er bedauerte es, ja. Dann sprach wieder Miranda.

»Du tust mir leid, Jephraim Tallow«, schluchzte sie. »Du tust mir leid, und ich hasse dich.«

»Liebling, du darfst mich nicht hassen«, sagte Tallow zärtlich. »Im Augenblick brauche ich dein Mitleid und deine Hilfe. Ich habe noch nie um Hilfe gebeten. Jetzt brauche ich sie.«

Sie schüttelte seine Hand von ihrer Schulter ab. »Es ist zu spät, Jephraim«, sagte sie. »Viel zu spät. Vor einem Tag noch hätte ich dir vielleicht geholfen. Aber vor einem Tag hast du meine Hilfe zurückgewiesen. Es hilft nichts, du mußt Hilfe annehmen, wenn sie dir angeboten wird, oder darfst gar nicht mehr mit Hilfe rechnen. Ich bin im Gegensatz zu dir, Jephraim, nur ein Mensch.«

»Ich bin jetzt auch ein Mensch, Miranda. Hilf mir.«

»Zu spät«, wiederholte sie und wandte sich ab.

Tallow hatte das Empfinden, aus einem tiefen Teich aufzutauchen, und der Teich bestand aus den Gefühlen, die er alle gefürchtet hatte. Er schien an die Oberfläche zu kommen, und sein Kopf wurde klar, und er griff nach seiner Pistole. Er war wieder ruhig.

»Ich danke dir für das eben, Miranda«, sagte er in Erkenntlichkeit. »Du hast mich mit diesen Worten gerettet. Dich selbst hast du allerdings vernichtet.« Sie drehte sich plötzlich verängstigt um.

»Nein, Jephraim!« schrie sie, weil sie die Pistole sah und wußte, was er vorhatte.

»Nein! Das darfst du nicht! Du hast mich geliebt! Ich habe dich geliebt! Nein, Jephraim!«

Er drückte mehrmals auf den Abzug der Waffe. Sie krachte einige Male, bevor Miranda zusammenbrach. Er warf keinen Blick auf ihren Leichnam. Er wagte es nicht. Er war von Leichnamen umgeben. Riesige Leichname umzingelten ihn, verspotteten ihn und klagten ihn an. Gegen die Anklagen konnte er kämpfen, gegen den Spott jedoch nicht.

Jetzt war er sich unsicher, was zu tun war. Er konnte flüchten, wollte es aber nicht. Weshalb? Er konnte sich keinen logischen Grund ausdenken. Die Leichname allein hätten genügen müssen, ihn fortzutreiben. Statt dessen bewegten sich seine Füße automatisch auf die großen Fenster zu, die auf den Balkon führten. Er öffnete sie.

Bevor er noch begriffen hatte, sprach er schon zu den Leuten.

»Meine Freunde«, begann er, »Oberst Zhist ist tot. Der Tyrann, dem wir dienten, ist vernichtet. Aber nun steht unsere Freiheit auf dem Spiel. Uns droht jetzt Krieg, und wenn der Feind gewinnt, wird man unser Volk unterdrücken. Ist uns das Joch einmal aufgelegt, wird es Jahrhunderte dauern, es wieder abzuschütteln. Wir können nicht gegen die Eindringlinge kämpfen, aber sorgen wir dafür, daß wir ihnen nichts schenken, wenn sie kommen. Jagt eure Fabriken in die Luft und sucht Zuflucht in den Wäldern und in den Bergen. Wir haben nur die Hoffnung, weit fort zu gehen und für unsere Kinder eine neue Heimat zu suchen. Es ist nicht nur die Schuld unserer Führer, daß wir so leben. Es liegt auch an unseren Städten, unserer Gesellschaft, unseren Lebensumständen. Die Gier ist unser Untergang. Macht einen neuen Anfang, oder ihr werdet eure Tage im Elend hinbringen.«

Die Woge spöttischen Gelächters, die Tallow entgegenschlug, tat seinen Ohren weh. Er wandte sich um und floh. Jetzt waren seine Gedanken endlich nur noch auf sein Boot und die goldene Barke gerichtet.

Siebzehntes Kapitel

Tallow fährt nun weiter den Fluß hinab. Seine Gedanken sind chaotisch, sein Handeln verwirrt. Er kommt sich wie ein Krüppel vor. Manchmal schluchzt er, stöhnt er. Dann lacht er wieder. Er ist rastlos, kann nicht schnell arbeiten, da Arme und Beine nur langsam auf die Befehle seines Gehirns reagieren. Er springt in seinem Boot als grimassenschneidender Narr umher. Von Harmonie keine Spur. Er ist der Gegensatz all dessen, wofür die goldene Barke steht. Die ursprüngliche Sehnsucht ist verschwunden oder hat sich geändert. An ihre Stelle ist krampfhafter Zwang getreten. Es ist nicht mehr wichtig, was die Barke darstellt. Die Frage, was sie vielleicht bieten könne, erregt Tallows jämmerlichen Geist nicht mehr. Der arme Kerl wird jetzt von der *Gewohnheit*, von nackter, unabänderlicher Gewohnheit vorangetrieben, denn etwas hat auf unseren Helden abgefärbt: Er ist nicht unbeeinflußt geblieben, und das trägt zu seinem Untergang bei. Der unschöne, ungeschliffene, unredliche, blinde, lächerliche Tallow hat sogar seinen fragwürdigen Glauben verloren. Der Glaube ist fort, und Tallow bemüht sich in seinem Wahnsinn lachhafterweise, ihn wiederzuerlangen. Tallow hofft, daß ihn der Anblick der Barke in seinen früheren Geisteszustand zurückversetzen wird. Aber es ist zuviel geschehen, und Tallow ist in seiner Schwäche sogar noch schwächer geworden. Er hat seine Träume verloren, kann sich nicht einmal mehr daran erinnern, wie er sich in ihnen fühlte, und weiß nur, daß sie dem Geisteszustand vorzuziehen sind, in dem er sich jetzt endlich wiederfindet.

Er segelt weiter und müht sich nicht mehr mit der Frage nach dem *Warum* ab.

Echos durchschwirren seinen Schädel und verspotten ihn. Diese kleine tragische Gestalt sieht noch immer Leichen. Wir können ihn nur auslachen und Mitgefühl empfinden. Gehören wir auch zu denen, die ihn verspotten? Wir haben sein Fortschreiten verfolgt. Ernsthaft? Spaßig? Zynisch? Gelangweilt? Verstört? Glücklich? Wie haben wir die Entwicklung dieses Idioten verfolgt? Die Streiche dieses Blinden? Den Kampf dieses Phantasten? Armer Tallow. Vielleicht hat er zuviel versucht?

Tallow segelt verzweifelt in chaotischem Wahnsinn weiter. Der Wind schwellt die Segel des Schiffes, das er sich am Kai aufs Geratewohl genommen hat. Das Schiff ist ganz anders als die kleine *Gorgon*, mit der er lossegelte.

Der Wind bläst ihm ins Gesicht und ist Balsam für seine armen, überanstrengten Nerven. Er bemerkt, daß er die Zähne fest zusammenbeißt, und mit dem ersten zusammenhängenden Gedanken, den er seit Mirandas Tod hat, entspannt er bewußt die Muskeln und öffnet die Lippen, atmet die frische, reine Luft über dem Fluß ein. Sein Körper schmerzt ihn, und er hat keine Ahnung, wieviel Zeit verstrichen ist, seit er die unterbrochene Reise wieder angetreten hat. Er macht sich nicht einmal die Mühe, zur Sonne hinaufzuschauen, die auf ihn herabbrennt. Seine Umgebung nimmt er nur neblig verschwommen als grüne Landschaft und vor ihm als silbrig schimmerndes Wasser wahr.

Die Lungen liegen schwer in seinem Körper, die Brust ist beengt, und der Kopf tut ihm schrecklich weh. Manchmal murmelt er vor sich hin, die Worte sind ein sinnloses Plappern, durcheinandergeworfene Fetzen, ohne Inhalt, ohne Zusammenhang. Tränen glitzern auf seinem roten Gesicht und rinnen hinab auf die schiefe Nase und zu dem breiten Mund, dessen Lippen zum frostigen Grinsen eines Verrückten verzogen sind.

Der elende und wahnsinnige Tallow hat die langfingrige rechte Hand auf dem Ruder seines Schiffes liegen und steuert es automatisch. Er segelt durch die goldenen Tage und die schlimmen schwarzen Nächte, fährt an Kleinstädten, Dörfern und großen Städten, an Bauernhöfen und Herrenhäusern vorbei und bemerkt nicht, daß sie vorübergleiten. Tallow schläft auf seine Art, und schließlich verläßt ihn das Fieber der Angst, und eines Morgens blickt er sich um und weiß, wo er ist und wem er folgt.

Kräftiger Regen peitscht stetig hernieder, und der Himmel ist grau und trüb. Der Regen fällt in den Fluß und mehrt das Wasser, und dieses umtost das Boot mit größerer Kraft.

Und jetzt fällt Tallow vornüber. Er bricht auf dem Boden seines Fahrzeugs zusammen und liegt im schmutzigen Wasser. Sein Atem geht keuchend, und das Wasser gurgelt um seinen Mund, um sein schmächtiges, ausgehungertes Gesicht. Er versucht, sich aus dem Wasser in die Höhe zu stemmen. Schließlich gelingt es ihm, seinen matten Körper über eine Sitzbank zu hieven. Dann erbricht er Flüssigkeit, die aus dem Magen aufsteigt, und verliert das Bewußtsein.

Vor Tallows Boot taucht jetzt eine Stadt auf. Es ist eine ruhige Stadt, eine friedliche Stadt voller Marmor und Mosaiken, voller grüner Rasenstreifen und stattlicher Menschen. Doch Tallow sieht die Stadt nicht, da er noch bewußtlos ist. Sein Boot treibt auf dem Fluß, einer Strömung ausgeliefert, die mit ihm spielt, es herumwirbelt und schaukelt. Ein großer Mann in einfachem, fließendem Gewand sieht das Boot und zeigt es stumm seiner Begleiterin, einer gleichaltrigen Frau mit ergrautem Haar und stillem Gesicht. Sie schaut ihn einen Augenblick an, und sie sprechen miteinander. Dann drehen sie sich rasch um und gehen schnell auf ein großes Gebäude am Kai zu.

Wenige Augenblicke später stürzen Männer aus dem Gebäude und laufen mit weiten, elastischen Schritten hinunter an eine Stelle, wo ein Boot festgemacht ist. Es ist ein Ruderboot, ohne Motor, ohne Segel, und es ist schlank mit einem hohen, spitzen Bug. Sie klettern in das Boot und rudern hinter Tallows Schiff her, das die Stadt fast schon hinter sich gelassen hat.

Sie steuern ihr Boot geschickt an Tallows Schiff heran. Sie befestigen an diesem Taue und ziehen es zum Ufer hin. Sie sprechen kaum, und nur, wenn es nötig ist. Sie sind seltsame, schweigsame Leute, anscheinend selbstbeherrscht und auf einander eingestimmt.

Bald ist das Ufer erreicht, und die Männer nehmen Tallows schlaksigen Körper sanft in die Arme und legen ihn auf eine Bahre mit Rädern, die auf sie wartet. Sie schieben die Bahre zu einem großen Turm hin, der die anderen Gebäude überragt.

Eine Stunde später wacht Tallow in einem Bett auf und sieht seine Retter, die staunend um ihn herumstehen.

Er ist unfähig, seine Lage zu erfassen, ist verwirrt. Die Leute, die ihn umgeben, sind stumm; ihre Augen sind voll Mitgefühl. Einer von ihnen, der Mann, der Tallow als erster sah, fragt: »Möchten Sie, daß wir Ihnen helfen?«

»Nein«, erwidert Tallow spontan.

»Dann können Sie sich hier erholen, bis Sie weiterziehen möchten. Wenn Sie es wünschen, können Sie aber auch länger bleiben.«

»Wo bin ich?«

»In der Stadt Melibone«, antwortet der Mann. Er sieht seine Begleiter an, aber die zucken die Schultern. Sie haben nicht das Gefühl, daß sie hier etwas tun können.

»Wo ist das?«

»Im Inland, fünfzig Meilen vom Meer entfernt.«

»Das Meer. Es ist so nah. Das wußte ich nicht. Sagen Sie mir –« Tallow richtet sich mühsam im Bett auf, und seine Augen wirken angestrengt. »Haben Sie eine Barke vorbeikommen sehen? Eine goldene Barke?«

»Oft. Sie suchen sie?«

»Ja.«

»Sie sind nicht der erste.«

»Das nehme ich an.«

Der Mann ist hilflos. Er kann sich nicht mit Tallow verständigen, kann keine Worte der Warnung finden, die Tallows Geist beeinflussen. Er bleibt nach innerem Kampf schließlich stumm. Inzwischen sind Tallows Gedanken wieder auf Wanderschaft, und auch er versucht, dem Mann etwas zu sagen.

»Ich habe Sonnenuntergänge gesehen und auch die Sterne. Ich habe fröhliches Wasser und den Tanz der Vögel gesehen, die durch die Luft wirbelten.« Tallow redet unaufhörlich, kann sich aber nicht verständlich machen. Er möchte diesen Leuten etwas mitteilen, ist jedoch unfähig dazu. Die Worte fallen ihm nicht ein. »Ich habe all diese Dinge in einem Jahr gesehen, und nie zuvor.«

Die Leute an dem Bett sind unschlüssig. Ihre Augen starren beunruhigt auf Tallow, starren sich gegenseitig an. Sie starren die ganze Zeit über, und Tallow möchte ihnen etwas mitteilen, das er nicht aussprechen kann. Er plappert weiter.

Die Leute sind auch beunruhigt. Ihr Gesetzbuch, ein fremdartiges, beinahe unmenschliches Gesetzbuch, untersagt ihnen, sich in das Schicksal eines Menschen einzumischen. Es sind jedoch freundliche Menschen, die ihm helfen möchten. Sie hoffen, Tallow werde sich entschließen, bei ihnen zu bleiben. Sie wissen aber auch, daß das unwahrscheinlich ist.

»Ich bin allein und doch eingekreist. Ich bin kein Individuum. Ich bin ein Blinder, der gesehen hat, ein Tauber, der gehört hat, und doch bin ich immer noch dumm, so dumm wie eh und je. Warum muß das so sein? Hat jeder Mensch dieses Schicksal, oder ist es mein persönliches Schicksal allein? Selbst die Visionen sind nicht mehr klar, die Klänge verschwommen. Muß ich meine Tage in Schweigen und Finsternis verbringen, wenn ich mir Licht und Worte der Wahrheit wünsche und erhoffe? Zu viele Fragen. Den ganzen Fluß entlang waren es zu viele. Wenn ich nur meinen Kurs eingehalten hätte. Aber kann man es mir vorwerfen? Nein. Ja. Ich bin beides, und sie auch. Ach Gott, wo bin ich?«

Tallows Geist ist von Gedanken überwältigt, die aus den Tiefen langsam aufsteigen. Noch nie erschlossene Gefühle und

Emotionen, nie erforschte, nie analysierte, branden jetzt auf, und das Gehirn kann sie nicht beherrschen, da es nichts von ihrer Anwesenheit ahnte.

Die Leute verlassen nacheinander den Raum und lassen Tallow allein, der weiter wütet.

»Weshalb? Ob ein Hund auch so leidet? Nein, es sind die Leiden eines Kindes. Eines Kindes, das zu rasch erwachsen wurde, zu plötzlich, um die Einzelheiten zu verdauen, das zu stolz war, um die Warnungen der anderen zu beachten. Aber hatten die anderen, irgendeiner von ihnen, recht? In jener ersten Stadt war ich wütend. Sie nahmen mir meine persönlichen Rechte, und jetzt weiß ich, daß es keine Rechte des Individuums gibt, nur Pflichten. Vielleicht, wenn ich geblieben wäre – nein, nein. Aber was ist mit Miranda? Hätte meine Sehnsucht erfüllt werden können, wäre sie in einem Leben mit Miranda verwirklicht worden, durch das Kind, das sie von mir hatte? Möglich. Es war besser. Und Zhist, hätte er mir helfen können? Nein. Miranda, Miranda, warum habe ich sie getötet? Warum? Und Mesmers, möglicherweise Mesmers? Mesmers und Miranda, sie hätten helfen können, wenn ich sie um die rechten Dinge gebeten hätte. Aber sie verfügten nur über gewisse Dinge, mit denen sie mir helfen konnten. Sie boten mir nicht alles, was ich brauchte. Oder doch? Die Ungewißheit ist gräßlich. Sehe ich den Tod vor mir? Oder liegt in der Barke noch eine Möglichkeit? Ich habe jetzt nichts anderes mehr. Ich brauche die Barke mehr als je zuvor. Vielleicht habe ich deshalb alles durchmachen müssen? Aber muß es denn einen Grund geben? Zu viele Fragen, keine Antworten. Ich bin unfähig, mein Handeln zu rechtfertigen. Die verdammten Leute! Sie haben mir das angetan. Sie hätten wissen müssen, daß ich anders bin. Bin ich wirklich so anders? Jeder Gedanke führt zu einer neuen Frage. Ich glaube, ich habe noch eine Möglichkeit, wenn ich die Barke rechtzeitig erreiche. Ich muß mich hier ausruhen, aber nur kurze Zeit. Dann muß ich weiter. Mir bleibt nichts mehr *übrig*, als der Barke zu folgen. Nichts.«

Tallows selbstgestellte Fragen wiederholen sich. Er sucht verzweifelt eine Antwort, die *eine* Antwort. Doch keine kommt.

Das Gefühl des Alleinseins durchdringt sein ganzes Wesen. Wieder einmal ist er ganz auf sich angewiesen, aber er ist nicht mehr so unabhängig oder selbstsicher wie einst. Er hat zerstört und ist zerstört worden. Alle Stärke in ihm, gut oder schlecht, was es auch war, alles Vertrauen ist verschwunden, ist aus ihm herausgebröckelt und hat nur Schwäche hinterlassen und den Traum, die verlorene Stärke wiederzuerlangen.

Vielleicht hat er sich zu sehr bemüht, oder nicht kräftig genug? Er weiß es nicht. Die Unentschlossenheit, die alte Unentschlossenheit ist zurückgekehrt, und sie ist jetzt schrecklicher geworden, weil sie abstrakt ist. Er hat nichts Greifbares in den Händen.

Stundenlang kommen die Fragen, und er möchte seinen Geist verschließen, die Vergangenheit und die Hoffnungen auf die Zukunft vergessen. Er ist zutiefst verängstigt. Die Furcht ist vielleicht das einzige in seinem Dasein, das wirklich spürbar ist. Aber gerade die Spürbarkeit entsetzt ihn, und ihm wäre lieber, es gäbe überhaupt nichts zu spüren. Auf die Art könnte er vielleicht entkommen. Die Tage vergehen.

Er verbringt seine Zeit mit Essen und Schlafen. Die Stunden, in denen er wach ist, bringt er mit verzweifelten Versuchen hin, seine verwirrten Gedanken zu verdauen. Wenn er schläft, quälen ihn Alpträume, in denen er die spöttischen, baumelnden, flatternden Leichname derer sieht, die er vernichtet hat. Schließlich geht es ihm körperlich gut, und man bringt ihn an sein Boot, und die Leute von Melibone wünschen ihm Glück. Er setzt benommen die Segel, fährt den Fluß hinab, und sie stehen und starren ihm nach.

Achtzehntes Kapitel

Tallow erblickte flüchtig die goldene Barke wieder, als er Melibone noch gar nicht lange verlassen hatte.

Das Gefühl der Erleichterung lief wie ein Beben durch seinen Körper, und er stellte hastig die Segel richtig und versuchte, die Barke einzuholen. Aber eine Flußbiegung und noch eine nahmen ihm wieder die Sicht. Zum ersten Mal seit Wochen war Tallow beruhigt, war er sich sicher, daß er sie wiedersehen würde.

Zu seiner furchtbaren Enttäuschung durchfuhr er dann eine Biegung und entdeckte, daß der Fluß sich in zwei Arme gabelte und daß die Barke verschwunden war. In welcher Richtung?

Die lange Insel, die wie ein Krokodil in der Flußmitte lag, das ein Sonnenbad nimmt, unterschied sich von den beiden Ufern, die mit dichtem Gebüsch bewachsen waren. Sie war besiedelt. Soweit Tallow sehen konnte, waren die Gebäude anscheinend planlos über sie verstreut. Dazwischen wuchsen nur sehr wenige Bäume. Tallow versprach sich etwas von den Gebäuden. Es war schon denkbar, daß jemand die Barke vorbeifahren sah und ihm sagen konnte, welche Richtung sie eingeschlagen hatte. Die Vergangenheit hatte ihn gelehrt, wenig zu erwarten, auch die Möglichkeit in Betracht zu ziehen, daß niemand sie gesehen hatte. Aber in seiner Lage war das die einzige Hoffnung, und er mußte wenigstens versuchen, die Inselbewohner zu befragen. Er wußte nicht, was er sonst hätte unternehmen können.

Die Insel hatte keine richtige Kaianlage, an der Tallow sein Boot festmachen konnte, sondern nur Landungsstege, die wahllos an ihrem Ufer verteilt waren. Er wählte einen, der fester als die anderen gebaut schien, und er vertäute sein Fahrzeug und kletterte die Holzleiter hinauf, die zum Steg emporführte. Ein paar neugierige Kinder blieben stehen, sammelten sich und starrten ihn an; ein oder zwei Erwachsene warfen ihm im Vorübergehen einen Blick zu, doch näherte sich ihm niemand. Die Ansammlung von Gebäuden folgte offensichtlich keiner Ordnung, und die Straßen, die es gab, waren anscheinend kaum mehr als Fahrspuren, die sich an den Häusern vorbeischlängelten.

Tallow versuchte als erstes, mit den Kindern zu reden, aber sie lachten ihn nur aus und rannten fort, verschwanden hinter ebenerdigen Hütten, die dem Ufer am nächsten waren. Die Erwachsenen schienen ihn entweder nicht zu hören und nicht zu sehen, oder, was wahrscheinlicher war, sie übersahen absichtlich seine Anwesenheit.

Schließlich blieb doch ein alter Mann zögernd stehen, als sich Tallow vor ihm aufpflanzte und ihm die Frage ins Ohr bellte: »Haben Sie hier ein Boot vorbeikommen sehen?«

Die Frage hatte anscheinend eine unerwartet große Wirkung auf den alten Mann. Er sah verblüfft und verwirrt aus.

»Kann schon sein«, sagte er endlich vorsichtig.

»Was soll das heißen, kann schon sein? Das Boot ist golden und folgt geradlinig seinem Kurs, weicht nie von ihm ab, macht in keinem Hafen fest. Haben Sie so ein Schiff gesehen?«

»Kann schon sein. Und jetzt muß ich gehen.« Der alte Mann drängte sich an Tallow vorbei und ging weiter, aber Tallow lief neben ihm her und wiederholte erzürnt seine Fragen.

»Ich muß es wissen. Welche Richtung hat es eingeschlagen?«

»Ich erinnere mich nicht. Es ist mehr als zwei Jahre her, seit ich sie sah, und davor waren es dreißig Jahre. Ich habe das verfluchte Schiff zweimal gesehen und möchte es nicht noch einmal sehen.«

»Welchen Weg hat es eingeschlagen?«

»Das hab' ich nie gesehen, und das ist die Wahrheit. Ich bin ihr vor dreißig Jahren bis hierher gefolgt, und dann verlor ich sie. Das macht mir wirklich Angst. Fragen Sie den alten Roothen. Er wird Ihnen von dieser Barke erzählen. Ich weiß, daß sie ein Geisterschiff ist.«

Tallow machte keinen Versuch, den Alten aufzuhalten, als er weiterstapfte. Der alte Roothen. Was hat diese Anspielung zu bedeuten, fragte er sich.

Er stolperte zwischen den Häusern weiter und hatte keine Ahnung, wohin er ging. Bis zur Dämmerung war er fast eine Meile ins Land hineingelaufen und erreichte einen Platz, der von Fakkeln erhellt wurde. Der ziemlich große Platz war frei von Gebäuden, und auf ihm hatte sich eine Reihe von Leuten versammelt. Männer, Frauen und Kinder saßen auf dem Boden oder standen in Gruppen beisammen und unterhielten sich. Die Frauen kochten an Feuern, und die Männer hielten Teller mit Essen in den Händen oder Holzbecher mit Getränken. Man schien sich zu einer Art Fest versammelt zu haben, denn die Leute lachten glücklich und hatten Spaß. Tallow trat zu einer der Gruppen.

Er klopfte einem Mann auf die Schulter. Der Mann drehte sich um. Er hatte weißes Haar und war jung und besaß ein schmächtiges Rattengesicht. Er sagte: »Was wollen Sie?«

Tallow fragte ihn: »Haben Sie oder einer Ihrer Freunde in letzter Zeit eine goldene Barke vorbeifahren sehen?«

Der Mann rülpste Tallow ins Gesicht und wandte sich wieder seinen Gefährten zu. Er lachte boshaft. »Dieser Fremde fragt nach dem Narrenschiff.«

Die Männer lachten spöttisch, nervös und sahen Tallow an, der unsicher dastand und sie alle nicht leiden konnte. Einer von ihnen grinste verschlagen. »Der alte Roothen wird dir von dem Schiff erzählen, Maat. Er erzählt uns seit vierzig Jahren, was wir schon wissen, und hätte gern neue Zuhörer. Wir sind wie er dem verdammten Ding gefolgt, aber er sagt, sein Fall liege anders. Ich nehme an, du bist gekommen, um uns zu sagen, daß wir dem Schiff mit dir zusammen folgen sollen. Wenn du deshalb hier bist, such dir lieber Roothen. Wir haben jetzt Familien, an die wir denken müssen. Wenn Roothen nicht zu betrunken ist, wirst du eine gute Geschichte von ihm zu hören bekommen. Er wird dir alles erzählen.«

»Wo ist er zu finden?«

»Folge deiner Nase. Du wirst ihn riechen.«

»Du weißt es nicht?«

»Nein, es ist mir auch gleich. Wenn deine Geschichte so wie seine ist, tust du mir leid. Aber uns brauchst du sie nicht zu erzählen.«

»Habe ich auch gar nicht vor«, versetzte Tallow und ging.

Er versuchte sich anderen Gruppen zu nähern und erhielt zynische Antworten. Bald war er wider Willen der Hauptanziehungspunkt, und die meisten der etwa hundert Leute der Versammlung starrten ihn an.

»Wer ist der kleine Mann?«

»Ein Verrückter. Er will sagen, daß es das Schiff wirklich gibt. Wenn das stimmen würde, würden wir alle noch hinter ihm herfahren. Wir hatten das Glück, zur rechten Zeit auszusteigen. Das muß der Wahnsinn hier am Fluß sein, der sie packt. Warum versucht der geistesgestörte Idiot, uns ebenfalls verrückt zu machen? Man kann gar nicht mit ihm reden, nicht in diesem Zustand. Jagen wir ihn fort.«

»Weshalb belästigt er uns?«

»Würde ich auch gern wissen.«

»Kommt her und verdirbt uns das Fest. Als ich aufstand, wußte ich schon, daß der Tag nicht gut enden würde.«

»War immer schwierig . . .«

»Denken, die können herkommen und . . .«

»Uns belästigen . . .«

»Wieso . . .?«

»Was . . .?«

»Wer . . .?«

»Wie . . .?«

Tallow verlor die Selbstbeherrschung. »Ihr Dummköpfe! Ihr alle seid einmal hinter der Barke hergefahren. Ihr hattet nicht den Mut weiterzumachen oder nicht die Willenskraft, gegen den Strom zurückzukehren. Deshalb habt ihr Angst, wenn jemand kommt, der Mumm genug hat, etwas aufs Spiel zu setzen. Ihr denkt, ich bin verrückt. Also, ich sage euch was, ich bin lieber verrückt, als wie ihr hier herumzuhängen.«

Jemand kicherte. Aus der Finsternis jenseits des Feuerscheins kam ein Stein geflogen. Er traf Tallow schmerzhaft am Handgelenk.

»Hau ab!«

»Ich geh' ja schon.« Tallow rannte, besorgt um seine Sicherheit, los. Er hatte als Kind unter Kindern erfahren, was Menschenmengen sind. Man hatte ihn damals nicht gemocht, und er hatte nicht gewußt, wieso nicht. Er konnte sich noch immer keinen vernünftigen Reim darauf machen, hatte aber aus der frühen Erfahrung gelernt. Er konnte sie durch Schreien nicht aufhalten. Er konnte nur wegrennen.

Er rannte durch die Nacht, fort vom Fackelschein, und er tat sich selbst leid.

Er verlor die Orientierung und konnte das Ufer nicht wiederfinden. Er setzte sich also keuchend unter den ersten Baum, auf den er stieß, eine große Eiche. In ihrer Nähe standen keine Häuser. Er lehnte sich mit dem Rücken an den Stamm und fragte sich, wie er den rätselhaften alten Mann finden könne, den die Dörfler erwähnt hatten. Tallow fragte sich, ob Roothen wirklich etwas wußte. Wenn er den alten Mann traf, würde er es hören.

Konnte er es wagen zu schlafen, oder sollte er sein Boot suchen und sich selbst entscheiden, welche Flußgabel zu nehmen war? Während er über das Problem nachdachte, hörte er eine schnaufende Stimme singen, und sie kam anscheinend aus dem Himmel. Er sah in die Höhe. Da muß ein Mann im Baum sein, dachte er.

»Hallo, junger Mann! Wie Sie aussehen, sind Sie Seemann. Wohin des Weges?«

Tallow konnte noch immer nichts sehen. »Hallo«, sagte er vorsichtig und spähte in die Zweige hinauf. »Ich fahre flußabwärts.«

»Welche Flußgabelung nehmen Sie?« Der Frage folgte ein brüchiges, altersschwaches Lachen.

»Bin mir nicht sicher.«

»Kommen Sie rauf zu mir.«

In den Zweigen oben raschelte es, und etwas flog aus der Luft herab und traf Tallow an der rechten Schulter. Tallow holte tief Luft und fluchte. Er untersuchte den Gegenstand und merkte, daß es sich um das Ende einer Strickleiter handelte. Mit einem Achselzucken kletterte er hinauf.

Die Leiter endete etwa in halber Höhe des Baumes und war an

einer grob gezimmerten Plattform befestigt, die fest und sicher aussah. Tallow zog sich auf die Plattform hinauf und erkannte in der Dunkelheit das fahle Gesicht eines alten, verrunzelten Mannes, der ihn mit schiefem Mund angrinste und aus Augen ansah, die auf eine seltsame Verrücktheit schließen ließen.

»Wer sind Sie?« wollte Tallow wissen.

»Roothen, der alte Roothen. Ich bin verrückt, müssen Sie wissen. Das sagen wenigstens die Narren. Aber ich bin nicht verrückt, nicht verrückter als Sie selbst.«

»Sie folgten der Barke? Was wissen Sie über sie?«

»Welcher Barke?« Die Frage kam vorsichtig, ein Flüstern wie das Rascheln welker Blätter.

»Der goldenen Barke. Jemand sagte mir, daß Sie sie gesehen haben.«

»Ach, ich habe sie tatsächlich gesehen, wirklich. Ich folgte ihr dreihundert lange Meilen den Fluß hinab.« Der alte Mann wimmerte erbärmlich, und Tallow ekelte sich. »Ich bin ihr gefolgt, junger Mann. Ja, das bin ich.«

»Warum haben Sie hier damit aufgehört?«

»Weshalb haben Sie es getan, warum die anderen?«

»Ich war mir nicht sicher, welche Flußgabelung ich nehmen sollte.«

»Ich auch nicht, mein Freund, und die ebenfalls nicht.«

»Man sagt doch, Sie sind dreißig Jahre hier. Stimmt das?«

»Dreißig? Ja, es können dreißig Jahre sein. Was weiß ich, es können auch schon mehr sein. Andere sind noch länger hier.«

»Haben Sie nicht daran gedacht, es darauf ankommen zu lassen? Haben Sie sich nicht für eine Gabelung entschieden?«

»Entschieden?« Das Gegacker wurde höher und erstarb wie ein Windhauch. »Entschieden? Ich versuche seit dreißig Jahren, mich zu entscheiden. Welche Gabelung, welche Gabelung, welche Gabelung? Sie wissen, was es bedeutet, die falsche zu wählen? Ich werde die Barke auf ewig verfehlen.«

»Wieso? Könnten Sie nicht zurückkommen und es mit der anderen Gabelung versuchen?«

»Hätte ich die Zeit? Ist je einer von denen, die gefahren sind, zurückgekehrt?«

»Sie hätten Zeit gehabt, wenn Sie nicht dreißig Jahre gewartet hätten. Weshalb haben Sie so lange gewartet? Die anderen haben die Barke vielleicht gefunden.«

»Ich habe in der Hoffnung gewartet, die Barke noch einmal zu sehen und dann zu wissen, welche Gabelung sie befuhr. Wenn ich nicht zu betrunken bin, verbringe ich die meisten Nächte unten am Ufer. Ich trinke eine Menge und weiß nicht, warum. Ich werde sie sehen, wenn sie kommt. Die ist ganz schön schwer zu fassen. Ich dachte, ich wäre meilenweit hinter ihr und legte dann in einem Hafen an und sah sie an mir vorbeifahren. Ich habe sie Tage und Wochen nicht gesehen und fand sie wieder, als sei sie nur eine Stunde weit vor mir gewesen. Werden Sie schlau daraus? Ich bin aufgehalten und festgesetzt worden, aber ich bin weiter, manchmal mit Blut an den Händen. Aber ich habe immer die Barke gesehen, dicht vor mir, dicht vor mir, doch nie nah genug, um an Bord gehen und ihr ihre Geheimnisse entreißen zu können. Weshalb sind Sie hinter ihr her, mein Junge? Sie ist hier nicht vorbeigekommen, es sei denn, gestern nacht oder vor zwei Wochen.« Roothen ging nicht auf den zweiten Teil von Tallows Frage ein. Er wußte keine Antwort.

»Sie ist gestern abend vorbeigekommen, Roothen. Ich weiß es, weil ich ihr bis hierher gefolgt bin und sie wieder aus den Augen verloren habe.«

»Nein!«

»Doch«, sagte Tallow fast höhnisch. Er hatte nichts als Verachtung für den alten Mann.

»Ach, Sie belügen mich. Sie quälen mich. Sie lügen. Geben Sie zu, daß Sie lügen, junger Mann.« Der alte Mann schluchzte erbärmlich, und Tallow hörte, wie er einen großen Schluck von einer Flüssigkeit nahm. »Sie lügen doch, oder?« Seine Stimme klang besorgt.

»Nein«, sagte Tallow, »ich lüge nicht.«

Wieder hörte Tallow von Roothen nichts als das Schluckgeräusch und das erbärmliche Winseln.

»Sie haben es nicht besser verdient«, sagte er. »Sie haben es wirklich nicht besser verdient. Sie sind Ihre Träume oder Ihre Erinnerungen nicht wert. Sie sind ein Feigling, ein Narr. Sie sind so schlimm wie die anderen. Sie leiden nur an einem anderen Wahn.«

»Sagen Sie das nicht.«

»Es ist wahr.«

»Nein, das ist es nicht. Ich weiß es. Es ist immer noch Zeit. Ich bin nicht so alt.«

»Sind Sie überhaupt noch fähig, ein Boot zu steuern?«

»Natürlich!«

»Sind Sie das?«

»Ja, ja! Natürlich bin ich das. Nehmen Sie mich mit, mein Junge, und ich werde es Ihnen zeigen. Wir werden es riskieren. Wir werden es zusammen riskieren. Wir sind Kameraden, mein Junge. Wir wissen etwas, das die anderen nicht wissen.«

»Wir wissen nichts. Wir ahnen nur etwas.«

»Ja, aber wir werden bald Bescheid wissen, oder?« Der alte Mann bewegte sich taumelnd auf Tallow zu. Er packte ihn an der Kleidung und blies ihm stinkenden Alkoholdunst ins Gesicht. »Nehmen Sie mich mit, mein Junge.« Er bettelte, winselte, und Tallow war angewidert.

»Weshalb? Verdienen Sie diese Gelegenheit? Ich bin stark genug weiterzuziehen, mein Freund. Ich werde die Barke finden, und vielleicht komme ich dann zurück und erzähle Ihnen, was es mit ihr für eine Bewandtnis hat. Soll ich das machen?«

Tallows Worte versetzten den alten Mann nicht in Wut. Er bat demütig weiter, mitgenommen zu werden, aber Tallow schüttelte die gebrechlichen Hände ab.

»Ich habe eine Menge verloren, alter Roothen. Ich habe mehr als die meisten Menschen verloren, ich habe meine Kraft verloren. Ich bin schwach, Roothen, aber nicht so schwach, daß ich nicht weiterziehen kann, um zu finden, was ich suche.«

»Was suchen Sie denn?«

»Das werde ich wissen, wenn ich die Barke erreiche. Wohin die Barke mich führt, ich werde ihr folgen, bis ich jedes Geheimnis kenne, das mich je beunruhigt hat. Ich werde die Antwort auf jede Frage wissen, die mich je gequält hat.« Während Tallow noch sprach, regten sich bereits die Zweifel in ihm, aber er kämpfte sie nieder.

»Quälen Sie mich nicht, junger Mann. Nehmen Sie mich mit. Ich werde meine Arbeit tun, und gemeinsam werden wir das Wissen erkennen. Ich hatte eine Frau, eine Familie, Geld. Ich habe alles aufs Spiel gesetzt, um der Barke zu folgen, und jetzt sitze ich hier fest. Sie haben doch Mitleid mit mir, da ich wie Sie bin.«

»Nein, das sind Sie nicht.«

»Ich bin es, mein Junge, ich bin es. Es gibt nicht viele, welche die Barke gesehen haben, und noch weniger, die den Mut haben, ihr zu folgen. Wir hatten den *Mut.*«

»Wißbegierde«, sagte Tallow. »Am Anfang war es Wißbegierde und kein Mut. Und unser Blick ist verdächtig. Warum sollte unser Weg der beste und der einzige sein? Welche Geheimnisse haben wir hinter uns gelassen? Ein Mensch kann seine ›Wahrheiten‹ auf vielen Pfaden entdecken. Das habe ich herausgefunden. Ich habe es aber zu spät herausgefunden, deshalb bleibt mir nur noch ein Weg, ein einsamer Weg. Wenn ich an den meisten Plätzen, wo ich war, geblieben wäre, hätte ich gefunden, was ich suchte. Ich glaube, deshalb führt uns die Barke weiter, jedenfalls die meisten von uns. Sie führt uns nur eine kurze Strecke weit, um uns etwas zu zeigen. Aber wir begreifen das nicht, bis es zu spät für eine Änderung ist. Schließlich bleibt nichts zu tun, als der Barke bis ans Ende zu folgen und zu hoffen, daß es zu einer Erklärung führt, warum man ihr folgt. Warum sind Sie der Barke gefolgt? Weshalb ich? Vielleicht haben die, die sich hier niederließen, schließlich recht.«

»Wir folgten der Barke, weil wir wußten, daß sie die Wahrheit besaß. Das war die einzige Möglichkeit.«

Tallow blickte zum dunklen Himmel und zu den kleinen Sternen empor. Er sagte zurückhaltend: »Waren Sie so selbstsüchtig wie ich?«

»Nein, selbstsüchtig nicht. Ich . . . ich wußte einfach, daß mir ein größeres Schicksal winkte, wenn ich ihr folgte. Das *wußte* ich, mein Junge. Das *wußte* ich.« Die Füße des alten Mannes scharrten über die Bretter.

»Ich dachte auch einmal so.«

»Aber es stimmt. Denken Sie nicht, daß dem nicht so ist. Es stimmt.«

»Vielleicht. Mehr ist uns nicht geblieben.« Tallows Ekel und Zorn hatten sich gelegt, und er nahm die Anwesenheit des anderen Mannes kaum noch wahr. Es war, als führe er wieder, wie so oft in der jüngsten Vergangenheit, ein Selbstgespräch. »Ich muß es darauf ankommen lassen, oder ich beende meine Tage wie Sie und kämpfe mit der Flasche gegen den Wahnsinn an.«

»Das ist grausam, einem alten Mann so etwas zu sagen, Junge.« – »Es ist die Wahrheit.«

»Na und?«

»Macht es Ihnen nichts aus, ein betrunkener alter Kindskopf zu sein, Sie, der Sie das Geheimnis des Lebens selbst hätten entdecken können?«

»Ja, es macht mir etwas aus, wenn ich es mir so überlege.«

»Dann sollte Ihnen diese Wahrheit etwas ausmachen.«

»Das sollte sie wohl. Nur weiter, mein Junge. Fahren Sie ohne mich. Mir ist es gleich. Wahrscheinlich liefern Sie sich nur selbst dem Tod aus. Ich *lebe* wenigstens. Woher wissen wir, daß die Barke keine Illusion ist? Wenn das Licht auf dem Wasser liegt, kann es einen schön zum Narren halten. Vielleicht ist es die Verrücktheit der Seeleute, wie diese Leute mir sagen. Warum nicht? Viele Leute müssen es besser wissen als einer allein.«

»Glauben Sie das?« fragte Tallow, der sich nicht sicher war, was er glauben sollte.

»Weiß ich nicht.«

»Dann verderben Sie hier in Ihrer Ungewißheit. Sie könnten wissen, ob Sie Ihr Leben gänzlich vergeudet haben oder nicht, wenn Sie der Barke bis zum Meer folgen. Vielleicht finden Sie eine Art von Erklärung.«

»Genau, das könnte ich vielleicht. Warum nehmen Sie mich also nicht mit?«

»Wir haben zuviel zerstört, Sie und ich. Ich fürchte, wir werden uns gegenseitig vernichten.«

»Wie denn? Wir werden uns gegenseitig helfen.«

»Wirklich?«

»Selbstverständlich. Schauen Sie, wir sind beide hinter derselben Sache her. Einer von uns könnte segeln und der andere schlafen. So könnten wir endlos weiterfahren.«

»Es ist sinnlos, Roothen. Völlig sinnlos. Ich gehe. Und versuchen Sie nicht, mich aufzuhalten. Ich hab' zu viele Leute umgebracht, um mir groß Gedanken zu machen, daß ich an Ihrem Tod schuld sein könnte. Sie sind auf jeden Fall schon so gut wie tot.«

»Du Dreckskerl!«

Tallow begann, die Strickleiter hinabzuklettern. Oben versuchten zittrige Hände, die Leiter zu schütteln, aber der alte Mann hatte nicht die Kraft, Tallow abzuwerfen. Tallow erreichte den Boden und marschierte wieder in der Hoffnung los, wenigstens das Ufer zu finden, an ihm entlangzugehen und auf die Stelle zu stoßen, an der er sein Boot festgemacht hatte.

Die Straßen waren nicht beleuchtet, und die wenigen Leute, die noch unterwegs waren, bemerkten ihn nicht einmal. Er fürchtete sich ein wenig, machte sich aber keine großen Sorgen. Die Dörfler würden sich inzwischen anderem Zeitvertreib zugewandt haben. Schließlich kam er an ein Flußufer, orientierte sich und stapfte weiter, bis er den Landungssteg erreichte. Er war rasch wieder in seinem Boot und versuchte, sich für eine der Gabelungen zu entscheiden.

Schließlich beschloß er, es der Strömung zu überlassen. Er legte ab und wartete. Bald fuhr er auf dem Wasser dahin, das zur linken Gabelung führte.

Das Wasser floß rasch und ruhig, fast mit derselben Zielstrebigkeit wie die goldene Barke selbst. Tallow beschloß, den Fluß wieder hinaufzusegeln und die andere Gabel zu nehmen, falls sich herausstellen sollte, daß er nicht die richtige Gabelung gewählt hatte. Er spürte jedoch, daß langsam die Zeit knapp wurde. Das alte Gefühl der Dringlichkeit kehrte zurück, und er hoffte verzweifelt, auf dem richtigen Kurs zu sein.

Neunzehntes Kapitel

Es ist das letzte Stück des langen, gewundenen Flusses. Des Flusses, der aus unbekannter Quelle hinab in ein unbekanntes Meer fließt. Man kann ihn in seinem Lauf nicht verändern. Nur die Ufer verändern sich und die Dinge an den Ufern. Er ist die Quelle des Lebens für die großen und kleinen Städte, für die Dörfer, die sich an den Ufern drängen, und er bringt den Tod. Er bringt Hoffnung und zerstört Träume. Auf ihm fahren Tallow und eine goldene Barke. Wir sehen ihn von oben, sehen all die zahllosen milchigen Meilen. Wir schweben über ihm und sehen nur Tallows Boot. Selbst wir können die Barke im Augenblick nicht sehen.

Tallow kämpft sich weiter, und das Wasser schießt unheilvoll dahin, gurgelt und schäumt, ergibt ein Geräusch, das alle anderen Geräusche übertönt. Aber über diesem Geräusch des Wassers liegt eine Stille, die von großen, leeren Räumen und einer Ewigkeit des Friedens zeugt. Tallow spürt sie, bleibt aber von dem Zustand des Wassers nicht unberührt, der Unheil ankündigt. Tallow weiß, was das bedrohliche Wasser bedeutet. Er weiß es, kann aber nichts tun. Er ist hilflos, kann nicht gegen etwas kämpfen, von dem er weiß, daß es unausweichlich ist. Das Wasser rauscht immer schneller, bis es ein reißender Strom ist, der das Boot gegen Tallows Willen weitertreibt.

Schließlich werden Tallows Befürchtungen Wirklichkeit, und er sieht vor sich dunkle, feuchte Felsen, scharf wie die Zähne eines gähnenden Drachen, von weißem Schaum umgischt. Stromschnellen tauchen vor Tallow auf, gefährliche, tödliche Stromschnellen. Aufgeregt packt der kleine Fahrensmann den Bootshang, welcher der Länge nach im Schiff liegt. Er legt ihn quer über die Seiten und hält das Ruder mit Händen, die vor Anstrengung weiß sind und zittern.

Immer noch liegt die friedliche Stille über dem kochenden, tosenden Gewässer. Immer noch ist das Gefühl der Einsamkeit, der Schicksalhaftigkeit gegeben.

Tallow handelt. Die ersten Felsen rasen an ihm vorüber, und

er ist einen Augenblick in Sicherheit. Dann füllt das donnernde Brüllen der Strömung seine Ohren. Er lenkt das Boot erfahren, die rechte Hand am Ruder, mit wunderbarer Geschicklichkeit durch die Stromschnellen, benützt die einzige Fertigkeit, die ihm angeboren ist. Mit der Linken führt er gewandt die Stange und stößt das Boot von den nächsten Felsen fort.

Es ist vorüber. Die Felsen der Stromschnellen liegen hinter ihm, und er schwitzt, zittert und stöhnt leise. Jetzt weiß er, daß er nicht zurück kann. Die Aussicht ist dahin. Wenn er nicht den richtigen Kurs eingeschlagen hat, ist er verloren. Er kann nicht einmal zu dem zusammengewürfelten Dorf zurück, wo sich der Fluß gabelt. Er ist endlich völlig allein, und niemand kann ihn stören. Er hat das, was er sich gewünscht hat.

Das Boot fährt stolz über das Wasser hin, tanzt und frohlockt, als hätte es einen eigenen Willen. Es drängt dem Meer entgegen und schaukelt Tallow hin und her, immer schneller, bis Tallow schließlich aufschreit.

»Zu spät, mein gutes Boot, zu spät, um zurückzukehren! Zu spät, etwas zu wagen, zu spät, um zu zerstören! Jetzt ist es vorbei, was auch geschehe, es ist vorbei! Ich bin dir ausgeliefert, dir und dem Fluß und dem Schicksal, das mich am Ende des Flusses erwartet!

Zu spät für meine Mutter, Miranda und Mesmers! Zu spät für die Macht, die ich hätte haben können, für den Reichtum, die Frau, das Wissen! Zu spät für den Seelenfrieden! Jetzt habe ich sie! Ich habe meine Einsamkeit, meine Verlassenheit!«

Er blickt auf den Fluß hinab, der trüb sein Gesicht widerspiegelt. Er sieht entsetzt einen älteren Mann. Zu alt! Er sieht Runzeln im Gesicht, die erst später hätten kommen dürfen. Schmerz in den Augen, wo vor einem Jahr kein Schmerz war, nur nacktes Unverständnis.

Tallow ist ein Mann, der den Wahnsinn durch Mauern bekämpft. Er klammert sich an die letzten Spuren scheinbarer Gesundheit, wehrt jeden Gedanken, jeden Begriff ab, der seine schreckliche Täuschung zertrümmern könnte. Er versucht verzweifelt, sich von irgend etwas zu überzeugen, aber er findet keine Überzeugung, die ihm gefällt. Er weist jetzt jeden Gedanken zurück, der ihm kommt. Er schreit gegen das Tosen des Wassers an. Er brüllt Sätze und Schlagworte und schleudert sie der unerschütterlichen Stille entgegen.

»Frei – ich bin frei. Endlich frei, die Barke zu verfolgen. Ich habe auf meiner Reise viel gewonnen, und jetzt wird meine Sehnsucht erfüllt werden. Ich werde mich nicht mehr sehnen, da ich für alles gezahlt habe. Keine Rechnung ist mehr offen. Ich habe nichts mehr. Ich bin frei.«

Das Boot wirbelt herum und dreht sich und schießt den Fluß hinab aufs Meer zu. Tallow lacht in schrecklich falscher Freude. Er wirft den Bootshaken fort und läßt das Ruder los. Er steht im schaukelnden Boot auf, streckt die Arme weit aus, blickt umher und in die Höhe und ruft, ruft. Ruft, bis der Schrei einen Ton erreicht, zu einem Singsang wird, der bald jegliche Bedeutung verliert, weil die Worte in den Gefühlen untergehen, die in Tallow aufsteigen.

Und jetzt blickt er plötzlich nach vorn. Er legt den Kopf nach alter Art auf die Seite und späht angestrengt voraus. Seine Augen weiten sich langsam. Sie weiten sich, und die Lippen öffnen sich. Er taumelt zum Schiffsbug, aber der Fluß wirbelt ihn herum. Er bewegt sich sprunghaft und versucht das im Auge zu behalten, was er gesehen hat. Es ist die Barke, die goldene Barke, größer als je zuvor. Er hat das Gefühl, sie beinahe berühren zu können. Er streckt die Arme wie ein grimassierender Clown nach ihr aus, aber das Boot dreht sich wieder.

Verzweifelt versucht er, sie im Auge zu behalten, und mit einem Teil seines Verstandes bedauert er die Regung, die ihn den Bootshaken fortwerfen ließ.

Verzweifelt schreit und fleht er.

»Rette mich, rette mich! Du hast mich zu dem gemacht, was ich bin! Rette mich, erbarme dich! Ich bin hier!«

Die Barke empfindet etwas. Tallow weiß es. Sie ist lebendig und braucht keine Besatzung. Wie kann die Barke ihm helfen? Er begreift, daß sie keine Arme hat, um ihn an Bord zu ziehen, keine Hände, die sich ausstrecken können, um ihn zu retten.

Wie kann sie ihm helfen? Tallow weiß, daß er nie an Bord gelangen wird.

»Hilf mir! Du hast mich in Leid und in den Wahnsinn geführt, du hast mich zum Mörder gemacht! Für dich habe ich mir sogar selbst das Leben genommen! Ich habe jedes Opfer gebracht! Ich habe Blutopfer gebracht, das Opfer des Elends und des Schrekkens! Welche dunklen Schrecken muß ich noch erleben, bis du mich zu dir nimmst? Nimm mich jetzt! Ich habe den Preis bezahlt!«

Tallow ist sich klar, daß kein Preis zu entrichten war. Daß seine Suche sinnlos war, es sei denn, er folgt der Barke bis ans Ende. Er muß ihr weiter folgen. Er muß. Es ist noch zu früh. Es ist kein Preis gefordert worden, sondern beharrliches Festhalten am Ziel. Die Barke zieht immer noch unerschütterlich weiter, unberührt vom Wasser, das spöttisch mit Tallows Boot spielt. Sein Boot wird von einem Miniaturstrudel festgehalten, der es herumwirbelt, während die Barke auf Kurs bleibt, weder Geschwindigkeit noch Richtung ändert.

Tallow fährt unwillkürlich fort, nach ihr zu rufen, und erinnert sich gegen seinen Willen an Mirandas Schreie, als er sie über Bord in den Fluß geworden hatte.

Er wird jedoch von einer Hochstimmung erfaßt, und er reißt am Ruder und steuert das Boot aus dem Zugriff des Strudels heraus, kämpft gegen die Strömungen an und segelt rasch im Kielwasser der goldenen Barke dahin. Sie schimmert aufreizend und ist anscheinend allwissend. Ist sie Gott? fragt sich Tallow, während er die Barke mit wachsendem Jubel jagt. Ist es Gott, der sich so über mich lustig macht? Er ist noch immer unvernünftig, aber die Unvernunft entstammt seiner Ungeduld, seiner Hochstimmung und nicht der krankhaften, zusammenhangslosen Sehnsucht von früher.

Die Strömung wird schneller und schneller, immer schneller hinab zum Meer. Tallow hört jetzt die Wellen am unsichtbaren Strand brausen, sieht hinter der Barke eine weite Wasserfläche, größer, als er sie sich je vorgestellt hat. Und seine Hochstimmung verfliegt, während Zweifel ihn erfassen. Seine Angst vor dem Wasser, die alte Angst vor dem Fluß, die Angst vor der Tiefe, diese Ängste nehmen ihn in gräßlicher Umarmung gefangen. Kann er sich auf den Ozean wagen? Aber was liegt an der Flußmündung? Die Barke wird doch sicher nicht weiterfahren? Im weiten Meeresarm wird er sein Ziel erreichen. Das muß einfach sein.

Die Strömung nähert sich dem Meer und wird ruhiger, langsamer, und der Fluß weitet sich. Die Barke hält sich genau in der Mitte des Flusses. Zieht weiter, ohne anzuhalten. Tallow schreit hinter ihr her, und die alte Furcht kehrt wieder.

»Nein – nicht diesen Verrat! Nein! Bleib, komm zurück! Nicht aufs Meer! Nein, nicht aufs Meer hinaus!«

Die Barke verrät nicht, ob sie von Tallows Gegenwart weiß. Sie fährt weiter, an der letzten Landzunge vorbei und hinaus aufs Meer.

Tallow folgt ihr noch. Seine Segel sind im Seewind geschwellt. Sein Boot tanzt und schwankt im Kielwasser der herrlichen Barke weiter. Während sie über den Ozean segelt, den Tallow noch nicht ganz erreicht hat, geht ein neues Strahlen von ihr aus. Sie scheint riesengroß zu werden, ist noch größer als früher. Tallow würgt verzweifelt, und aus seinen geröteten Augen quellen große Tränen. Ein riesiger salziger Tropfen rinnt die Nase entlang und bleibt an der Spitze hängen. Tränen strömen über sein Gesicht und glitzern in den Bartstoppeln. Die goldene Barke zieht weiter, zieht zum Horizont. Sie ist an allen Seiten von tiefem Gewässer umgeben. Ein rätselhafter Ozean, erschreckender als die dunkle See, von der Tallow am Tag von Zhists Revolution gelockt wurde. Was ist der Ozean? fragt sich Tallow. Kann er es wagen, ihn zu überqueren und der Barke zu folgen? Doch was wird er da draußen finden? Den Tod? Oder das Wissen? Ist das eine gleichbedeutend mit dem anderen? Tallow weiß es nicht.

»Ich muß mich entschließen. Jetzt! Ich muß mich entschließen. Die See ist so groß. Mein Boot ist winzig, und ich bin noch kleiner. Kann ich es wagen? Ist es das Richtige? Ist die Barke das, wofür ich sie hielt? Wirklich? Wenn ich es nur sagen könnte.

Wenn sie mir nur ein Zeichen gäbe, dann wüßte ich es, dann würde ich ihr folgen. Aber angenommen, ich habe mich getäuscht? Angenommen, ich bin einem Traum gefolgt, den ich mir selbst ersonnen habe? Nein! Unmöglich! Das kann nicht stimmen! Das darf nicht wahr sein! Ich lasse nicht zu, daß es wahr ist. Der Gedanke ist falsch, denn ich weiß, was die Barke bietet. Ich weiß es intuitiv, tief in meiner zerstörten Seele. Seele? Mein Verstand ist zerstört. Er war nicht groß genug, die Anspannung zu ertragen. War er wirklich zu klein? Hätte ich den goldenen Mittelweg gehen sollen, Mirandas, Mesmers', Zhists Versuchung erliegen sollen? Dem Gefängnis sogar? Ich weiß jetzt, daß ich überall gefunden hätte, wonach ich mich sehnte. Aber ich wollte Rechte, Vernunftgründe und Toleranz. Der menschliche Geist war nie oder nur selten tolerant. Meiner war es auch nicht, obwohl ich einmal anders dachte. Intoleranz bringt wieder Intoleranz hervor. Es kann da keine Einheit, keine Harmonie geben. Wir sind alle Fragmente, die auf Ziele zutreiben, die es nur zur Hälfte oder vielleicht auch gar nicht gibt. Sie sind unsere Hoffnung, unsere Sicherheit, eine Erklärung für sinnlose Sehnsucht. Es gibt lediglich Verantwortung, Pflichten. Wenn wir nur miteinander mit Worten reden könnten, welche die gleichen Dinge bezeichnen. Wo finden wir ein Ende? Müssen wir immer und ewig den goldenen Barken folgen? Müssen wir immer namenlose Flüsse hinabtreiben, auf namenlose Ziele zu? Zu Ozeanen hin, über die wir nicht zu segeln wagen? Unfähig, unsere Boote mit jemandem zu teilen, wie sehr wir uns auch bemühen? Ich wollte, ich wüßte es. Zu viele Flüsse, zu viele Strömungen, zu viele Ströme. Ich bin am Ende.«

An der Stelle, wo der Fluß zum Meer wird, bleibt das Boot langsam stehen. Es braucht Tallows Führung, wenn es weiterfahren soll. Doch Tallow macht keine Bewegung.

Tallow bricht in die Knie, und der letzte Widerstand gegen den Wahnsinn stürzt in sich zusammen. Er hört die eigene Stimme, die deutlich die Litanei der Verrücktheit singt: »Mutter – weg! Mord! Miranda – weg! Gotteslästerung! Verrat! Mesmers – weg! Zerstörer!« Seine Stimme schreit weiter, reiht die

Verbrechen aneinander, wie sie ihm einfallen. Er vernimmt den Klang der Stimme, will aber nicht zuhören, weil er weiß, daß er endgültig im Wahnsinn versänke, wenn er es täte. In schrecklichem, schwarzem Wahnsinn. Er preßt die Hände gegen die Ohren und schluchzt. Die Stimme schweigt.

Er grinst triumphierend und steht in dem gefährlich schwankenden Boot auf, ein vorzeitig gealterter Mann. Eine morsche Hülle. Doch er verzieht die Lippen zu einem Lächeln, und sein schlauer Kopf legt sich ruckartig zur Seite.

»Ich kenne die Wahrheit«, sagt er. »Ich kenne sie. Und ich brauche die Barke nicht. Mir fehlte es nicht an Mut, ihr zu folgen. Ich brauche die Barke nicht mehr. Sie hat mir das beigebracht, was ich wissen wollte. Ich habe jetzt keine Wünsche mehr, keine Sehnsucht. Ich bin endlich frei von ihnen. Ja, endlich triumphiert Tallow. Und die Barke hat ihren Zweck erfüllt.«

Eine leise, beinahe unhörbare Stimme in ihm sagt immer wieder: *Du hast nicht recht. Du lügst.* Aber er will sie nicht hören, er weist sie zurück. Er will nicht hinhören. Er wagt es nicht.

Er starrt in hoffnungsloser Ungewißheit auf die Barke, die noch immer sichtbar, noch immer golden und funkelnd den Horizont erreicht und verschwindet.